Lee Jong-Kwan

Lee Jong-Kwan, discret, presque secret, a été durant quinze ans rédacteur dans une revue professionnelle de criminologie. Son premier roman, *Séoul Copycat*, a paru aux éditions Matin Calme en 2021 et est repris chez Pocket en 2022.

SÉOUL COPYCAT

LEE JONG-KWAN

SÉOUL COPYCAT

Traduit du coréen
par Koo Moduk et Claude Murcia

Matin Calme

Titre original :
현장검증 *(On-Site Inspection)*

MIXTE
Papier issu de sources responsables
FSC® C003309

L'éditeur de cet ouvrage s'engage dans une démarche de certification FSC® qui contribue à la préservation des forêts pour les générations futures.

Pour en savoir plus :
www.editis.com/engagement-rse/

ISBN : 978-2-266-32020-7
Dépôt légal : janvier 2022

1

Clic. La lumière s'alluma.

Ses yeux s'ouvrirent tout seuls. Ils ne voyaient rien.

Avait-on éteint la lumière ou l'avait-on allumée ?

L'homme l'ignorait. Devant lui, il n'y avait que du noir. Une obscurité absolue où ne filtrait aucune lumière.

Un bruit de pas résonna. Un pas, deux pas, trois pas…

Six pas séparaient la porte de sa chambre d'hôpital de son lit. À partir de cette distance, l'homme avait estimé la surface de la pièce.

Six pas, puis deux pas, le bruit se rapprochait de son chevet.

Les muscles de ses épaules marquées par des brûlures se tendirent. L'homme gémit de douleur. Il eut la sensation que sa blessure mal cicatrisée était en train de se rouvrir.

Il fit un effort pour se redresser. Il devait se prouver à lui-même qu'il n'était ni inconscient ni sans défense. Aucun inconnu ne devait l'approcher, le risque pouvait lui être fatal.

— Ça va. Vous n'avez pas besoin de vous lever.

Il libéra son souffle en se rejetant sur l'oreiller. C'était la voix du docteur Han Jeongguk[1], qui s'occupait de lui. Il se détendit, avec des sueurs froides.

— De quelle humeur êtes-vous aujourd'hui ?

Mon humeur aujourd'hui ? Il avait envie de lui dire qu'il ne savait pas combien de temps il pourrait encore tenir dans un état pareil.

Mais c'était inutile. Il sentit la lassitude de son médecin au seul son de sa voix. Et puis les résultats des examens qu'il avait passés la veille ne devaient pas être très bons.

— Vous ne vous souvenez toujours pas de votre nom ?

Le docteur posait toujours la même question, et lui faisait toujours la même réponse.

Il ne se souvenait de rien, ni de son nom, ni de son âge, ni de son visage. Chaque fois, il se sentait gêné par son propre silence.

— Ça va. C'est temporaire, il ne faut pas trop s'inquiéter.

Après avoir ôté le bandeau, le docteur examina ses yeux avec une lampe frontale.

— Alors ? Vous voyez quelque chose ?

Cette fois il attendit la réponse.

— Non, dit l'homme brièvement d'une voix cassée.

Le docteur hocha la tête.

La même question et la même réponse se répétant inlassablement, l'homme finit par accepter le fait qu'il avait perdu la mémoire et la vue.

---

1. En fin d'ouvrage, vous trouverez une liste récapitulant les noms des personnages.

— Une partie du nerf optique est intacte, la pupille réagit… Il n'est pas impossible que vous retrouviez la vue. Il y a encore de l'espoir. On n'en est qu'au début.

Le docteur, quand il devait annoncer des résultats négatifs à ses patients, embrouillait le sens de ses paroles par une double négation, comme « il n'est pas impossible ». Et il ajoutait aussitôt, en marmonnant, des mots dont on ne savait jamais s'ils étaient de consolation ou d'encouragement.

Un silence s'installa qui perdura quelque temps.

Le docteur devait régler le début de la perfusion en pensant probablement que diminuer la douleur était pour l'instant le meilleur traitement.

Moins le docteur pouvait agir, moins l'homme avait de quoi répondre, plus brève était leur entrevue matinale. Le nombre des médecins stagiaires et des infirmières qui l'accompagnaient diminuait également. Comme aujourd'hui, il arrivait souvent que le docteur vienne le voir tout seul.

Sous l'effet de la perfusion, la douleur de l'homme se calma rapidement.

Le docteur fit sept pas pour sortir de la chambre, alors qu'en entrant il n'en avait fait que six.

Avant de sombrer peu à peu dans l'inconscience, l'homme s'interrogea sur la raison de cet écart.

Il entendit la porte coulissante se fermer doucement.

Il pensa alors que ce bruit avait quelque chose d'incohérent. Pour fermer la porte, on aurait d'abord dû l'ouvrir…

Il avait perçu le bruit de la porte seulement quand le docteur était parti. Autrement dit, la porte avait dû rester ouverte tout le temps.

Il sentait son corps se dérober sous l'effet des médicaments. Sa tête était confuse et il tomba dans le sommeil.

Ses journées s'écoulaient dans le noir et l'homme ne parvenait pas à se souvenir de ce qui lui était arrivé.

Il savait juste qu'il avait été brûlé, qu'il avait perdu la vue et qu'une partie de son cerveau avait été endommagée.

Quand elles changeaient son pansement et sa perfusion, les infirmières l'appelaient « M. Lee Suyin ».

Lee Suyin.

C'est ainsi qu'il avait découvert son nom. Toutefois, le nom qui avait dû lui être familier naguère ne l'était plus, même si aujourd'hui il semblait être le sien. Une telle absence de mémoire lui donnait l'impression d'avoir perdu sa vie entière et d'être égaré dans un lieu inconnu, où il se sentait impuissant.

Une voix d'homme fluette lui parvint du couloir. C'était celle du gardien de la paix Choi Jeongho, qui effectuait le service de jour devant sa chambre.

En cas de visite, la porte restait ouverte. C'est de cette façon que l'homme avait appris le nom du gardien. En entendant sa voix, il pensa qu'il faisait jour.

Le gardien Choi arrivait à l'heure où le docteur Han terminait ses visites matinales dans la chambre des patients, et remplaçait les agents du service de nuit – le gardien de la paix Seo, qui avait une voix grave, et un homme pour ainsi dire muet. Choi appelait l'homme taciturne « brigadier Kim ».

Seo et Kim se relayaient chaque nuit.

Le brigadier Kim, contrairement aux deux autres, ouvrait régulièrement la porte de la chambre pour observer l'homme. Chaque fois qu'il poussait la porte, il produisait un bruit métallique. Il était armé.

Tous les trois ou quatre jours, il faisait basculer le barillet de son révolver ou bien déployait son bâton télescopique pour l'examiner. Les autres agents, eux aussi, devaient être armés. Il y avait sans doute des raisons à cela.

La porte fit du bruit en s'ouvrant.

Puis elle se referma doucement.

Elle mettait un peu plus longtemps à se fermer. Le visiteur était Oh Daeyoung.

C'était le seul visiteur qui ne laissait pas la porte ouverte. Et qui appelait l'homme « inspecteur Lee Suyin ».

L'auteur des bruits de pas s'approcha de l'homme sans hésiter, comme s'il savait déjà qu'il ne dormait pas. L'homme se redressa légèrement.

— Comment ça va ?

C'était une salutation sobre, comme toujours.

L'homme chercha des mots pour lui répondre mais Oh ne semblait pas s'en soucier.

— Ça va. Pour l'instant Copycat reste tranquille.

Dès sa première visite, Oh lui avait appris deux noms : l'un était celui de l'inspecteur « Lee Suyin » et l'autre celui de « Copycat ».

Il disait que Copycat était le surnom du tueur en série que Lee Suyin avait poursuivi, poursuite qui l'avait mené jusqu'à cette chambre d'hôpital.

Ce copycat était très différent du tueur en série ordinaire. Il ne se contentait pas d'imiter certaines méthodes de meurtriers. Selon Oh, il prenait seulement pour cible des suspects libérés faute de preuves. Et il était capable de reproduire avec exactitude les procédés utilisés par ces suspects qui avaient échappé à la loi.

Il avait perpétré trois meurtres de cette façon.

— À quelle distance était-il de moi quand je le poursuivais ?

— Suffisamment près pour que tu l'attrapes, si tu t'en souviens.

Oh était la seule personne qui nourrissait sa mémoire. Il venait presque tous les jours et s'assurait de son état.

— Est-ce qu'il savait que j'étais à ses trousses ?

— Lui et toi étiez tout proches l'un de l'autre sur les lieux de l'incendie où tu as été blessé. Vous vous êtes peut-être battus. Il s'agit d'un incendie criminel.

— Je l'ai raté, c'est ça ?

— Vous vous êtes manqués. Mais ce n'est pas une défaite complète. Grâce à toi, il n'a pas commis ce meurtre. Il traverse actuellement une période de latence, semble-t-il. Il s'est exposé et se sait en danger.

— Mais s'il apprend que je suis dans cet état…

Oh observa un silence. L'homme l'entendit exhaler un léger souffle.

— Les meurtres reprendront. C'est pourquoi ton état reste secret, même pour nos supérieurs. Il n'est connu que d'une poignée de personnes de notre équipe.

— Et si Copycat continue d'ignorer mon état ?

Oh observa de nouveau un silence, un peu plus long cette fois.

— Il dérogera à ses habitudes et il continuera à te chercher. Je t'ai dit, il s'est exposé, il a donc besoin d'éliminer le danger. Mais cette fois il n'aura pas le temps d'élaborer une justification à ses actes criminels.

L'homme aveugle, frissonnant de froid, s'interrogeait. Qui pouvait bien être Copycat ?

Était-il possible que ce tueur soit incarné par le docteur Han, l'une des infirmières ou l'un des policiers postés devant sa chambre, qui venaient le voir tous les jours ?

Et si le docteur plaquait un oreiller sur sa bouche et son nez ? Et si une infirmière mettait du cyanure dans sa perfusion ? Et si les trois policiers braquaient sur lui leur révolver ?

Il n'aurait aucun moyen d'empêcher cela. Qui pourrait le défendre ? Comment ? La question n'était plus de faire confiance ou pas.

— La seule solution, c'est que je me souvienne de lui avant qu'il ne me règle mon compte ?

— C'est tout à fait ça, tu as saisi.

Sa vie dépendait de sa mémoire disparue, cela lui semblait irréel. Il se sentait impuissant. C'était comme s'il devait sortir quelque chose d'une flaque d'eau noire, sans savoir de quoi il s'agissait exactement.

— Je comprend que c'est difficile, mais essaie de te souvenir. C'est tout ce qu'on peut faire pour l'instant.

Oh le quitta en sept pas.

Avant que la porte ne se referme complètement, l'homme entendit Choi se lever brusquement de sa chaise.

La porte se referma. L'homme distinguait vaguement que Choi parlait, de sa voix fluette, à Oh. Chaque visite du chef Oh terrifiait davantage l'homme alité. Plus Oh essayait de le rassurer, plus celui-ci tremblait à l'idée que l'assassin puisse le retrouver avant qu'il ne le fasse lui-même. Son angoisse était d'autant plus grande qu'il ne pouvait donner un visage à cette menace. Malgré sa grande fatigue, il ne parvenait à dormir qu'après avoir pris un calmant plus fort que sa peur.

Après la visite de Oh, l'homme était encore plus nerveux chaque fois que la porte s'ouvrait.

Il enregistrait dans sa mémoire les personnes qui fréquentaient sa chambre, leurs particularités et leurs habitudes. Il attribuait des chiffres à tous les bruits qu'il percevait.

Par exemple, le docteur faisait huit pas jusqu'à son chevet et sept en le quittant. Un pas de plus lors de son entrée, peut-être parce qu'il était plongé dans ses pensées ou qu'il marchait lentement pour consulter sa fiche médicale.

La femme de ménage avait besoin de quatre ou cinq pas pour vider la poubelle et elle conversait avec le gardien Choi par la porte entrebâillée.

Elle n'adressait quasiment jamais la parole à l'homme même s'il se manifestait. Elle ne restait que le temps qu'il compte jusqu'à vingt. Elle sentait la lessive à l'orange.

Les infirmières venaient de façon irrégulière, mais toujours en binôme. Les premiers pas étaient ceux de Kim Hyeonji, les pas suivants, qui stationnaient au pied de son lit, étaient ceux de Lee Jin.

La plupart du temps, Lee Jin effectuait les tâches ordonnées par Kim Hyeonji. Elle dégageait toujours une odeur sucrée de chewing-gum. Elles étaient aisément reconnaissables car, dès qu'elles mettaient les pieds dans la chambre, les deux infirmières appelaient l'homme « M. Lee Suyin ».

L'homme pouvait distinguer les gens en les écoutant attentivement, mais il était incapable d'identifier les gestes nouveaux. Chaque changement était source d'inquiétude.

Par exemple, quand Kim Hyeonji avait remplacé elle-même la perfusion au lieu de le demander à Lee Jin, ou quand le docteur s'était arrêté avant de faire ses sept pas. Mais aussi quand la femme de ménage n'avait pas parlé avec le gardien. Une fois, la porte s'était refermée par erreur pendant qu'il avait un visiteur et il avait été pris de panique.

La seule façon que l'homme avait trouvé pour se protéger de Copycat, c'était de mémoriser tous les bruits et toutes les habitudes des gens qui venaient le voir. Il les analysait à l'aide de ses chiffres et ajoutait à ses analyses les gestes inhabituels. Plus il disposait d'informations sur ces gens, plus il pouvait leur faire confiance.

Il demanda au docteur de diminuer les doses de calmant.

Quand il prenait moins de calmants, la douleur s'intensifiait mais, en revanche, il restait éveillé plus longtemps. Si la douleur était supportable, l'idée de rencontrer Copycat, alors qu'il était sans défense, ne l'était pas. Être tué pendant son sommeil sans qu'il puisse découvrir l'identité de l'assassin était son pire cauchemar.

Il bougea doucement les doigts. Il sentit le pulsomètre au bout d'un des doigts de sa main gauche, comme une pince. En remuant les doigts, il le fit tomber. Aussitôt le signal de son pouls transmis à travers son doigt s'interrompit. Une infirmière allait bientôt accourir. L'homme se mit à compter dans le silence.

— Un, deux, trois, quatre…

Quarante… Il entendit le bruit de pas rapides. Soixante… La porte de la chambre s'ouvrit.

Les pas qui pénétrèrent les premiers dans la chambre trouvèrent rapidement le petit instrument tombé à terre.

Les pas entrés à leur suite soufflaient au pied du lit et les pas mêlés au bruit métallique entrèrent et repartirent.

Ces derniers devaient être ceux du gardien Choi.

— M. Lee Suyin, le pulsomètre était tombé. J'ai eu peur.

C'était Kim Hyeonji. Celle qui était au pied du lit devait être Lee Jin.

— Excusez-moi.

L'homme était reconnaissant de leur attention. Il appréciait leur diligence. Kim Hyeonji remit l'appareil sur son doigt. Son pouls se remit à envoyer des signaux.

— Merci de m'avoir sauvé.

Il reconnut le rire de Lee Jin. Les deux infirmières pensaient peut-être que c'était une plaisanterie, mais l'homme était sincère.

— Dorénavant, appuyez sur le bouton d'appel si vous avez besoin d'aide. N'arrêtez pas votre cœur.

Kim Hyeonji avait répondu d'une voix sèche comme pour lui signifier que sa plaisanterie n'avait rien de drôle. Mais l'homme savait que ce bouton ne le protégeait pas de Copycat. S'il appuyait dessus, l'infirmière responsable lui demanderait d'abord la raison, personne ne viendrait le voir tant qu'il n'aurait pas répondu aux multiples questions préalables. Et surtout, quel assassin serait assez stupide pour le laisser presser le bouton de l'interphone ?

La porte se referma.

Tout de même, il était rassuré d'apprendre qu'en cas d'urgence les deux infirmières rejoindraient sa chambre en moins d'une minute. En cas de besoin, elles entendraient son signal et viendraient à son secours. L'homme se dit qu'il n'aurait qu'à tenir une minute.

2

Huit heures du matin.

Un rayon de soleil entré par la fenêtre dessinait un carré lumineux sur le sol. Il révélait aussi des amas de poussière.

Han Jisu sortit quelques vêtements de son armoire. Elle pensait qu'il valait mieux, pour ce rendez-vous, s'habiller avec une certaine élégance.

Après avoir hésité entre un pantalon et une jupe, elle opta pour celle-ci. Elle voulait, lors de cette première rencontre, donner une impression de douceur.

Elle s'habilla, se maquilla. Pour rendre son visage plus harmonieux, elle dessina l'arc de ses sourcils et souligna les courbes de sa bouche avec son rouge à lèvres.

Dans le miroir, elle se voyait fatiguée mais néanmoins aimable et charmante.

Elle attacha ses cheveux et fit un sourire forcé. Les préparatifs étaient terminés.

Elle vérifia l'heure sur son téléphone portable.

Neuf heures trois minutes.

Elle avait mis plus de temps que prévu, il y avait longtemps qu'elle ne se maquillait plus ainsi.

Le taxi qu'elle prit dans le quartier Sangsoo traversa le tunnel Geumhwa puis roula au ralenti et resta bloqué à la hauteur du parc Sajik.

Neuf heures et demie.

Elle avait encore le temps mais elle commença à s'angoisser.

Après être descendue du taxi, elle marcha à pas rapides. De loin, elle distinguait le bâtiment du commissariat central, très différent des autres.

Elle monta dans l'ascenseur en espérant ne pas croiser ses collègues. Avant d'appuyer sur le bouton du treizième étage où se trouvait le Service d'inspection de la police, elle faillit presser sans réfléchir celui du troisième où se trouvaient les bureaux de la police technique et scientifique.

Neuf heures cinquante. C'était une heure convenable.

Les bureaux du SIP étaient au bout du couloir. La porte Gwanghwa apparaissait par la fenêtre mais elle ne prit pas le temps de la contempler.

Une semaine plus tôt elle avait reçu un appel de ce service, dévolu aux enquêtes internes. Un suspect qu'elle avait interrogé s'était, disait-on, suicidé. Plus précisément, une lettre de dénonciation était parvenue à la police, sous-entendant que le « probable suicide » du suspect était dû à l'interrogatoire qu'elle avait mené.

Une lettre anonyme.

Han Jisu ne pouvait accepter le lien entre ce suicide et son interrogatoire. D'ailleurs, parler non pas de suicide mais de « probable suicide » lui semblait encore plus absurde. Toutefois, si le SIP commençait à s'intéresser à l'affaire, il serait bien capable de trouver un lien.

Après une profonde respiration, elle ouvrit la porte du bureau.

Dès son entrée, l'un des trois hommes assis se leva. Il était en tenue militaire, portait des lunettes et avait des cheveux très courts.

— Brigadière Han Jisu ?

En guise de réponse, elle fit un léger signe de tête.

— Je suis le lieutenant Kim Jeongmin. Venez.

Le lieutenant Kim la conduisit jusqu'à la salle d'enquête.

Là il n'y avait qu'une table basse et des chaises. Ni caméra ni enregistreur. Un angle mort parfait.

— Nous allons commencer par votre identité.

Le lieutenant Kim ouvrit un ordinateur portable.

Dans la lumière bleue de l'écran, son regard resta fixé un instant sur le côté gauche du plafond. Han Jisu nota qu'il utilisait son cerveau gauche. C'était en principe ce qui se passait quand on regardait en haut à gauche. La généralisation était peut-être risquée, mais le fait d'utiliser son cerveau gauche avant de commencer un interrogatoire pouvait vouloir dire que sa décision était déjà prise et qu'il était en train d'établir une stratégie.

Elle attendit que son regard croise le sien. Quand cela se produisit il détourna immédiatement les yeux. Enfin il commença à l'interroger.

— Vous êtes profileuse au service de l'analyse criminelle et comportementale, au sein de la police de Séoul, est-ce exact ?

— Oui, tout à fait.

— Quel est votre grade actuel ?

— Brigadière.

— Venons-en au sujet. Vous souvenez-vous de M. Kim Younghak ?

Bien sûr, elle se souvenait de lui. Professeur d'université, il était soupçonné d'avoir tué sa femme. L'affaire avait été baptisée « le meurtre sans cadavre » et s'était déroulée cinq mois plus tôt.

— C'est moi qui avais élaboré les stratégies d'interrogatoire.

Une équipe enquêtait sur la disparition de sa femme. Aucun cadavre n'avait été trouvé. Pour Han Jisu, cette disparition était un meurtre. Il y avait eu meurtre puis dissimulation du cadavre.

Au début, elle avait réellement bombardé le suspect de questions. Mais il ne faisait que répéter les propos de son avocat, quoi qu'elle lui demande. Ou bien il refusait de répondre s'il soupçonnait la moindre chose qui puisse lui nuire. Il n'avait pas l'air d'un mari dont la femme avait disparu.

Était-il le genre d'homme à se suicider après avoir subi un interrogatoire ?

La question était ridicule.

— L'avez-vous interrogé directement ?

— Oui, lors d'un deuxième interrogatoire.

Le corps de la femme était introuvable. Faute de preuves, on avait laissé libre le suspect.

Si on ne retrouvait pas la disparue d'ici cinq ans, elle serait considérée comme morte. Dans ce cas, le mari pourrait percevoir une somme importante versée par l'assurance-vie. Le suicide était improbable.

— À son tour, M. Kim Younghak est introuvable. Il n'y a aucune trace de son téléphone portable, aucun mouvement sur ses comptes bancaires, son assurance maladie, etc.

— Et ça parce que je l'ai interrogé il y a cinq mois ?

Han Jisu avait parlé sans le vouloir sur un ton ironique.

Elle s'en rendit compte lorsque leurs regards se croisèrent de nouveau. Celui du lieutenant était à présent plus froid. Elle avait fait une erreur, elle aurait dû faire plus attention. Provoquer l'enquêteur était maladroit.

Cette fois, c'est elle qui évita son regard.

— On ne sait pas exactement, mais M. Kim Younghak a disparu peu de temps après sa libération.

Étrange, en effet.

— Vous voulez dire qu'il a disparu… il y a cinq mois ?

À cette nouvelle, Han Jisu se figea.

— Oui. C'est pourquoi nous vous avons convoquée.

Le lieutenant Kim se redressa. Ses yeux brillaient derrière ses lunettes.

— Un coupable que vous aviez interrogé il y a six ans s'est suicidé, n'est-ce pas ?

La question était prévisible, elle ne cessait de la poursuivre. Consciente du risque, elle s'était efforcée de se composer une meilleure mine en se maquillant ce matin.

— Oui, c'est exact.

— Deux fois pour une même enquêtrice… Est-ce si fréquent qu'un suspect se suicide ?

— Non.

Sa réponse était brève et claire. Elle savait mieux que quiconque que les coupables ne répondent pas immédiatement à des questions essentielles et cherchent à se justifier.

Le lieutenant enregistra ses réponses dans l'ordinateur.

— Alors, dites-moi, pourquoi la chose se répète-t-elle avec vous ?

La question visait à lui soutirer des informations, à la faire parler.

À ce stade, toutes les explications qu'elle donnerait pourraient se retourner contre elle. La stratégie du lieutenant était basique. D'ailleurs, Han Jisu ne lui répondit pas.

Il attendit un moment puis il tapa sur le clavier.

Peut-être indiquait-il « pas de réponse ». Lors d'un interrogatoire, une non-réponse était aussi importante qu'une réponse.

— Aviez-vous exercé volontairement une pression psychologique sur M. Kim Younghak, avec une intention particulière ?

Kim voulait savoir si elle l'avait délibérément poussé au suicide.

Elle comprenait parfaitement le sens de la question. Si elle était jugée responsable, elle ne serait pas simplement suspendue de ses fonctions.

Elle bougea sa main posée exprès sur la table, ce qui ne manqua pas d'attirer le regard du lieutenant.

— Je me demande pourquoi c'est seulement maintenant que vous recevez cette lettre anonyme, s'il a disparu depuis cinq mois ?

En posant la question, elle remua l'index pour attirer l'attention de Kim. Le regard de celui-ci se déplaça de nouveau vers son doigt.

Elle cherchait à interrompre le flux de ses questions. Si les coupables mentent, leurs mouvements de bras et de mains diminuent généralement à cause de la charge cognitive. À l'inverse, en créant des mouvements elle espérait prendre la conduite de l'interrogatoire.

Kim se redressa doucement. Ce geste minime redonna confiance à Han Jisu. Elle éprouva un plaisir subtil à constater qu'il était entré dans son jeu.

— Son fils est au Canada, il serait étudiant à l'université de Carleton. Il ne contactait pas souvent son père. Chaque mois, l'argent était versé sur son compte, il n'avait pas vraiment besoin de l'appeler.

— Mais les versements se sont arrêtés ?

— Apparemment, il a essayé de joindre son père après avoir vu que le virement n'avait pas été effectué.

— Comme il n'y arrivait pas, il a contacté la police.

Han Jisu comprenait enfin le pourquoi de la lettre.

En tout cas, ce qui était sûr, c'est que Kim Younghak n'était pas homme à envisager le suicide, lui qui attendait une grosse indemnisation. Une seule conclusion était possible.

Après une brève inspiration, elle retint volontairement son souffle. Le lieutenant Kim fit de même. Phénomène de synchronisation.

— Quelqu'un l'a tué.

À ces mots, les pupilles du lieutenant se dilatèrent. L'affirmation de Han Jisu était catégorique.

— Kim Younghak ne se serait jamais suicidé. Il a été tué. J'enverrai un rapport au commissaire et je commencerai une enquête officielle.

Han Jisu se leva soudainement. Surpris, le lieutenant Kim hésita. En la voyant sortir de la salle, il lança :

— Si on ne trouve pas son cadavre avec les preuves qu'il s'agit d'un assassinat avant votre second entretien chez nous, ça ne se terminera pas comme ça.

Le second entretien. Il restait une semaine.

Elle descendit directement du treizième au troisième.

Elle avait besoin de plus d'informations sur l'affaire Kim Younghak.

La majorité des meurtres étaient motivés soit par l'argent soit par une liaison amoureuse. On pouvait généralement trouver le coupable en creusant de ce côté. Mais pas dans le cas de Kim Younghak.

Le calme régnait dans les bureaux du troisième.

Il n'y avait personne, ni de l'équipe d'identification criminelle ni de l'équipe d'enquête incendie. Ils avaient dû être appelés sur une autre affaire.

Un café posé sur la table voisine, auquel on n'avait pas touché, était en train de refroidir.

Han Jisu prit le café, s'assit à sa place et alluma l'ordinateur. Elle se connecta au serveur du système scientifique d'analyse criminelle.

Une fois l'affaire de Kim Younghak trouvée, elle cliqua sur la première déposition.

Elle n'était pas chargée de cette affaire mais, comme elle était intervenue dès le premier interrogatoire, elle pouvait consulter sans autorisation les informations sur ce dossier.

Dans la première déposition, celle où Kim Younghak était présent en tant que témoin, un passage avait attiré l'attention de Han Jisu. C'était celui où il disait avoir tout fait pour retrouver sa femme.

Il avait expliqué en détail comment il avait visité les divers lieux fréquentés par sa femme, un centre sportif où elle rencontrait des gens, des cafés où elle aimait aller. Mais il manquait une chose. Il n'avait jamais manifesté d'inquiétude, ni de tristesse au sujet de sa femme. Il s'était concentré uniquement sur ses efforts pour la retrouver.

C'était la déposition typique d'un coupable. En général, les criminels ne sont pas tristes. Ils font tout pour se disculper. Inconsciemment, ils s'inventent un alibi psychologique.

Après la découverte de la voiture de sa femme, ainsi que de son téléphone portable, au bord du fleuve Han, l'affaire avait été considérée comme un crime. Et Kim Younghak avait modifié sa déclaration.

Il avait expliqué très précisément ce qu'il était en train de faire, heure par heure, au moment de la disparition de sa femme. Quand on lui avait parlé de la présence d'une tache de sang de sa femme dans sa voiture, il s'était défendu en rétorquant : « Une fois, elle a saigné du nez. » Ses gestes et ses paroles étaient précis et froids, comme s'il suivait les conseils de son avocat.

Han Jisu se rappelait le dernier échange qu'elle avait eu avec lui, lors du deuxième interrogatoire où il n'était plus témoin mais suspect. Cet échange, à la fin de l'entretien, n'avait pas été enregistré.

Quand elle lui avait dit qu'elle savait qu'il était coupable, il avait répondu d'un ton professoral qu'il n'y avait pas de meurtre sans cadavre.

Faute de preuves, on avait finalement rejeté le mandat d'arrêt à son encontre. Ce soir-là, la durée légale de sa garde à vue ayant expiré, Kim Younghak avait été libéré. Il n'avait donc aucune raison de se suicider.

L'équipe qui enquêtait à l'époque n'avait rien trouvé de particulier dans ses comptes bancaires, ni dans l'historique de ses appels et de ses messages. Il y avait plusieurs assurances-vie au nom de sa femme, mais souscrites il y a longtemps – donc il était difficile d'affirmer qu'il l'avait tuée pour ces raisons.

Il n'était pas impossible que le corps d'un suspect majeur disparaisse exactement de la même façon que celui de sa femme… Mais quel était le taux de probabilité d'une telle hypothèse ?

Han Jisu quitta le bureau et se dirigea vers une sortie de secours.

Clac, la porte en fer massif se referma derrière elle. En montant l'escalier, elle mit de l'ordre dans ses pensées. Au contact de l'air froid, sa tête se réveilla.

Elle décida d'exclure les hypothèses improbables.

Le suspect Kim Younghak s'était-il suicidé à cause d'un traitement injuste de la police à son égard ? Non.

Après avoir tué sa femme, s'était-il suicidé ? Non.

Le mari et la femme étaient-ils vivants ?

Parvenue au quatrième étage, elle s'arrêta et respira profondément. Si leur disparition était une manœuvre qu'ils avaient imaginée pour repartir de zéro, ils auraient besoin d'argent.

Mais il n'y avait aucune trace de transactions concernant leurs biens immobiliers et sur leurs comptes bancaires. Puis surtout, s'ils se volatilisaient tous les deux, personne ne pourrait percevoir les grosses indemnisations des assurances-vie.

Et si leur fils avait trempé dans ce complot ?

Han Jisu secoua la tête. Dans ce cas, la date de la déclaration de disparition par le fils et l'envoi d'une lettre à la police devenaient ambigus, il n'avait aucun intérêt à attirer ainsi l'attention de la police.

Mais s'il existait une troisième personne en relation d'intérêt avec eux ? Non, ce n'était pas possible. Il n'y avait aucune raison d'attendre tout ce temps entre les deux affaires.

Elle monta au cinquième.

Les mêmes questions tournaient sans cesse dans sa tête.

Pourquoi déguiser le meurtre de Kim Younghak en disparition ?

Pour cela, il aurait fallu déplacer le cadavre et le cacher de façon parfaite. Non seulement la chose n'avait sans doute rien de facile, mais surtout, encore une fois, dans quel but ?

En ordonnant les hypothèses restantes, Han Jisu se rendit compte que l'affaire de Kim Younghak s'était déroulée exactement de la même manière que celle de sa femme, le fameux « meurtre sans cadavre ».

Alors le nom de Copycat lui vint naturellement à l'esprit.

Elle s'arrêta dans l'escalier. Elle avait le nom de Lee Suyin sur le bout de la langue, comme une ombre portée sur celui de Copycat.

Elle passa par la sortie de secours du cinquième et pénétra dans le couloir.

En tournant à l'angle, elle arriverait au bureau du commissaire. Elle décida d'accepter la proposition de Oh.

— Vous êtes… réveillé ?

C'était une voix de femme.

Sortant d'un profond sommeil tel qu'il n'en avait pas connu depuis longtemps, il n'arrivait pas à distinguer le rêve de la réalité.

— Ma voix… Vous la reconnaissez ?

Il l'entendit clairement. La voix fragile tremblait. Elle était bien réelle. Il se figea soudain, comme gelé. Une voix flottante sans bruit de pas ni de porte était plus dangereuse que celle d'un fantôme. Incapable de savoir qui était entré dans cette obscurité, il fut saisi d'un frisson.

— Vous… ne vous rappelez pas ?

La voix ne correspondait à aucune des personnes enregistrées en chiffres dans sa tête. Pourtant, il était sûr que la femme le connaissait. L'homme frissonna de nouveau.

— C'est moi. C'est vrai… vous ne vous souvenez pas de moi ?

La voix était à deux pas de lui.

Aucune chaleur n'émanait d'elle.

L'homme ne savait pas comment réagir. Il ne pouvait ni parler ni bouger.

— Bon… c'est pour vérifier.

Il sentait que la voix s'était rapprochée de sa tête. À cette distance, il ne pourrait rien faire si elle tendait la main.

Il se demanda ce qu'elle voulait vérifier. Le fait qu'il avait perdu la mémoire ? Ou le fait qu'il l'avait conservée ?

En bougeant ses mains sous la couverture, il retira l'aiguille de la perfusion fixée sur le dos de sa main gauche et la serra dans sa main droite. Il sentit le sang couler entre ses doigts.

— Je suis désolé.

Sa réponse pouvait être interprétée de diverses façons.

Puis il arrêta de respirer. Il ne devait pas rater le moindre mouvement de la femme. Il pourrait gagner du temps pour s'enfuir s'il s'arrivait, par chance, à lui piquer les yeux ou le cou avec l'aiguille.

Il se remémora la configuration de la chambre et calcula l'emplacement de la porte.

— Ne vous inquiétez pas. Même si on perd la mémoire, on ne change pas. C'est pareil pour vous, pour moi, dit-elle.

La porte fit du bruit en s'ouvrant. La femme ne bougea pas.

— Alors ? Il ne se souvient de rien ?

C'était la voix de Oh. La porte se referma derrière ses bruits de pas rapides.

L'homme, qui avait retenu son souffle, pouvait enfin, discrètement, expirer à son aise.

— Vous avez parlé un peu, tous les deux ?

— Il ne se souvient pas de moi.

— Ce n'est pas grave. C'est surtout d'un autre visage qu'il doit se souvenir.

Oh avait parlé d'un air joyeux, comme si ce qu'elle avait dit était anodin.

— Disons que vous vous présentez. Capitaine Lee, c'est l'inspectrice Han Jisu. Vous la connaissez bien.

L'homme avait l'impression que Oh était plus excité que de coutume.

— Capitaine, c'est Han Jisu.

— …

— L'inspectrice Han était la plus proche de vous lors de votre accident. C'est une collègue qui traquait avec vous Copycat.

Une collègue ?

Dans la voix tremblante de la femme, l'homme avait senti une tension qui créait une distance entre eux. Mais cette tension était peut-être normale devant un homme marqué de brûlures et sans mémoire. C'est ce qu'il se dit.

— Même si c'est difficile, il faudra que vous trouviez le moyen de vous souvenir de lui, de ce criminel. Pour le moment, votre mémoire est notre principal espoir pour attraper Copycat. Han vous sera d'une grande aide.

— Je viendrai souvent.

La voix de la femme lui semblait toujours aussi peu cordiale. Même si c'était une collègue, leurs relations n'avaient peut-être pas été très bonnes ?

L'homme sentait la moiteur de sa main gauche. Il tendit la main droite et pressa le bouton à la tête du lit. Il ne savait pas quand, mais les infirmières viendraient.

3

Au café Seokyoung, situé au rez-de-chaussée de la préfecture de police de Séoul, Han Jisu, debout, commanda un café et l'avala d'un trait. Dès que la caféine se répandit dans son corps, elle reprit ses esprits.

Elle sortit par le portail et prit un taxi. Elle allait rencontrer l'inspecteur Sohn Jiyun, responsable de l'affaire du « meurtre sans cadavre » au commissariat de police de Yongsan.

Des actualités défilaient sur les panneaux lumineux accrochés à la façade de l'immeuble d'un journal. Prise de nausées, Han Jisu ferma les yeux.

Quand, devant le commissariat, elle paya le taxi, le chauffeur lui lança :

— J'espère que tout se passera bien pour vous.

En le remerciant, elle se rendit compte qu'il l'avait prise pour une plaignante.

L'inspecteur Sohn fumait une cigarette devant le bâtiment annexe du commissariat. À le voir cigarette à la main, la tête complètement rasée, on aurait dit un moine enfreignant les préceptes de Bouddha.

— Entrons. Je vous attendais.

Il éteignit sa cigarette tout en parlant à Han Jisu comme s'ils se connaissaient. Ses collègues devaient être de service à l'extérieur, il n'y avait personne dans le bureau.

— Un cadavre vient de faire surface sur le fleuve Han, tout le monde est parti là-bas.

Dans le secteur du commissariat de police de Yongsan, il y avait une zone où le courant du fleuve ralentissait. On y trouvait régulièrement les corps de suicidés.

Han Jisu et l'inspecteur Sohn étaient assis face à face.

— Le fils de Kim Younghak a envoyé une lettre à la police de Séoul, n'est-ce pas ? Il étudie à l'étranger, c'est un garçon imprudent. Je suis désolé que cela vous cause des ennuis.

— Ça ne doit pas être facile pour vous non plus.

— Apparemment, il a aussi déblatéré sur le site du SIP, en dénonçant l'enquête comme insuffisante. Les jeunes d'aujourd'hui ne se contrôlent plus sur le clavier. Par sa faute je suis interpellé tous les jours, et ce n'est pas fini…

— Et l'enquête sur l'affaire de Kim Younghak ?

— C'est absurde. Comment retrouver un homme disparu depuis déjà cinq mois ? Les images de la caméra de surveillance ont dû tourner plusieurs fois et s'effacer.

— Est-ce que je peux voir l'historique de son téléphone portable ou celui de sa carte bancaire, et les données de l'enquête jusqu'à présent ?

— Tout est nickel. Rien à chercher de ce côté.

Sohn lui passa les documents imprimés. Il y en avait fort peu. Si Kim Younghak avait donné le moindre signe de vie, le dossier n'aurait pas été à ce point inconsistant.

— Son lieu de résidence est toujours le même ?

— Il est vide depuis sa disparition.

— Je vois.

— Vous savez qu'il est illégal d'y pénétrer sans mandat ? Vous êtes sous le coup d'une enquête interne, soyez prudente.

— Oui, je sais.

Han Jisu se leva.

— Même si vous alliez là-bas, vous n'y trouveriez rien. La police scientifique a déjà inspecté la maison au moins deux fois.

Sohn lui ouvrit la porte du bureau.

Une serrure numérique avait été installée à l'intérieur de la porte afin que les suspects ne puissent pas s'enfuir au cours des interrogatoires.

— Ah, je vous dis ça comme ça, mais… on m'a dit que Kim Younghak laissait sa clé sous le pot de fleurs. Je ne sais pas si elle s'y trouve toujours.

— Merci.

Sohn lui fit un salut militaire en guise de plaisanterie. Elle lui répondit de même. C'était moins embarrassant que de se faire un signe de la main.

Le soleil se couchait au bout de la rue en pente où se trouvait le commissariat.

Le deuxième jour de la semaine prenait fin. Elle pressa l'allure.

4

La souffrance aiguë se calmait au fil du temps. Mais la mémoire ne lui revenait pas.

Suyin aurait voulu savoir combien de temps s'était écoulé depuis son hospitalisation. S'il pouvait remonter dans le temps, il pourrait se souvenir du visage de l'assassin. En dépit de ses efforts, il n'avançait guère, restant toujours bloqué à un moment précis.

Ce qui l'inquiétait, c'était que plus le temps passait, plus la quantité de mémoire à restaurer augmentait.

Plus il essayait de se rappeler, plus son esprit s'emmêlait et devenait confus. Aujourd'hui ressemblait à hier, hier ressemblait à aujourd'hui.

Suyin attendait Han Jisu. Il se disait qu'elle était la seule personne capable de l'aider à remettre sa mémoire en place. Sans qu'il sache pourquoi, cette idée le calmait.

Il entendit la porte s'ouvrir. Puis se refermer.

Dans l'attente d'un autre bruit, tout son corps se tendit de manière instinctive.

Il perçut une brève respiration. Han Jisu.

— Inspectrice Han ?

— Comment savez-vous que c'est moi ?

Sa réponse avait été immédiate. Suyin put se relâcher.

— Votre respiration.

— Ah, c'est une sorte de réflexe.

Han Jisu semblait gênée par la remarque.

Suyin avait finalement dit ce qu'il hésitait à dire.

— Hum… Vous n'avez pas besoin de vous excuser.

Elle demeurait silencieuse, respirant sans bruit. Aucun mot de consolation, aucun mot d'excuse ne sortait de sa bouche.

C'est pourquoi il se sentait bien.

Elle s'approcha de lui comme si elle marchait sur un nuage. Il entendit à côté du lit un coussin se dégonfler légèrement.

Suyin pensa qu'il lui offrirait un jour une paire de chaussures à talon. Cela ne convenait pas à une inspectrice mais il avait envie d'entendre distinctement le bruit de ses pas, de l'entendre approcher sans cette tension nimbée de silence.

Il reconnut le bruit de la chaise qu'elle tirait et le son qu'elle produisait, *toc*, en tapant sur quelque chose avec ses ongles.

— Je suis à la recherche d'un homme disparu il y a cinq mois.

— C'est une affaire que je connais ?

— Oui, je pense.

Sans donner d'explication, Han Jisu attendit qu'il parle.

Un silence lourd s'installa.

Suyin avait l'impression qu'elle essayait de le mettre à l'épreuve. Pour voir s'il pouvait se souvenir de quelque chose ou lui apporter une aide. Quoi qu'il en soit, il fallait trouver la bonne réponse.

Suyin avait la conviction que son cerveau était capable de mener l'enquête sans défaillir, en fonctionnant comme un vélo. Une fois qu'on sait faire du vélo, on n'oublie plus.

Instinctivement, un mot lui vint à l'esprit.

— Il a été assassiné.

— Votre mémoire… est revenue ?

Le silence après « mémoire » dura une ou deux secondes.

— C'est Copycat qui l'a tué.

À son souffle suspendu, il sentit que Han Jisu s'était tendue.

Il avait raison, ses réactions étaient éloquentes.

— Est-ce que moi, avant, j'aurais dit la même chose ?

— Peut-être.

— Tant mieux.

Le fait qu'il soit encore capable de penser, de juger et d'agir comme avant, même s'il n'arrivait pas à retrouver la mémoire, lui fit penser qu'il n'était pas totalement anéanti. Il se sentit rassuré.

Il choisit avec soin ses mots.

— D'abord, il faudrait trouver le cadavre.

— Pas le coupable ? demanda Han Jisu.

Sa façon de parler était ambiguë, elle avait l'air de savoir déjà tout. Il pensa de nouveau qu'elle le testait.

— Le meurtre n'existe que s'il y a un cadavre.

Leur conversation s'interrompit. Suyin attendit qu'elle brise le silence.

Han Jisu s'efforçait de ne pas montrer son impatience. Avant de venir le voir, elle avait rencontré le médecin, Han Jeongguk.

Elle voulait connaître l'état exact du patient. Elle en avait besoin pour décider des informations qu'elle pourrait lui communiquer. Elle pensait, de cette façon, pouvoir faire un pas vers le tueur en série.

Le docteur avait tourné l'écran pour lui montrer la fiche médicale de Lee Suyin.

L'écran était rempli d'images radiologiques, de chiffres et de termes qu'elle ne connaissait pas.

En pointant la fiche, le docteur avait expliqué :

— Il n'y a aucune anomalie au niveau des os, ses brûlures sont en bonne voie de cicatrisation. Une partie de son nerf optique est intacte, ses pupilles réagissent, il est difficile de préciser dans quelle mesure, mais il pourra se rétablir.

Après ces paroles, il avait posé ses mains sur la table et les avait jointes en croisant les doigts.

Continuer à parler de l'état de son patient semblait le stresser et l'un de ses yeux s'était contracté.

— Concernant sa mémoire, je ne peux rien dire pour le moment. Peut-être restera-t-il dans l'état actuel pendant quelque temps.

— Mais ses facultés cognitives, sa faculté de penser ? Elles peuvent être normales même s'il ne retrouve pas la mémoire ?

— Oui, bien sûr. La perte de mémoire ne signifie pas celle de la fonction cérébrale. Par ailleurs, il est très possible que sa perte de mémoire soit un problème psychologique et non fonctionnel.

Le mot « psychologique » avait rassuré Han Jisu. Elle avait compris que les autres facultés de Lee Suyin étaient intactes.

— Sa mémoire, même partiellement, peut-elle revenir ?

— Tout à fait. Mais personne ne peut dire quelle partie de sa mémoire peut revenir. M. Lee non plus.

Han Jisu avait réfléchi. Elle s'était demandé à partir de quel moment de l'événement elle devrait faire revenir la mémoire de Lee Suyin. Des moments dangereux où il avait failli mourir ? De celui où il avait fait face au tueur ?

Non, en fait elle était curieuse de savoir à partir de quel moment il voulait, lui, retrouver la mémoire.

Elle s'était sentie angoissée. Elle n'avait pas beaucoup de temps.

Le docteur avait continué de parler.

— Vu l'état de M. Lee, même pour lui ce sera difficile de savoir si ce dont il croit se souvenir fait réellement partie de sa mémoire.

Il avait avalé sa salive, activant sa pomme d'Adam.

— Vous pourriez m'expliquer cela plus clairement ?

— Avez-vous éprouvé la sensation d'être déjà venue dans un lieu où vous n'aviez jamais mis les pieds ?

— Vous voulez parler de l'impression de déjà-vu ?

— Dans un état normal, on peut distinguer cette sensation de sa propre mémoire. Mais, pour quelqu'un qui a un trouble, une amnésie, la distinction est particulièrement épineuse.

— … Je vois.

— Si on va plus loin, on peut même dire qu'il ne sait pas séparer ce qu'il imagine de ce dont il se souvient.

À en croire le médecin, Lee Suyin ne pourrait pas être convoqué à la barre d'un tribunal, même si Copycat était arrêté. L'avocat de Copycat aurait beau jeu de décrédibiliser le témoignage de Lee Suyin en mettant le doigt sur ses difficultés à distinguer le réel de l'imaginaire. Si la police n'avait que des bribes de souvenirs incertains de Lee Suyin, Copycat serait probablement déclaré innocent et libéré.

Il n'existait qu'une seule possibilité pour l'envoyer en prison, que la mémoire perdue de Lee Suyin retrouve pleinement son intégrité. C'était le seul moyen qui permettrait d'obliger Copycat à comparaître devant la justice et de lui faire payer ses actes criminels.

— On ne peut qu'attendre, c'est ça ?

— Oui, c'est tout ce qu'il y a à faire.

— Sauf que nous n'avons pas le temps.

Le visage du docteur s'était figé. Tout le monde lui parlait toujours du temps. Car là où il travaillait, les cas d'urgence étaient fréquents. Mais celui de Lee Suyin était encore différent.

— Si vous me demandez mon avis en tant que médecin, je vous répondrai que vous êtes trop pressée. Il a repris conscience il y a seulement deux semaines.

— On ne peut pas attendre. Il…

— C'est un patient.

— Il faut absolument qu'il retrouve la mémoire.

Han Jisu s'était levée. Elle estimait inutile de l'écouter plus longtemps.

Elle l'avait quitté à la hâte, sans prendre le temps de le saluer. Le docteur l'avait arrêtée en tapant sur son bureau avec l'extrémité de son stylo.

— Certains événements passés peuvent être utiles.

— …

— Le stress que le patient peut ressentir en les analysant stimule son cerveau. Dans le meilleur des cas, ça lui permet de faire revenir sa mémoire.

— Et dans le pire ?

— Le mécanisme de défense peut faire fuir sa mémoire et l'effacer pour toujours.

— Pourquoi cacher le cadavre ?

C'est Suyin qui avait finalement brisé le silence.

— C'était un choix raisonnable.

C'est à peine s'il saisit les paroles de Han Jisu qui avait l'air de parler toute seule.

— Un choix raisonnable ? s'enquit Suyin.

En général, on cachait le cadavre pour retarder la découverte du crime, se créer un alibi ou gagner du temps pour pouvoir fuir.

Or dans le cas de Copycat, c'était différent. Il n'avait pas eu l'intention de dissimuler son crime mais de le dévoiler. Pour ce type de tueur en série, cacher le cadavre ne pouvait pas être un choix raisonnable.

Dans cette optique, ce que disait Han Jisu n'était pas logique.

Il l'entendit pousser un bref soupir.

Elle soupirait souvent comme si elle hésitait avant de prononcer un mot.

— Savez-vous que Copycat ne prend pour cible que des suspects libérés faute de preuves ?

— Le chef Oh me l'a appris.

— La dernière cible de Copycat avait déguisé le meurtre de sa femme en disparition. Son nom est Kim Younghak, nous n'avons toujours pas retrouvé le corps de sa femme. Ce Kim Younghak a donc été libéré puis a disparu, semble-t-il, très peu de temps après. Cela s'est passé il y a cinq mois.

Han Jisu n'avait évidemment pas besoin de lui dire qu'elle-même faisait l'objet d'une enquête à la suite de cette disparition.

— Un meurtre sans cadavre…

— C'est ça. Dans les deux cas.

— Les deux affaires de disparition se sont transformées en affaires de meurtre sans cadavre.

— Désormais l'équipe qui mène l'enquête considère l'affaire de la femme de Kim Younghak comme un meurtre. Même si concrètement tout cela ne change rien. Copycat a employé la même méthode. C'est pourquoi je disais qu'à cet égard, oui, son choix était raisonnable.

Suyin attendit qu'elle poursuive. Comme si un interrupteur avait été actionné quelque part dans son corps, il avait soudain chaud et se sentait engourdi. Ses mains humides serraient le drap de son lit. Il se sentait excité.

Il avait l'impression que ses instincts se réveillaient. Une sensation semblable à celle qu'il avait éprouvée lorsqu'il traquait le tueur s'emparait de lui.

Il comprit aussitôt. Traquer le tueur était le meilleur moyen de se retrouver lui-même. Il pinça les lèvres pour ne pas montrer leur tremblement.

Tout en observant les réactions du corps de Lee Suyin, Han Jisu continuait de parler. Elle exposa d'abord l'ensemble de l'affaire puis l'expliqua en détail.

Les oreilles de Suyin étaient de plus en plus attentives à ne pas manquer un mot.

Il entendit le bruit des pages qu'elle tournait, elle devait examiner les documents d'enquête.

Pour lui signifier qu'il la suivait correctement, Suyin hochait souvent la tête.

Maintenant elle tournait plus lentement les pages qui portaient sur le cœur de l'affaire. De temps en temps elle en sautait certaines qu'elle devait juger inutiles et ennuyeuses.

Au seul bruit des pages, Suyin était capable de saisir les éléments importants de l'histoire.

Il transforma les informations qu'elle lui avait fournies en images mentales. Il dessina des liens, des lignes pour illustrer le déroulement de l'enquête sous forme de graphique. Il constata alors un vide au centre du tableau.

— Pourquoi Kim Younghak a-t-il tué sa femme ?

— Le motif du meurtre reste mystérieux. Si on avait su, on ne l'aurait pas laissé partir aussi facilement du bureau de police de Yongsan.

Suyin posa une autre question.

— Alors, pourquoi Copycat aurait-il tué Kim Younghak ?

Elle n'avait pas de réponse.

Après un temps – celui qu'il fallait pour aller de la porte à son chevet – elle lui dit d'une voix hésitante :

— Cette question… c'est vous qui devez y répondre.

Suyin comprit que la même question tournait en boucle dans la tête de Han Jisu. Et qu'aucun des deux n'avait encore trouvé l'explication.

La conversation s'interrompit de nouveau.

Sur le tableau dessiné dans sa tête, Suyin effaça les parties à remplir par Han Jisu.

Il supprima aussi les faits pour lesquels ils ne disposaient d'aucun moyen de vérification.

Son dessin se simplifiait progressivement. Il enleva également l'affaire du meurtre de la femme de Kim Younghak, suspendue à la suite de la disparition de ce dernier. Finalement, il ne restait qu'une chose.

— Copycat a échoué. Jusqu'à présent.

Il avait machinalement lâché les mots qui lui étaient venus à l'esprit.

— Échoué ?

La voix de Han Jisu avait monté d'un demi-ton. Elle demanda d'une voix méfiante :

— Vous n'allez tout de même pas me dire que Kim Younghak est en vie ?

— Non, il a été assassiné.

Se rendant compte qu'il n'avait rien expliqué, il ajouta rapidement :

— Dans les deux affaires, les victimes ont disparu, mais pas pour les mêmes raisons.

— Dans la première, la disparition de sa femme a permis à Kim Younghak de dissimuler son crime. C'était donc un succès pour lui. Mais la deuxième disparition, copie de la première, est également un succès, non ? dit-elle lentement, avec prudence.

Tout en parlant, elle semblait chercher elle-même ce qui lui avait échappé.

— Le crime de Copycat est fondé sur le présupposé que les enquêteurs vont retrouver le cadavre de Kim Younghak. Il ne faut pas qu'on le retrouve trop rapidement, mais en même temps, il ne doit pas être introuvable. Si on le retrouve trop vite, le meurtre de l'épouse, déguisé en disparition, ne sera pas mis en avant. Mais si on ne le retrouve pas du tout, l'affaire demeure celle d'une disparition. Finalement, le crime ne sera pleinement achevé qu'au moment où la police retrouvera le cadavre de Kim Younghak.

Han Jisu se leva brusquement. La chaise grinça.

— C'est pour ça que vous dites que pour le moment c'est un échec…

— C'est ça. Copycat devait par tous les moyens laisser des indices pour qu'on puisse retrouver le cadavre.

Han Jisu resta un moment silencieuse. Elle devait sans doute mettre de l'ordre dans ses pensées. Suyin l'entendit ranger les documents.

— Je vais revoir tout ça depuis le début.

Il l'entendit soupirer.

Pour lui, une chose était sûre. Ce n'était pas en prison que Copycat avait appris les méthodes criminelles. En revanche, il était très probablement expert en enquêtes de police.

— Copycat connaît les méthodes d'enquête criminelle aussi bien que les policiers. Il n'aurait pas laissé d'indices dans les lieux où seraient menées des enquêtes préliminaires.

— Je suis d'accord. J'essaierai d'examiner son dossier d'un autre point de vue. Ce sera tout pour aujourd'hui… Je reviendrai.

Han Jisu quitta la salle à pas feutrés, comme elle était entrée.

La porte fit du bruit en s'ouvrant, puis en se refermant.

Han Jisu se dirigea, non pas vers la porte principale de l'hôpital, mais vers la porte de derrière qui menait aux pompes funèbres.

Croiser un des journalistes attendant dans le hall, et qui la connaissait, pouvait lui causer des ennuis.

L'état exact de Lee Suyin devait rester secret. Seuls quelques membres de l'équipe dirigée par le chef de la police étaient au courant. Selon la position officielle, Lee Suyin était toujours « en voie de guérison ».

À la porte de derrière, personne qui ressemble à un journaliste.

Le soleil déclinait. Bientôt, l'obscurité s'installerait sans bruit.

Han Jisu sortit son téléphone portable et vérifia ses fichiers d'enregistrement.

Un fichier créé à la date du jour était correctement placé en haut de la liste des fichiers.

Elle l'envoya par mail au chef Oh.

Le transfert prit un certain temps, pendant lequel elle resta debout.

La mémoire de Lee Suyin est peut-être en train de revenir, même s'il n'en est pas conscient, se dit-elle. Sa façon d'analyser l'affaire écartait toute autre hypothèse.

Même sans en connaître les contours, il arrivait intuitivement à toucher l'essentiel, sans doute grâce à un sixième sens, un flair professionnel qu'il avait pu développer tout au long de sa carrière.

Une notification « Message envoyé » apparut sur le mobile.

Après avoir traversé la salle des pompes funèbres, Han Jisu longea une rue étroite tout en observant machinalement les voitures garées en ligne. Par réflexe elle vérifia qu'il n'y avait pas de journaliste à l'affût.

Elle eut un sourire amer.

Elle avait l'impression de voir le monde avec des yeux formatés.

Le cadavre que Copycat avait caché ne serait pas visible aux yeux d'un enquêteur ordinaire.

Elle réfléchissait à l'affaire de Kim Younghak, en la prenant par l'autre bout.

La disparition de l'homme n'avait été signalée que cinq mois plus tard.

Entre-temps, comme l'avait dit l'inspecteur Sohn, les données des caméras de surveillance avaient dû être effacées. Sachant leur durée de conservation, Copycat n'avait pas dû laisser d'indices.

Après la déclaration de la disparition de Kim Younghak, l'équipe d'enquête avait examiné l'historique des appels, son dossier médical, les relevés de transaction de sa carte bancaire à la recherche d'un signe de vie. Mais aucune information récente n'avait été détectée dans le dossier médical et, presque à la même période, l'utilisation du téléphone et de la carte s'était arrêtée.

La dernière personne avec laquelle Kim Younghak avait parlé au téléphone avait été son fils, et le dernier lieu où il avait utilisé sa carte bancaire était un supermarché de son quartier. Ce qui n'avait aucune valeur pour l'enquête.

C'était évident, se dit Han Jisu. Ce type d'enquête ne pouvait porter ses fruits que dans le cas où existait un lien de causalité entre le suspect et la victime.

Dans les documents d'enquête, elle constata qu'on avait interrogé des proches de Kim Younghak. Elle remarqua au premier coup d'œil que c'était juste une procédure formelle. Ceux qui le connaissaient disaient qu'il n'avait pas d'ennemis et qu'il n'était pas du genre à commettre un crime.

Rien n'était significatif dans ses relevés téléphoniques. Il appelait si peu qu'on pouvait même se demander s'il n'avait pas un autre téléphone.

Au bureau de police de Yongsan, les enquêteurs avaient aussi planché sur la liste des appels reçus mais rien trouvé de suspect, il n'y avait pas d'appel de numéro douteux. Généralement, les recherches portaient sur les appels reçus, pour identifier les émetteurs et les récepteurs, mais dans ce cas précis cette recherche n'avait pas eu lieu.

Tout en sachant qu'ils n'obtiendraient rien, les enquêteurs avaient poursuivi leurs investigations ainsi. C'était la façon de faire des policiers quand ils ne trouvaient rien. Ils avaient juste continué l'enquête pour amasser des documents qui leur permettaient d'échapper au reproche soulevé par le fils de Kim Younghak : l'enquête insuffisante.

Les recherches pour localiser son téléphone portable avaient donc été menées activement.

Le téléphone s'était connecté à Hanseomyeon, dans la ville de Namyangju, pour la dernière fois.

C'est là qu'avaient été retrouvés le téléphone et la voiture de la femme de Kim Younghak.

Tout en donnant du poids à l'hypothèse de son suicide, des soldats avaient été mobilisés pour fouiller la région et effectuer également des plongées. En dépit de ces efforts, ni son cadavre ni son téléphone n'avaient été découverts.

Han Jisu ralentit le pas et s'arrêta sans s'en rendre compte. Le message de Copycat était clair. Il se moquait de la police.

Il avait volontairement éteint le téléphone de Kim Younghak là où la voiture de l'épouse disparue avait été retrouvée. Précisément pour que la police reprenne son enquête sur les lieux du crime.

Le ricanement de Copycat se superposait aux documents d'enquête : les méthodes conventionnelles permettraient-elles de retrouver le cadavre ? disait la voix.

Elle sortit les photos prises au domicile de Kim Younghak par l'équipe de police technique et scientifique.

Impatiente, elle alla se placer sous un réverbère. Elle tournait les pages sous la faible lumière.

La résolution des images en couleur sorties sur imprimante était faible mais elle pouvait déjà se rendre compte des lieux.

Elles avaient été prises progressivement de l'extérieur à l'intérieur de la maison, selon les règles de l'enquête préliminaire.

Le lieu était très propre, sans même aucune trace de l'enquête. Ces photos auraient pu figurer sur le site d'une agence immobilière.

Après avoir feuilleté les pages suivantes, Han Jisu trouva un cliché montrant qu'on avait déposé sur la poignée de la porte d'entrée de la poudre noire afin d'effectuer un relevé d'empreintes.

Les photos des empreintes digitales étaient parfaitement réussies, l'enquêteur scientifique avait mesuré avec soin l'intensité de la lumière. Toutefois, le système d'identification par empreinte digitale n'avait identifié que celles de Kim Younghak.

Le résultat était évident. La probabilité que Copycat ait laissé des traces sur la poignée de la porte était encore plus faible que la probabilité qu'un policier de patrouille ne l'arrête.

Les recherches s'étaient concentrées sur la maison. Sans doute par réflexe professionnel – pour échapper à des réclamations au cas où on ne trouverait pas le disparu après avoir fouillé la maison.

Han Jisu décida de se rendre sur les lieux sans attendre.

Elle regarda autour d'elle. Elle constata, sans avoir vu le temps passer, que la nuit avait envahi la rue sauf sous les îlots des réverbères.

Elle avait marché sans but et ne savait plus très bien où elle se trouvait.

Elle s'efforça de dominer son envie de courir au plus vite chez Kim Younghak. Elle savait mieux que quiconque, grâce à son expérience, que faire une expertise dans la journée valait dix fois mieux que la faire de nuit.

Elle marcha lentement jusqu'à ce qu'elle puisse rejoindre une grande artère.

Les lumières des appartements de l'autre côté de la rue et les enseignes au néon des magasins brillaient comme si elles appartenaient à un autre monde. Han Jisu se sentait plus à l'aise dans l'obscurité où elle était que dans cet autre monde agité et lumineux.

Il lui restait désormais cinq jours avant sa nouvelle convocation au SIP. Elle devait retrouver le cadavre de Kim Younghak, vite.

5

Kim Younghak et son épouse avaient habité cette vieille maison dans une rue en pente du quartier Huam.

Deux heures de l'après-midi, c'était une heure tranquille.

Un moment où la fréquence des cambriolages était fort élevée. Un voleur pouvait escalader le mur d'une maison sans que personne s'en aperçoive.

Faisant le tour de la maison, Han Jisu observa les environs. La rue était calme, les maisons collées les unes aux autres étaient silencieuses et n'offraient aucun signe de présence humaine.

Han Jisu grimpa sur une voiture garée au bord du trottoir et passa par-dessus le mur. Elle se tordit la cheville en touchant terre, mais elle pouvait marcher.

Dans le jardin, les mauvaises herbes avaient remplacé le gazon.

Devant la porte, les plantes laissées à l'abandon étaient mortes.

La clé était sous un pot de fleur.

Han Jisu introduisit la clé rouillée dans la serrure de la porte d'entrée. Comme elle n'avait pas été utilisée depuis longtemps, elle tourna avec difficulté.

Quand la porte s'ouvrit, une odeur de moisi et une bouffée d'air écœurante se répandirent. Han Jisu éternua.

À l'entrée, plusieurs paires de chaussures se trouvaient là en désordre.

Des chaussures avaient-elles disparu ? se demanda-t-elle. Dans une affaire de disparition, la présence ou l'absence des chaussures du disparu pouvait être un indice permettant de savoir si cette absence était volontaire ou non.

Ici cela n'avait aucune importance. Personne ne pourrait vérifier.

Le salon était plutôt bien rangé.

Des murs lambrissés de bois, un tableau de style extrême-oriental d'un artiste anonyme, un sofa de vinyle gris imitation cuir, une table basse, un écran de télévision mural et une armoire de salon.

S'il n'y avait pas eu ces amas de poussière, on aurait pu croire que le propriétaire de la maison venait de sortir.

Han Jisu se pencha pour suivre la lumière qui entrait par la fenêtre. La tête inclinée vers le sol, elle cherchait à distinguer des traces de pas. Elle remarqua en effet des empreintes de chaussures sur le sol poussiéreux.

Elle estima la direction des pas et imagina leur trajet mais effaça aussitôt cette pensée. Car elle avait observé le lieu selon ses réflexes, ceux d'une enquête scientifique. Cette méthode n'était pas efficace. Copycat n'avait sûrement pas laissé ce genre d'indice.

Après avoir respiré profondément, elle entra franchement dans le salon.

Ses chaussures laissèrent leur empreinte sur le sol.

Elle sortit un tiroir de l'armoire et en renversa le contenu par terre. Elle demeura un moment immobile, regardant les objets dispersés, et éprouva un plaisir étrange à l'idée de rompre avec ses habitudes.

Elle continua fébrilement de sortir les tiroirs et de les renverser. Divers objets s'accumulèrent rapidement dans le salon. Elle ne se souciait guère des empreintes qu'elle laissait ou du désordre qu'elle causait.

Ce qu'elle cherchait était sans doute une chose insolite que Copycat aurait délibérément laissée dans la maison.

Han Jisu traversa le salon pour aller dans la chambre.

Une armoire, un meuble de toilette, une commode. Une couverture froissée reposait sur le grand lit contre le mur.

Il n'y avait aucun signe d'enlèvement, ni même de voyage.

Han Jisu retourna le matelas pour vérifier et enleva l'alaise. Il n'y avait rien.

Elle se mit à sortir les vêtements des tiroirs de la commode, en commençant par le plus bas, et les entassa.

La chose était invisible. Elle existait mais restait invisible. Ses tentatives demeuraient infructueuses.

Ventres vides, vulnérables, les tiroirs montraient leur panse ouverte.

Han Jisu sortit de la chambre et se dirigea vers la cuisine.

Tout était en ordre, l'évier était vide. Han Jisu regarda de tous côtés. Tout était en place.

Elle avait l'impression d'entrer dans un dessin où l'on jouait aux objets cachés. Il fallait trouver ce qui semblait à sa place mais qui, en réalité, ne l'était pas.

L'idée de ne pas trouver la chose dissimulée commença à l'angoisser.

Puis, brusquement, elle ouvrit la porte du réfrigérateur.

De l'air froid en sortit. Elle trouvait étrange que l'électricité n'ait pas encore été coupée.

Il y avait là des légumes putréfiés et des restes de nourriture moisie.

Le congélateur était rempli d'aliments congelés comme des pierres.

Elle tira la table à manger et y déposa les choses qu'elle sortit une à une du congélateur.

Des gâteaux de riz dans un sac en plastique noir, de la viande dans un sac hermétique, du poisson emballé dans un sac en plastique blanc s'accumulèrent bientôt sur la table.

Elle découvrit un petit paquet enveloppé dans un sac hermétique au fond du congélateur, au moment où elle avait presque vidé les deux compartiments. Elle sentait le bout de ses doigts engourdi. D'instinct, elle n'eut pas envie d'y toucher.

L'équipe scientifique n'avait pas vérifié l'intérieur du congélateur.

Les enquêteurs avaient leur façon à eux d'observer un lieu et de l'analyser. Ce qu'ils cherchaient généralement dans une affaire de disparition, c'étaient des traces que le coupable avait laissées à son insu et non un indice laissé délibérément.

La chose, emballée dans des serviettes en papier, avait la taille d'un tampon.

Han Jisu la sortit du sac et enleva les serviettes une à une. Après avoir ôté la dernière, elle vit la chose.

Un doigt coupé, recouvert de glace.

Il s'agissait des deux phalanges d'un pouce. Étant donné la netteté de la coupure, une arme très fine avait dû être utilisée.

Le fait que l'emballage ne soit pas taché de sang signifiait que le doigt avait été séparé d'un corps déjà mort.

Mais le doigt de qui ? Celui de Kim Younghak ou celui de sa femme, c'était certain. Han Jisu le saisit et examina l'empreinte digitale.

Comme il n'était pas abîmé, on pourrait identifier son propriétaire.

Elle ouvrit le robinet et laissa couler l'eau un moment jusqu'à ce qu'elle devienne chaude. Le bout du doigt commença à se dégeler dans l'eau. Les courbes de l'empreinte digitale se défripaient.

Elle essuya le doigt avec une serviette en papier et l'enduisit minutieusement d'une poudre compacte qu'elle avait sortie de son sac.

Tout en tenant le doigt, elle fouilla le salon et trouva du ruban adhésif d'emballage, qui tint lieu de ruban à empreinte.

L'empreinte relevée était claire et reconnaissable. Han Jisu la prit en photo et l'envoya à la brigadière Kim Seonju, qui s'occupait des identifications papillaires.

Kim Seonju était une camarade de l'École centrale de police. Elle l'examinerait très rapidement même si elle ne lui donnait aucune explication.

Peu de temps après, le téléphone sonna. C'était Kim Seonju.

— Tu as pu vérifier son identité ?

Han Jisu s'était enquise du résultat sans même la saluer.

— Tu es bien pressée. On a trouvé un cadavre ?

— Non, pas encore.

— Dans ce cas, rien d'important.

— Pourquoi ?

— C'est une empreinte digitale que le bureau de police de Yongsan m'a déjà envoyée.

— Alors, elle est de qui ?

— De Kim Younghak.

Le doigt coupé était bien un indice laissé volontairement par Copycat.

Mais que faire à présent ?

Han Jisu se sentit de nouveau perdue. Comment retrouver le cadavre avec ce bout de doigt ?

Kim Seonju ajouta quelque chose que Han Jisu ne comprit pas.

Les mots « Allô », « Han Jisu » se répétèrent, puis la communication s'interrompit.

Le congélateur était désormais vide et aucun autre indice n'avait été laissé par Copycat. Le bout de ses doigts gelés était tout engourdi.

Elle sortit son téléphone portable d'une main tremblante et appela l'inspecteur Sohn Jiyun au bureau de police de Yongsan.

— Quoi de neuf ? Où êtes-vous ?

La voix de Sohn trahissait sa curiosité.

— Vous pouvez venir chez Kim Younghak tout de suite ?

— Pourquoi ? Vous avez trouvé quelque chose ?

En fait, il semblait moins curieux qu'elle ne s'y était attendue.

— Un doigt de Kim Younghak.

— … J'arrive.

Sohn raccrocha sans poser d'autre question.

Han Jisu s'affala sur le sofa et regarda la maison en désordre. Sa tête était dans le même chaos, elle tournait, comme si on l'avait secouée. Elle avait voulu jouer aux objets cachés dans un dessin mais finalement elle avait l'impression d'y être enfermée sans rien pouvoir distinguer.

Combien de temps s'était-il écoulé ? Elle entendit une sirène au loin. Au moment où le son de la sirène atteignit la maison, elle reprit ses esprits.

La porte ouverte, elle attendit l'arrivée de Sohn.

La voiture de police s'approcha bruyamment puis s'arrêta. Sohn en descendit seul.

La sirène et le gyrophare se calmèrent.

— Je me suis dépêché mais je suis tombé dans l'heure de pointe.

Sohn sourit d'un air compassé.

Elle remarquait seulement qu'il faisait nuit.

Sohn passa devant Han Jisu qui s'effaça, et entra dans la maison.

— Le voleur était maladroit, on dirait.

La plaisanterie plut à Han Jisu. Sohn ne s'étonnait pas de voir le salon en désordre. Comme s'il avait pressenti sa façon de faire.

— Il n'y avait rien d'autre ? Une autre partie du corps ?

— Il n'y avait rien, sauf le doigt.

— C'est tout de même très bien, l'équipe scientifique ne l'avait pas trouvé...

Sohn frotta son crâne rasé de la main. On aurait dit le bruit d'une brosse nettoyant un carrelage.

— Ce n'était pas un *yakusa* tout de même, il est peu probable que Kim Younghak se soit coupé le doigt lui-même et qu'il l'ait conservé dans le congélateur. Ce qui est sûr, en tout cas, c'est qu'il a été assassiné…

— Le doigt a été coupé après sa mort. Le sang était coagulé.

— Un doigt, mais pas de cadavre. Qu'est-ce que ça signifie ?

— Je me demande si ce n'est pas un indice pour retrouver le reste du corps.

— Même un psychopathe ne mettrait pas dans le congélateur de sa victime morte un de ses doigts qu'il vient de couper. Qui pourrait faire ça ? Pourquoi ? Ça me donne le tournis.

— Copycat.

Le regard de Sohn s'anima soudain.

— Un meurtre qui en reproduit un autre ? Une imitation… Alors, il aurait fait comme Kim Younghak en transformant son meurtre en disparition ?

— Oui, c'est ce que je pense.

Sohn soupira longuement.

— Je vois, nous ne sommes pas du tout dans une affaire banale…

Han Jisu vit que le regard de Sohn, avant de s'arrêter sur le doigt coupé, avait parcouru la maison en désordre.

— Je suis désolée.

Sohn agita les mains.

— Il n'y a pas de quoi. Des policiers, y compris moi-même et des enquêteurs scientifiques, ont examiné ce lieu à plusieurs reprises. Or, personne n'a vérifié l'intérieur du congélateur. C'est parce qu'on ne pensait pas trouver ce genre de preuve. Si vous n'aviez pas été là, on ne l'aurait jamais trouvé. À partir de maintenant, c'est moi qui m'en occupe.

Sohn appela l'équipe scientifique pour la faire revenir.

— Votre présence ne servira à rien, vous pouvez partir.

En regardant le salon où l'on ne pouvait plus mettre un pied, elle demanda d'un air indifférent :

— Qu'est-ce que vous allez dire aux enquêteurs scientifiques ?

— Je dirai que c'est la faute au zèle débordant d'une inspectrice motivée.

Il sourit de nouveau.

— Merci, c'est gentil.

— De toute façon, il faut trouver rapidement le corps de Kim Younghak. Désormais, aucun de nous deux ne pourra échapper aux questions du SIP.

Han Jisu quitta la maison en laissant Sohn. Son regard croisa celui d'un policier dans la voiture. Au loin, une sirène semblait se rapprocher.

Même si l'heure de pointe était passée depuis un moment, les lumières des immeubles aux environs de la porte Gwanghwa continuaient à briller comme si elles avaient oublié d'arrêter le travail.

Han Jisu accéléra le pas, tout en réfléchissant au lien possible entre le doigt coupé de Kim Younghak et Copycat.

Même de loin, on voyait, telle une mosaïque, les centaines de fenêtres du bâtiment du commissariat central allumées.

Les membres des équipes ne rentreraient pas chez eux avant d'avoir rédigé les documents nécessaires.

Il n'y avait personne dans le bureau de l'équipe d'analyse des comportements criminels. Le service était en sous-effectif. Devant sans doute élaborer des stratégies d'entretien ou bien mener eux-mêmes des interrogatoires de suspects, à la demande de divers commissariats, aucun des profileurs n'était à son poste.

À la vue des sièges vides, Han Jisu se sentit gênée. Étant sous le coup d'une enquête et n'ayant pas le droit d'exercer, ses collègues devaient assumer son travail en plus du leur.

Elle alluma l'ordinateur et accéda au réseau interne. Le chef Oh avait suspendu son rapport sur le crime. Oh, semblait-il, ne voulait pas inclure l'affaire de Kim Younghak dans celle des meurtres en série de Copycat.

Han Jisu se leva pour aller prendre un café mais une crampe à l'estomac l'obligea à se rasseoir aussitôt. Elle se rendit compte qu'elle n'avait rien mangé de toute la journée, elle avait juste pris trois cafés. Elle attendit que ça passe. Son front était en sueur. La douleur arrivait et repartait régulièrement comme une vague.

Elle sortit du tiroir de son bureau un complément alimentaire liquide.

La chose insipide coula dans sa gorge.

Ces derniers temps, elle ne parvenait plus à percevoir le goût des saveurs, pas plus le salé et le sucré que le piquant. Alors le fait de se nourrir la fatiguait. Si elle ne devait pas manger avec d'autres personnes, elle se contentait de prendre ça.

Après avoir essuyé la sueur de son front, elle se connecta au SSAC[1]. Elle ne savait pas ce qu'elle devait y chercher mais, pour l'instant, cela valait peut-être mieux. Si elle l'avait su, elle aurait agi de façon

---

1. Système scientifique d'analyse criminelle.

routinière. Elle décida de faire confiance à son intuition. C'est ainsi qu'elle avait pu trouver le doigt de Kim Younghak.

Elle commença à parcourir rapidement une liste de décès récents. Il existait un lien étroit entre les morts violentes et les cadavres, aussi étroit que celui qui unissait la tête et les pieds.

La liste des rapports de décès qui avaient été déclarés le même jour dépassait une page.

Quand on parlait de mort violente, il s'agissait la plupart du temps d'un suicide ou d'une mort accidentelle.

Tout en égrenant la liste, Han Jisu imagina que chaque ligne se transformait en cadavre. Et que Copycat abandonnait le corps de Kim Younghak parmi ces cadavres.

Parmi les cadavres ?

Cette idée lui sembla soudain tout à fait intéressante.

Pour dissimuler un cadavre, si on réfléchissait bien, il n'était pas nécessaire de creuser la terre. Même si, par convention, c'est ce à quoi chacun pensait tout d'abord.

Or, il était possible de trouver le cadavre à condition de renoncer à l'obsession de l'espace.

S'il était possible de le cacher parmi d'autres affaires, entre d'autres cadavres ?

La solution était peut-être là.

Si Copycat avait caché le corps de Kim Younghak au milieu de victimes de mort violente, le doigt qu'elle avait trouvé devenait un indice.

Elle sélectionna les affaires dans lesquelles, au cours des cinq derniers mois, l'identité des victimes n'avait pas pu être établie. Il y en avait dix. Elle les vérifia une à une. Comme il s'agissait de morts violentes simples, il était possible de les consulter sans autorisation d'un responsable.

Les deux premières affaires concernaient deux noyés découverts dans le fleuve Han. La victime dans la deuxième affaire étant une femme, Han Jisu l'exclut.

Dans la première affaire, la victime, qui était restée très longtemps dans l'eau, n'avait plus de doigts et son corps était en si mauvais état qu'il avait été impossible de l'identifier. Le bureau de police de Yongsan avait demandé un examen ADN, mais aucun élément correspondant n'avait été retrouvé. L'identité de la victime demeurait donc inconnue.

Han Jisu examina le résultat de l'autopsie. Le médecin légiste avait observé que les poumons du cadavre étaient remplis d'eau et de plancton. C'était la preuve que la victime était encore en vie quand elle avait été immergée. La noyade était la cause de son décès.

Si Copycat avait jeté Kim Younghak dans le fleuve Han, il n'y aurait pas eu d'eau et de plancton dans son corps déjà mort. Han Jisu écarta cette affaire.

Dans les cas suivants, il était question des victimes d'un incendie meurtrier qui s'était déclaré dans un petit logement dédié aux étudiants, dans le quartier Bongcheon. C'était une affaire dont s'occupait l'équipe d'enquête incendie de la police de Séoul.

Quand on les avait retrouvés, les corps brûlés étaient sérieusement endommagés.

Les cadavres, mais aussi le lieu, avaient été largement détruits par l'incendie, on n'avait rien trouvé pour identifier les victimes.

Han Jisu vérifia les rapports d'autopsie, en excluant l'une des trois victimes, supposée être une femme. Il y était notifié que leurs voies respiratoires étaient couvertes de suie.

Pour que le noir de fumée s'installe dans les voies respiratoires, les victimes devaient être encore en vie lors de l'incendie. Même processus que pour la noyade. Donc aucune des deux victimes ne pouvait être Kim Younghak.

Dans une autre affaire, on avait découvert deux squelettes au pied d'une montagne dans la province de Kangwon, après un éboulement. Mais dans ce cas également, il était peu probable qu'un des deux morts soit Kim Younghak. Même recouvert de terre, le cadavre aurait pu être découvert à tout moment, ce qui était contraire au plan de Copycat.

L'affaire d'un suicide par pendaison à la montagne n'avait pas non plus de rapport avec Kim Younghak. Le cadavre, à moitié mangé par des animaux, était en état de décomposition avancée, si bien qu'on ne pouvait vérifier son identité. Mais selon le rapport d'autopsie, il avait tous ses doigts.

Han Jisu passa aux affaires de mort violente qui avaient été classées en meurtres.

Il y en avait deux.

La première concernait un corps découpé en morceaux près du lac Sihwa, affaire suivie par la police de Ansan-Danwon. Dans la seconde, il s'agissait d'un corps à moitié brûlé qu'on avait retrouvé dans un canal d'irrigation, situé dans une zone dépendant de la police de Danyang, dans la province de Chungcheong.

Pour ces affaires, Han Jisu demanda une autorisation de consultation. Comme elles n'étaient pas traitées par la police de Séoul, il lui faudrait attendre un moment.

Concernant le cadavre brûlé dans le canal d'irrigation, le dossier présumait que le corps avait été abandonné avant l'incendie. Vu qu'on n'avait pas trouvé de suie dans les voies respiratoires de la victime et que de l'essence avait été répandue près du corps, c'était clairement un meurtre.

Autour du cadavre, on avait prélevé des fragments de vêtements et de petits objets personnels brûlés, mais aucun indice pour identifier la victime. Un examen ADN était le dernier recours possible.

Han Jisu regarda de nouveau la date de l'événement.

Étant donné l'état du cadavre, l'abandon remontait environ à deux mois.

Du point de vue du calendrier, cette affaire ne correspondait pas à celle de Kim Younghak, mais Han Jisu ne pouvait l'exclure dans la mesure où la vitesse de décomposition du corps n'était pas connue. La victime, qui avait perdu tous ses doigts, pouvait fort bien être Kim Younghak.

Enfin, l'affaire du corps découpé, retrouvé près de la digue du lac Sihwa, avait fait l'objet d'une large couverture médiatique.

Sans être liée directement à cette affaire, Han Jisu s'en souvenait.

À la différence des cas habituels, le cadavre n'avait pas été découpé selon les articulations mais la colonne vertébrale avait été tranchée en deux. C'est justement la raison pour laquelle ce crime, encore plus délirant que les autres, avait fait les gros titres.

Le haut et le bas du corps avaient été retrouvés lors des fouilles des environs, alors que la tête et les doigts coupés restaient encore introuvables. Pour cette raison, dans cette affaire aussi, le test ADN était le seul moyen d'identifier la victime.

Le crime avait eu lieu cinq mois auparavant, ce qui correspondait au moment de la disparition de Kim Younghak.

De toute évidence, le corps découpé en morceaux était celui de Kim Younghak, pensa Han Jisu. Aucun assassin n'aurait l'idée d'effacer deux fois l'identité de sa victime, en le brûlant après lui avoir coupé les doigts.

Han respirait difficilement, comme lors d'une crise de panique.

Dans quelques jours, le service médico-légal communiquerait les résultats des examens ADN. Une fois que l'inspecteur Sohn lui aurait envoyé un échantillon ADN du doigt de Kim Younghak, ils pourraient vérifier s'il correspondait bien à celui du corps découpé.

Mais attendre sans rien faire lui semblait insupportable.

Elle imprima les rapports d'enquête et le rapport d'autopsie de l'affaire du lac Sihwa.

Elle se dit qu'avant même de connaître les résultats ADN elle pourrait savoir ce qu'avait fait Copycat par Lee Suyin.

Elle entendit le bruit d'une imprimante au fond du bureau.

Elle se leva en prenant son sac.

Sa respiration se calmait.

Elle devait revoir Lee Suyin.

Elle avait soif, sa langue était sèche comme une feuille morte. Elle avait très envie d'un café.

6

La lumière de la chambre s'alluma. Suyin frissonna. Il n'avait entendu la porte ni s'ouvrir ni se refermer.

Après la diminution de la dose de calmant, il lui était souvent difficile de dormir profondément, la douleur était trop forte. En revanche, il lui arrivait fréquemment de s'assoupir. C'était toujours un sommeil léger, il ne savait même pas qu'il s'était endormi.

Quelqu'un était entré dans la chambre et avait allumé la lumière.

Suyin tenait fermement le pulsomètre et l'aiguille de la perfusion sous la couverture. Il était angoissé à l'idée que d'un moment à l'autre quelqu'un pouvait tendre la main pour lui serrer le cou.

Retenant son souffle, il se mit à compter. Jusqu'à trente, il ne constata aucun signe de mouvement. Si quelqu'un avait voulu l'agresser, il aurait eu le temps.

Suyin se redressa doucement. Sa blouse trempée de sueur collait à son dos.

De quoi ai-je peur ?

Se sentir effrayé à ce point le déconcertait. Après avoir perdu la vue et la mémoire, l'idée de la mort ne lui faisait pas vraiment peur. Sa peur, c'était d'être tué sans rien savoir.

Sa peur, c'était celle de ne pas pouvoir se souvenir de Copycat et de ne pas pouvoir l'arrêter.

Suyin regarda le plafond éclairé. Une lumière infime comme un trou d'aiguille pénétra ses yeux plongés dans le noir. Il sentit qu'il était capable de distinguer la lumière de l'obscurité.

Il jugea toutefois qu'il valait mieux ne rien dire à l'inspectrice Han. Car la récupération de sa vue se faisait très lentement et il n'était pas sûr de pouvoir recouvrer la mémoire même s'il arrivait à voir de nouveau.

Or, le plus important à présent, ce n'était pas la vue mais la mémoire.

Suyin s'efforça une fois encore de remonter le temps, de dérouler ses journées l'une après l'autre, dans l'ordre inverse. Il pensait qu'il pourrait de cette façon se souvenir du jour que probablement il n'avait pas oublié.

Il commença par les souvenirs les plus récents.

Il s'était endormi un moment, la lumière s'était allumée. Avant cela, il avait dîné. Pendant le repas, il avait fait tomber une cuillère. La cuillère en plastique n'avait fait aucun bruit en touchant le sol.

Il ne savait pas exactement combien de temps s'était écoulé depuis, mais il se rappela que Kim et Lee, les deux infirmières, étaient venues changer sa perfusion.

Désormais Lee était parfaitement capable de changer la perfusion toute seule et de prélever du sang. Pourtant, elle était toujours accompagnée de l'autre infirmière.

Avant cela, il avait subi un examen.

Les deux infirmières avaient poussé son lit. Le grincement des roues avait été suivi d'un tintement d'objet métallique. Le bruit que faisait Choi, armé, en marchant.

Quand Suyin se déplaçait dans le couloir, il n'y avait jamais aucun bruit. Il avait l'impression qu'il n'y avait personne, sauf eux. Comme s'il traversait une route sans feux de signalisation. Suyin n'entendait rien si ce n'est le bruit de l'ascenseur réservé aux patients. L'ascenseur des visiteurs semblait ne pas fonctionner.

Le silence du couloir ne le gênait pas. En revanche, le fait qu'on contrôle tout, jusqu'à arrêter l'ascenseur des visiteurs, l'inquiétait. Cela signifiait qu'à l'extérieur de la chambre il y avait du danger.

Il en était maintenant à la veille.

L'inspectrice Han était-elle venue ?

Soudain, le bruit de la porte qui s'ouvrait interrompit sa remémoration.

Suyin se concentra spontanément pour écouter les sons suivants.

— Je vous ai réveillé ?

C'était l'inspectrice Han. C'était la première fois qu'elle venait à cette heure tardive.

Suyin comprit qu'il s'était passé quelque chose d'inhabituel.

Il agita les mains en guise de salut.

— Il est tard, n'est-ce pas ? Je suis désolée.

— Quelque chose de grave ?

Il perçut la respiration de la femme, plus proche que tout à l'heure.

— Il y a environ cinq mois un corps découpé en morceaux a été retrouvé près du lac Sihwa. Son identité est inconnue.

L'inspectrice Han parlait de cette affaire de meurtre d'une voix indifférente, comme si elle lui annonçait qu'elle avait un nouveau voisin.

— Un homme en train de pêcher près de la digue a découvert le corps coincé dans l'écluse, puis il a prévenu la police. C'était le bas du corps. Le haut du corps a été retrouvé à cinquante mètres de la digue.

Han racontait lentement, d'un ton détaché. Suyin sentait son sang circuler rapidement dans tout son corps.

— C'est peut-être Copycat ? dit-il.

Il entendit le bruit qu'elle faisait, *toc*, en tapant avec son ongle sur une surface dure.

— Je veux savoir ce que vous en pensez.

C'était pour cette raison qu'elle était venue le voir à une heure aussi avancée. Elle voulait qu'il lui confirme que ce crime avait très probablement été commis par Copycat.

Suyin se redressa.

— Vous croyez que je retrouverai la mémoire un jour et que j'attraperai Copycat ?

— Ce jour viendra sûrement. Même si vous n'arrivez pas à retrouver la mémoire, lui, il sera arrêté.

Il n'y avait aucune chaleur dans la voix de Han.

Ce ton distant réconfortait pourtant Suyin au lieu de le blesser.

La voix sèche de Han avait un pouvoir, celui de faire croire à ce qu'elle disait, comme des faits réels.

— Il faut… l'attraper. Pour que… je survive.

Suyin se demanda avec inquiétude combien d'autres meurtres Copycat avait commis, en plus des trois identifiés. Plus le nombre de ses meurtres augmenterait, plus lui-même se sentirait coupable.

Il devait absolument se souvenir de lui.

— Je vous crois.

Han parlait peu. Ses paroles étaient toujours dénuées d'émotion. Pour Suyin, cette distance psychologique était plutôt une bonne chose.

— Quel était l'état du cadavre retrouvé près du lac Sihwa ?

Il entendit Han tourner les pages du dossier d'enquête.

— La décomposition n'était pas très avancée, la colonne vertébrale était coupée en deux. Et les morceaux du corps avaient été emballés dans une couverture.

— Les autres parties du corps étaient-elles endommagées ?

— Les dix doigts avaient été coupés.

— Et encore ?

— La tête et les viscères n'ont pas été retrouvés. Quelle cruauté, n'est-ce pas ?

Han avait employé le mot « cruauté » en référence à l'état du cadavre. Elle n'avait pas précisé les numéros des vertèbres endommagées par l'arme tranchante.

Ce n'était pas sa manière habituelle de parler, pensa Suyin.

Pour un assassin, découper le cadavre était un choix économique. Même un poisson, on le découpe en morceaux pour le transporter plus facilement.

Le meurtrier ordinaire ne prend pas la peine de découper le corps de sa victime, en cherchant des outils autour de lui et en se couvrant de sang. S'il doit le faire dans une situation où le temps lui manque, c'est généralement pour transporter le cadavre.

Cela signifie qu'il a du mal à déplacer le corps avec ses membres.

Il fallait donc savoir de quel lieu il avait transporté le cadavre.

La réflexion de Suyin, qui prenait son temps, fut interrompue par Han.

— Ses doigts et sa tête ont été coupés pour qu'on ne puisse pas identifier la victime ?

La réponse était évidente. Les doigts étaient l'un des indices les plus élémentaires dans l'identification de la victime. Le coupable les avait supprimés.

L'assassin devait en savoir davantage sur le sujet. Il savait déjà qu'on pouvait identifier la victime, grâce à ses dents, en consultant ses fiches médicales. C'est pourquoi la tête aussi avait disparu.

— Vous avez dit que les morceaux du corps avaient été emballés dans une couverture ? demanda Suyin.

— Oui, mais c'est une couverture ordinaire qu'on peut trouver au marché, elle n'ouvre aucune piste.

— Si l'identité de la victime a été effacée…

— C'est pour qu'on ne sache pas qui était le coupable.

— Non. Si c'est Copycat, il voulait faire connaître l'identité du coupable une fois que l'identité de la victime serait connue.

— Mais comment… vous arrivez à cette conclusion ? lui demanda Han d'une voix hésitante.

— Le coupable est un homme, connu de la victime. Il avait bien sûr une voiture, et la distance entre le lieu du meurtre et le lac Sihwa où il a abandonné le cadavre était sûrement nécessaire à sa résistance psychologique.

— Et ?

— Le lieu du crime devait être soit le domicile du coupable, soit celui de la victime. En tout cas, très probablement celui des deux qui n'avait pas de famille.

Suyin trouva lui-même étranges ces mots – « résistance psychologique » – sortis brusquement de sa bouche. Il savait ce qu'ils signifiaient sans toutefois comprendre d'où ils étaient venus.

Il pensa qu'il n'avait peut-être pas perdu la mémoire et qu'elle restait cachée quelque part dans sa tête. Pour le moment, il n'y avait pas moyen de la faire sortir.

— Mais pourquoi dites-vous que c'est un homme, et qu'il était connu de la victime ? questionna Han.

— S'il a seulement coupé le tronc et pas les jambes ou les autres parties du corps, c'est qu'il était en mesure de déplacer le corps coupé en deux, réduit à un volume transportable. Le poids du corps n'était pas un problème pour lui. En même temps il ne voulait pas attirer l'attention des autres. Par conséquent, le coupable était probablement un homme vigoureux.

— Et vous dites qu'il était connu de la victime ?

La question était naïve. Celle de quelqu'un qui ne savait rien de l'enquête.

En général, les gens ordinaires sont effrayés par le mot « morceaux » qui suscite chez eux une image particulièrement morbide, ce qui les amène à supposer que le coupable est un psychopathe. En revanche, pour un inspecteur, qui va tout de suite à l'essentiel, le mot est envisagé d'une autre façon. L'analyse de Suyin l'avait conduit à penser que le meurtrier était connu de la victime.

— Si le meurtrier a pris le temps de découper le corps de la victime en morceaux et d'aller les jeter, c'est parce qu'il pouvait être considéré comme un suspect majeur dans le cas où l'on aurait retrouvé le cadavre sur le lieu du crime.

— Je vois… Connu de la victime.

— En général, l'enfouissement ou l'abandon du cadavre se fait dans le but de retarder la découverte du crime. Mais dans le cas de l'abandon d'un corps découpé…

— Vous pensez que le crime a eu lieu chez le coupable ou chez la victime ?

— Le corps était enveloppé dans une couverture. Cela signifie que tout a eu lieu chez l'un des deux. Et si on n'a encore rien découvert, c'est parce que le crime s'est produit probablement chez celui des deux qui vivait seul.

Han, qui semblait être d'accord avec Suyin, arrêta son interrogatoire.

Suyin avait l'impression de passer des examens de plus en plus difficiles. Il attendit les questions suivantes.

— Hum… Il était obligé d'utiliser une voiture pour transporter le cadavre et, dans ce cas, il n'avait aucune raison de l'abandonner à proximité du lieu où le crime avait été commis ?

— C'est ça.

Suyin fit un résumé de l'affaire dans sa tête.

Il imagina concrètement le coupable. Mais ses caractéristiques ne correspondaient pas à celles de Copycat.

Dans l'affaire en question, le coupable avait délibérément effacé l'identité de la victime en lui coupant les doigts et la tête. Si de cette façon la victime restait anonyme, le mobile du crime disparaissait. Un meurtre pour rien, sans idée de vengeance, sans message.

C'est ce qu'avait voulu Copycat ?

Un meurtre gratuit avait-il un sens pour lui ?

Pourquoi Han pensait-elle qu'il s'agissait d'un crime commis par Copycat ? C'était maintenant à son tour de poser les questions.

— Il y a quelque chose de plus important. Quelque chose qui est dissimulé mais pas complètement.

— Selon vous, de quoi s'agit-il ?

Suyin pensait qu'en tout cas c'était une clé pour identifier la victime.

— Peut-être de la tête ou des doigts coupés.

Il entendit Han respirer rapidement. Puis un silence s'installa, qui inquiéta Suyin.

— Vous vous… souvenez de certaines choses ? lui demanda Han en brisant le silence.

Son médecin lui posait la même question, mais Suyin sentit que cette fois elle était formulée pour une autre raison.

Si la question du médecin était rituelle, destinée à vérifier simplement son état, Han lui faisait entrevoir un espoir.

— Désolé, mais pas encore…

— Je suis surprise. De votre raisonnement. Vous avez raison, j'ai découvert en effet un bout de doigt dans le congélateur de Kim Younghak aujourd'hui.

Suyin nota que la voix sèche de Han s'animait.

— C'était un doigt de Kim Younghak ?

— Exactement.

— Le meurtrier a caché l'arbre dans la forêt.

Cinq mois auparavant, Copycat avait dissimulé le corps de Kim Younghak parmi d'autres cadavres, après lui avoir coupé les doigts et la tête afin d'effacer son identité.

Cinq mois avant la découverte du cadavre, la police avait demandé un test ADN, mais le service médico-légal n'avait trouvé aucune correspondance dans les bases de données. Car avant la déclaration de sa disparition, aucune information sur Kim Younghak n'était encore disponible.

C'est ainsi que l'arbre s'était transformé en forêt.

En cachant l'arbre dans la forêt, Copycat avait prévu que le crime serait découvert au bon moment, ni trop tôt ni trop tard. C'est la raison pour laquelle il avait laissé, comme piste, un doigt de la victime dans le congélateur.

— En effet. Il nous égare dans la forêt en nous empêchant de voir l'arbre.

Suyin nota que la voix de Han exprimait un sentiment mêlé de confusion et de colère.

— Enfin, c'est vous qui avez trouvé l'arbre. C'est maintenant que tout commence.

Il espérait que son visage était à présent détendu. Quand il acheva sa phrase, il entendit Han taper sur quelque chose du bout des doigts.

Il comprit alors qu'elle avait enregistré toutes leurs conversations.

Lorsque Han Jisu se leva de sa chaise, elle fut prise d'un vertige et agrippa le bord du lit. Devant ses yeux, des points noirs surgirent puis disparurent lentement.

Sa journée avait été longue et n'était pas encore terminée.

Elle renonça à l'idée de boire de l'eau à la place d'un café et se rassit.

Les motifs de la blouse de Lee Suyin lui apparaissaient déformés, un peu comme des tourbillons.

L'homme observa Han Jisu. Ou plutôt, son regard aveugle, sensible au son, se dirigea vers elle.

— Selon votre analyse, Copycat et Kim Younghak se connaissaient ?

Han Jisu réactiva l'enregistrement sonore sur son téléphone portable. Des courbes noires se dessinaient en fonction des vibrations du son.

— Très probablement. C'est la seule hypothèse possible dans cette affaire de meurtre où il n'y a ni lutte ni enlèvement. D'ailleurs, Copycat devait savoir que Kim Younghak vivait seul et que personne ne déclarerait sa disparition.

— Selon vous, Copycat est quelqu'un de son voisinage ?

— Non, je ne crois pas. Son crime ne révèle aucune émotion. Ce n'est pas un sentiment mais une raison déterminée qui a guidé son acte criminel.

— Quelqu'un qui connaissait bien Kim Younghak mais en même temps ne faisait pas partie de son entourage… C'est de là que doit partir l'enquête.

— C'est ça.

— Par exemple ?

Un silence s'installa. Han Jisu sentit que le regard aveugle de Lee Suyin arrivait sur elle puis partait dans les airs. Elle constata que l'état du malade s'était nettement amélioré.

Elle observait sans relâche la façon dont il lui posait des questions et dont il réfléchissait aux siennes pour y répondre. Tout en craignant que le stress puisse chasser sa mémoire, ses questions se faisaient néanmoins de plus en plus oppressantes.

Il répondait admirablement bien, beaucoup mieux qu'elle ne l'aurait pensé. Il était capable de remarquer des choses auxquelles elle n'avait guère prêté attention. Comment un homme qui avait perdu la mémoire pouvait-il établir un lien entre l'affaire d'un corps découpé et Copycat, après avoir écouté un résumé de quelques lignes ?

Elle était certaine qu'il était en train, peu à peu, de recouvrer sa mémoire perdue.

Elle sentit que son regard qui semblait voir des choses revenait vers elle.

— Copycat doit avoir un lien avec notre société.

— Avec notre société ? s'étonna spontanément Han Jisu.

Le mot « société » appartenait au jargon utilisé dans le milieu afin de ne pas attirer l'attention des gens extérieurs.

Il se souvenait donc du jargon des policiers.

— Copycat sait trop de choses. Il est à l'intérieur de la société ou bien travaille avec quelqu'un de la société.

Lee Suyin avait mal interprété l'étonnement de Han Jisu.

— Dans ce cas, il doit être au moins chef d'équipe ?

Pour eux, le mot « chef » désignait un major de police, âgé, qui n'avait pas été promu cadre.

— Oui. Copycat est peut-être plus proche de nous qu'on ne le pense.

Suyin accepta cette idée sans résister. Han Jisu trouvait cet homme bizarre. Il n'arrivait pas à se souvenir de son propre nom mais utilisait leur jargon.

— J'ai envie de savoir à quoi ressemble Copycat dans votre mémoire.

— … J'ai peur. De voir un visage que je connais peut-être.

Han Jisu le regarda presser ses mains jusqu'à ce que ses doigts deviennent tout blancs. Elle se dit qu'elle pouvait comprendre sa peur. Elle choisit de changer de sujet.

— Vous avez rêvé, récemment ?

— Depuis qu'on a diminué les calmants, je n'arrive pas à dormir suffisamment pour rêver. La plupart du temps, ce sont des sommeils brefs.

— Vous avez besoin de dormir profondément.

— Quand je prends des médicaments, j'ai la tête embrumée, comme si j'avais un voile à l'intérieur. Je dois me souvenir de Copycat avant qu'il ne tue à nouveau.

Han Jisu se leva lentement. La disparition des vertiges lui fit voir les choses d'une façon plus objective.

Le tueur en série Copycat, son chasseur amnésique et elle.

Lee Suyin lui avait confirmé que le corps découpé cinq mois plus tôt était bel et bien celui de Kim Younghak.

Elle comprit que le meilleur moyen d'attraper Copycat était d'entrer dans la tête de Lee Suyin. Elle avait besoin de continuer à le voir.

Elle secoua la tête, où tout commençait à s'embrouiller.

— Reposez-vous un peu. Cela vous donnera de l'énergie pour poursuivre Copycat.

Sans répondre, Suyin s'appuya sur son oreiller.

Han Jisu arrêta l'enregistrement et envoya le nouveau fichier à Oh par mail.

Elle reçut un message de ce dernier dès que le transfert du fichier fut effectué.

Oh avait joint trois photos dans son mail. Ce qu'il n'avait jamais fait jusqu'alors.

Han Jisu ouvrit les pièces jointes et vérifia les photos.

La première avait été prise sur le lieu d'un crime.

La victime n'y figurait pas, elle devait déjà avoir été transportée, et une flaque de sang stagnait sur le sol. Vu la quantité de sang, la victime n'avait probablement pas survécu. C'était une affaire de meurtre.

En regardant la photo, elle éprouva une sensation de déjà-vu. Le lieu du crime qu'elle voyait pour la première fois ne lui semblait pas inconnu.

Sur la suivante, le lieu du crime avait été pris de loin.

La photo montrait l'intérieur d'une chambre. Une chaise, un écran d'ordinateur étaient à terre. La victime et l'agresseur devaient s'être battus.

Sur le sol couvert de sang, il y avait des traces distinctes de chaussures.

La troisième et dernière photo était celle du corps d'un homme mort. La partie supérieure portait des traces de couteau, plus ou moins grandes.

Han Jisu comprit l'intention de Oh, si toutefois il avait envoyé les photos en sachant qu'elle était avec Suyin.

L'auteur du crime devait être Copycat.

Ding…

Han Jisu reçut une notification de message.

Lee Suyin réagit au signal sonore et son regard se dirigea vers Han Jisu.

« Tu as vu les photos ? Va demain sur place, avec Lee Suyin », lui ordonnait Oh brièvement.

« D'accord. »

Après lui avoir répondu, Han Jisu leva les yeux vers Lee Suyin. Sa nervosité était manifeste.

Elle prit une courte respiration.

— Que s'est-il passé ? demanda Lee Suyin.

— Mauvaise nouvelle. La période de pause de Copycat est terminée.

— Pourquoi déjà ?

Il poussa un gémissement comme un soupir.

— On m'a donné l'ordre d'aller sur les lieux du crime avec vous demain, annonça-t-elle sur le ton le plus sec et formel qu'elle put.

— …

Il ne disait rien. Elle dirigea ses pas vers la porte. Le regard de Lee Suyin la suivit.

— Reposez-vous bien. Demain sera une journée difficile.

— Pourquoi déjà ?

Il répéta ces mots de sens vague.

Elle l'observa encore une fois avant de quitter la chambre. Sous la lumière pâle, il avait l'air encore si faible.

La porte se referma doucement.

7

L'inspecteur Sohn Jiyun sortit une cigarette et la coinça entre ses lèvres. Il approcha son briquet puis eut un sourire dépité. Il en avait déjà une à la bouche.

Sur le lieu d'un crime, fumer est interdit, tout comme marcher avec des chaussures. C'est un acte qui va à l'encontre des consignes scientifiques. Sohn secoua la tête.

La cigarette à la bouche, il resta un moment immobile. C'était suffisant pour le réconforter dans ce chaos.

Dans la maison il faisait déjà assez sombre pour que les contours des objets soient à peine visibles.

Sohn alluma toutes les lumières.

Une sirène hurlante approcha puis s'arrêta.

Il entendit un brouhaha et la porte s'ouvrit.

Des enquêteurs scientifiques portant combinaison de protection, masque, charlotte et chaussons entrèrent dans la maison.

Sohn reconnut à leurs yeux le major Ko Kyeongsik et le gardien de la paix Choi Jeongpil, le benjamin de l'équipe scientifique.

Afin de geler les lieux, Choi se préparait à poser des dalles pour marcher dans le salon, mais il s'arrêta net. Il venait de voir Sohn chaussé, cigarette au bec.

Le sol du salon portait les traces des pas de Han et de Sohn.

Ko alla droit vers ce dernier.

— L'homme a disparu depuis cinq mois, que veux-tu qu'il reste encore chez lui ? Tu te fiches de moi ? Pourquoi tu m'as fait venir ?

— Si tu avais fait attention la dernière fois, tu n'aurais pas eu besoin de revenir.

Le regard de Ko parcourut rapidement la pièce et s'arrêta sur Sohn.

— Pourquoi c'est dans cet état ?

Sohn retira la cigarette de sa bouche et indiqua le doigt coupé sur l'évier.

— C'est quoi ?

Le visage renfrogné de Ko se figea.

— Un doigt de Kim Younghak.

— Et pourquoi il est là ?

— C'est ça, la question.

— C'est quoi, ce bordel ?

— C'est moi qui l'ai fait pour exhumer des preuves, dit Sohn avec un sourire ambigu, en évitant le regard de Ko.

— Les vestiges qu'on exhume hors du cadre de l'enquête sont considérés comme des objets pillés, tu le sais, non ?

Sohn ne trouvait pas d'excuse.

— Exhumer ou piller, il fallait d'abord trouver quelque chose. Et si l'affaire du meurtre se terminait en disparition ?

L'air contrarié, Ko resta muet.

— Kim Younghak a été assassiné par Copycat.

Les yeux de Ko s'écarquillèrent. Choi, qui avait observé Ko, semblait lui aussi très tendu.

— Copycat a reproduit exactement les méthodes criminelles de Kim Younghak. Depuis le moment du meurtre jusqu'à celui de sa disparition.

Sohn avait répété ce qu'avait dit Han Jisu. Il se sentit vexé.

Pendant qu'il se plaignait de son inaction forcée, Han Jisu, affiliée à la police de Séoul mais qui n'était pas chargée de l'affaire, avait commencé à s'en mêler. C'est elle qui avait trouvé le doigt coupé de Kim Younghak et le lien avec Copycat. Ce n'était donc plus lui qui avait le contrôle de l'affaire, c'était elle.

Sohn jeta nerveusement la cigarette qu'il tenait à la main. Il murmura un juron qui s'évapora aussitôt.

— Alors, c'est quoi, le doigt coupé ?

— Un indice pour retrouver Kim Younghak.

— Et comment ?

— C'est ce qu'il faut trouver.

Sohn ne comptait pas laisser Han Jisu trouver le cadavre de Kim Younghak avant lui.

— Qu'est-ce que tu voulais faire sans gants, après avoir tout sali ?

— Désolé. On a identifié Kim Younghak grâce à l'empreinte du doigt. S'il te plaît, cherche ce que Copycat a pu laisser. S'il y avait d'autres traces, on pourrait réactiver des preuves enterrées. Tu as entendu ? Ne t'occupe pas des traces et des objets qui sont par terre. Cherche s'il n'y a pas d'empreintes digitales et de traces d'intrusion dans les endroits par où on aurait pu entrer dans la maison.

Après avoir ramassé ses affaires d'un air hésitant, Choi sortit de la maison. Aussitôt apparut le miroitement d'une lampe torche par la fenêtre du salon.

Dès que Choi fut sorti, Ko, l'air sérieux, s'adressa à Sohn.

— Dis-moi franchement les choses. Pour que je puisse t'aider.

— Quoi ?

— On n'est pas nés de la dernière pluie. Je sais bien que ce n'est pas toi qui as mis la maison dans cet état. Tu travailles à la brigade criminelle et tu n'es pas très créatif.

Sohn n'avait rien à dire. Ko avait raison.

— Le doigt, c'est Han Jisu qui l'a trouvé.

— Celle de l'équipe d'analyse comportementale ?

— Exact. En ce moment, elle fait l'objet d'une enquête à cause de la disparition de Kim Younghak. Selon elle, Kim Younghak n'aurait pas disparu mais aurait été assassiné par Copycat. Elle pense que Copycat a laissé des indices pour qu'on découvre ce qu'il a fait.

Ko hocha la tête.

— C'est pour ça qu'elle a fouillé en mettant un tel bazar ?

— Oui. Les enquêteurs ont déjà examiné deux fois la maison à leur façon, sans rien trouver.

— Elle est brutale mais elle travaille mieux que nous.

Ko eut un sourire dépité. Sohn pensa que s'il se regardait dans un miroir il verrait sans doute la même expression.

— On fait de notre mieux.

Ko retira habilement les vis de la porte du réfrigérateur et en détacha la poignée.

Après avoir sorti un pinceau et la poudre noire du sac en aluminium arborant le logo « KSPI », il se disposa à prélever les empreintes digitales sur l'intérieur de la poignée.

L'air ne circulait pas, la sueur envahit son front.

— S'il y avait des empreintes de Copycat là-dessus, on aurait pu les prélever l'autre fois, non ?

Ko s'arrêta et dévisagea Sohn.

— Il est tout à fait possible que Copycat soit venu mettre le doigt dans le congélateur après notre passage.

Sohn ne pouvait pas le nier. Ko avait raison.

Ko donna des coups de pinceau sur tous les côtés de la poignée puis préleva les empreintes digitales à l'aide d'un ruban multifonctionnel.

— Tiens, cinq empreintes. En écartant celles qui se répètent. Les cinq empreintes et les autres, c'est probablement celles de Han. S'il n'y a que ces empreintes, on pourrait penser qu'elle habite ici.

Sohn rit spontanément à la plaisanterie de Ko. Les deux hommes avaient prévu ce résultat.

Ko préleva aussi des empreintes digitales sur le sac plastique dans lequel se trouvait le doigt. Il regarda Sohn et secoua la tête.

Il était sûr que les seules empreintes digitales relevées étaient celles de Han.

— Je vais examiner au laboratoire la serviette en papier qui enveloppait le doigt. Je vais la tremper dans une solution de ninhydrine et la laisser sécher. Ça prendra un peu de temps.

— D'accord. Je ne pense pas qu'on trouve autre chose, mais si jamais tu trouves, tu m'appelles. Même s'il est tard.

Ko prit trois ou quatre photos de la poignée du réfrigérateur, du sac plastique, du doigt. Puis il rangea dans le sac en aluminium ce qu'il avait utilisé pour l'identification des empreintes.

— Pour l'ADN ? lui demanda Sohn.

— Va directement au médico-légal. Ce sera plus rapide si tu y vas avec le doigt au lieu de leur envoyer un échantillon ADN.

— Je peux y aller maintenant ?

— Tu demanderas le docteur Lim Soogeun, il est au laboratoire de génétique. Je vais l'appeler. Si je lui explique, il acceptera de faire le test en urgence.

— Merci.

Sans un mot, Ko mit le doigt dans une enveloppe spéciale et y ajouta un morceau de viande congelée qu'il avait ramassé par terre.

— Apporte-le comme ça, ça empêchera la décomposition en cours de route.

Ko remit soigneusement la poignée en place et essuya la poudre.

Après avoir ôté ses gants et son bonnet, il enleva son masque. Il respira profondément. Le masque avait laissé une trace en losange sur son visage trempé de sueur.

— Merci pour ton aide.

Sohn lui fit un vague salut militaire.

Sans y prêter attention, Ko quitta le lieu avec ses affaires. Le miroitement de la lampe torche disparut.

Sohn éteignit l'une après l'autre toutes les lumières de la maison, la lumière de la chambre, puis celle de la cuisine, puis celle du salon.

Après être passé par la ville de Seongnam, Sohn prit l'autoroute en direction de Wonju en prenant l'échangeur de Chowol.

Ses idées s'emmêlaient.

Il sortit une cigarette et l'alluma.

Une scène où l'inspectrice Han interrogeait Kim Younghak lui revint à l'esprit. C'était le deuxième interrogatoire auquel l'homme avait été convoqué en tant que suspect. Tout au long de la séance, Han avait essayé de trouver des incohérences dans ses propos. Elle lui avait même demandé ses alibis dans l'ordre inverse de la chronologie.

Les faux alibis montrent leurs failles quand on les donne à rebours, avait-elle dit. Mais Kim Younghak n'avait eu aucune difficulté à lui fournir les siens ainsi. Cela voulait dire soit qu'il était innocent, soit qu'il avait tout préparé.

Han aurait aimé arrêter Kim Younghak plus que n'importe qui d'autre. Sohn se rappela qu'à la fin de cet interrogatoire les veines dans ses yeux étaient rouges.

Il avait trouvé sa méthode d'enquête peu objective. Il y avait en elle quelque chose d'émotionnel.

Il aspira profondément la fumée de sa cigarette. Il espérait que sa pensée s'arrêterait comme on arrête de respirer. Un inspecteur appréhende le coupable en agissant, pas en pensant.

Il fut pris d'une toux soudaine.

Il écrasa sa cigarette et accéléra. Sa vieille Sonata poussait des gémissements.

Comme c'était un jour de semaine, il n'y avait pas d'embouteillage. S'il pouvait continuer à cette vitesse, il rejoindrait le service médico-légal avant vingt et une heures.

Il passa le péage de Namwonju à vingt heures quarante.

Il réduisit sa vitesse. Il lui restait à peine dix kilomètres avant d'arriver à destination.

Il était persuadé qu'il allait trouver quelque chose avec le test ADN. Intuition d'inspecteur.

Après un contrôle d'identité à l'entrée du service médico-légal, il se dirigea vers le parking. Il était sombre et désert, alors que le bâtiment principal était éclairé par endroits.

Une fois sa voiture garée, Sohn monta directement au troisième étage.

En principe, il aurait dû passer par le guichet de réception des preuves qui se trouvait au premier étage, mais avant tout il voulait voir le docteur Lim dont Ko lui avait parlé.

Dans la salle du troisième dédiée à l'analyse approfondie, le docteur, dans sa blouse de laboratoire, était seul. C'était un homme au visage rond, plutôt séduisant, proche de la cinquantaine.

— À cause de moi vous n'avez pas pu rentrer chez vous…

— Ne vous inquiétez pas. Une urgence est une urgence.

Le docteur l'avait accueilli sans marquer la moindre irritation.

La salle était remplie d'ordinateurs et de divers appareils d'analyse dont Sohn ne connaissait pas les fonctions. Le bruit des machines en marche emplissait l'espace.

Lim Soogeun manipulait des récipients en verre sur une table, à côté du mur. Sohn était étonné qu'on utilise encore ces outils analogiques dans un service médico-légal national.

Le docteur lui tendit un verre de liquide noir qu'il avait préparé avec son matériel.

— Vous pouvez boire. Ce n'est pas du poison, soyez sans crainte.

Il souriait, plaisantant sans doute, mais Sohn ne prit pas tout de suite le verre.

— C'est un café. Je l'ai fait moi-même en utilisant un entonnoir filtre, un autre entonnoir et une fiole. Je l'ai dilué, mais si c'est encore trop fort pour vous je peux y ajouter de l'eau.

Le café devait avoir un goût de produits chimiques, pensa Sohn par réflexe. Il en prit une gorgée. Le café était assez fort mais, en avalant doucement, il pouvait le boire.

— C'est bon.

Le docteur lui adressa un sourire satisfait comme un barista complimenté.

— Alors, apparemment, on a retrouvé un doigt de la victime ? Celle qui a été tuée par Copycat.

Sohn lui expliqua l'essentiel concernant la disparition de Kim Younghak et la découverte d'un de ses doigts chez lui, dans son congélateur. Et il ajouta que Kim Younghak était coupable du meurtre de son épouse et qu'ils n'avaient toujours pas retrouvé les corps.

Pendant qu'il parlait, le docteur se gratta plusieurs fois les sourcils. Un tic, probablement.

— C'est pourquoi vous supposez qu'il a été assassiné. Vu le doigt retrouvé chez lui, c'est tout à fait plausible. D'ailleurs, il a sûrement été tué de la même manière que sa femme, ce qui vous fait penser que ce crime a été commis par Copycat.

— Oui, c'est ça.

— Bon, d'accord. Il nous faudra deux heures pour obtenir le résultat de l'examen ADN avec ce nouvel analyseur. Mais ce qu'on peut en tirer, c'est juste le profil ADN de Kim Younghak. Si on veut aller plus loin, il faudra qu'on arrive à trouver les correspondances. Si c'est bien Copycat le coupable, il est possible qu'on trouve alors quelque chose dans les bases de données génétiques.

— J'attendrai.

— Bon, commençons.

Le docteur rit, hé ! hé !, en sortant le doigt de son emballage. Le membre, qui avait commencé à dégeler une fois dans l'eau, était recouvert d'une mince couche de glace.

— Ce n'est pas mal, cet emballage.

— Je me suis dépêché de venir…

— Ah, mais c'était un compliment. Avant, on m'envoyait parfois des poches en plastique dans lesquelles il y avait seulement des échantillons. Et si les échantillons se décomposent, l'ADN disparaît.

Le docteur tendit à Sohn le morceau de viande qui avait été emballé avec le doigt.

Il était encore froid comme de la glace. Sohn quitta la salle en l'emportant. Il ne restait plus qu'à patienter.

Comme un grand soupir, la fumée de sa cigarette se dispersa dans le ciel de la nuit. Son angoisse se calma.

Cette attente n'était rien en comparaison des planques qu'il avait dû endurer tant de fois sans dormir pour surveiller des suspects, sans aucune certitude d'attraper quelqu'un au final. Cette fois, au bout de l'attente, il obtiendrait un résultat.

Il pourrait déjà en avoir une idée après un bref sommeil dans sa voiture.

Dans l'habitacle il avait froid, sensation familière avec les interminables surveillances en « sous-marin ». Il remonta la fermeture éclair de son blouson jusqu'au cou et recula son siège. Puis il ferma les yeux. La fatigue l'envahit.

Combien de temps s'était-il écoulé ? La vibration de son téléphone portable lui fit ouvrir les yeux.

Deux heures trente-quatre.

C'était le brigadier Ko de l'équipe d'enquête scientifique.

Sa gorge était encombrée, il avait du mal à parler.

— Alors, comment ça se passe de ton côté ? demanda Ko.

— J'attends. Et du tien ?

— C'est un peu étrange.

— Pourquoi, qu'est-ce que tu as trouvé ?

— Les empreintes digitales de Han Jisu.

— Ah, alors ? On s'y attendait.

— Oui, mais l'endroit où je les ai trouvées est curieux.

— C'était où ?

— À l'intérieur de la serviette en papier. Quand on déplie une chose, on laisse généralement des empreintes sur l'extérieur de la chose.

— Bon, mais ses empreintes ont été laissées par hasard. Vu l'état dans lequel elle avait mis la maison, on peut dire que ça semble plausible.

— Oui, c'est possible.

— Merci de ton aide, en tout cas. Tu sais des choses sur Han Jisu ?

— Pas directement, mais j'ai entendu parler d'elle.

— Quoi, par exemple ?

— Un suspect qu'elle avait interrogé il y a environ six ans s'est suicidé. Depuis, on la surnomme « la profileuse au couteau ».

— Et encore, raconte ?

— Le suspect avait reconnu un viol, mais pas les vols de sous-vêtements féminins qu'il était accusé d'avoir commis autrefois. Comme il avait avoué son crime le plus grave, les enquêteurs voulaient boucler l'affaire mais Han ne voulait pas lâcher le suspect et lui parlait obstinément des vols. Il a finalement tout reconnu. Sauf qu'ensuite il a eu tellement honte d'avoir volé des sous-vêtements dans son quartier qu'il s'est donné la mort en prison.

— Il s'est suicidé parce qu'il avait honte ?

— Il avait perdu l'estime de soi.

— L'idée de devenir un criminel à cause d'un viol lui était supportable, alors que l'idée d'être un voleur pervers de sous-vêtements féminins lui était intolérable au point de se suicider ?

— Oui, on peut dire ça. Tout de même…

Il y avait quelque chose de tranchant dans la façon dont Han avait interrogé le suspect, dit Ko. Elle n'avait cherché à créer aucune proximité entre le suspect et elle lors des interrogatoires, elle avait exercé sur lui une forte pression, d'un point de vue strictement objectif, ajouta-t-il. Elle n'avait fermé les yeux sur rien et il était clair que les choses ne pouvaient pas se passer facilement.

Dans les enquêtes, quand un suspect avoue son crime majeur, on a coutume de couvrir ses infractions mineures. Car celles-ci seront sans influence sur la peine, et les choses peuvent se compliquer si jamais le suspect change de cap et désavoue ses paroles. Mais Han ne l'avait pas fait. D'après ses collègues, elle était épuisante.

— Elle est aiguisée comme une lame, je trouve qu'elle travaille bien.

— C'est pour ça qu'elle a survécu jusqu'à aujourd'hui. Même si on ne sait pas jusqu'à quand elle pourra tenir. Mais pourquoi tu me demandes tout ça ?

— Comme ça. Elle m'intéresse.

— Personnellement ?

— Non, ça n'a rien à voir. Bon, salut.

Sohn éteignit son téléphone portable, sortit une cigarette et la porta à ses lèvres.

Il comptait prendre d'autres informations sur Han.

Il avait la bouche pâteuse. Il échangea sa cigarette contre une brosse à dents et descendit de voiture. Le téléphone vibra de nouveau, *vrrr*... C'était le docteur Lim qui l'appelait.

— Oui, docteur.

— Il y a un truc nouveau. Venez vite.

Sohn courut sans s'arrêter jusqu'à la salle d'analyse du troisième étage et arriva tout essoufflé.

— Venez voir. J'ai trouvé le profil génétique qui correspond à celui de Kim Younghak.

Au milieu de la salle, des données et des chiffres incompréhensibles s'affichaient sur un grand écran.

— Et j'ai trouvé le cadavre de Kim Younghak. C'était en effet le corps découpé d'un inconnu qu'on m'a demandé d'examiner il y a cinq mois. Son ADN coïncide avec celui du disparu.

— Il s'agissait de quelle affaire ?

— Vous vous rappelez l'affaire du lac Sihwa, le corps découpé en morceaux ?

— Ah !

Cette affaire avait été très médiatisée à cause de l'horrible découpage en deux du cadavre. C'est pourquoi il la connaissait, même s'il n'en était pas chargé.

Un silence s'installa, le bruit de la respiration de Sohn emplit l'espace.

Le corps retrouvé près du lac Sihwa était donc bien celui de Kim Younghak ?

Sohn avait l'impression que Copycat se moquait de lui. Celui-ci avait eu le culot de cacher le cadavre de Kim Younghak dans la salle d'autopsie du service médico-légal national.

— Vous vous êtes vraiment donné du mal. Merci, docteur.

Un bref sourire passa sur le visage rond du médecin.

— Il faut patienter quelques jours pour avoir le résultat officiel. Mais de toute manière, il ne changera pas, vous pouvez continuer votre enquête sur cette base.

Sohn quitta la salle en lui renouvelant ses remerciements.

Désormais, il connaissait l'identité du cadavre, ce qui ne le mettait guère à l'aise. Il avait l'impression de suivre Copycat en ramassant ce qu'il laissait traîner. Il sentit monter la fièvre. Il avait hâte de sortir pour prendre l'air.

Dehors, le ciel était noir et il faudrait encore attendre longtemps pour le voir s'éclairer.

L'air froid fit baisser la température de son corps.

Sohn lut les mots gravés dans la pierre devant le bâtiment du service médico-légal :

« LA SCIENCE A LE POUVOIR DE RÉVÉLER LA VÉRITÉ ».

Il regarda longuement la phrase, puis tourna la clé de contact comme si soudain il avait eu une idée. La voiture démarra après plusieurs tentatives.

Sohn envoya un texto à Han. Il pensait que malgré l'heure tardive elle espérait des nouvelles.

« Kim Younghak est la victime du meurtre du lac Sihwa. »

Il reçut aussitôt sa réponse. De toute évidence, elle n'avait pas encore réussi à trouver le sommeil.

« C'était aussi lui, alors. Merci d'avoir travaillé si tard. »

Le message était bref. Que signifiait « aussi » ? Han s'y attendait-elle ?

Il n'était toujours pas tranquille. Il avait l'impression qu'on le manipulait comme une pièce sur l'échiquier.

En tout cas, il devait se charger de l'affaire des meurtres en série de Copycat.

Il pressa l'accélérateur. La voiture se mit à rouler à vive allure sur la route rectiligne.

8

Suyin n'arrivait pas à dormir.

Pourquoi Copycat s'était-il manifesté ?

La reprise de ses activités criminelles signifiait-elle que l'existence de Suyin n'était plus une menace ? Connaissait-il son état actuel ? Comment savoir ?

Selon Han, seule une poignée de gens savaient qu'il avait perdu la mémoire, son état réel était tenu secret. Copycat avait pourtant réussi à être mis au courant. Les questions tournaient sans répit dans la tête de Suyin.

Et si Copycat faisait partie de cette poignée de gens ?

L'hypothèse était plausible.

À regarder de près l'affaire Kim Younghak, il était clair que Copycat connaissait fort bien les méthodes et les procédures de la police. Chose difficile s'il n'était pas affilié à la « société ».

Si Copycat ne faisait pas directement partie de la société, il travaillait sûrement avec quelqu'un de l'équipe.

Suyin se sentait si faible qu'il ne pouvait serrer les poings. L'inquiétude et les remords le rongeaient.

Et si Copycat avait mis fin à sa période de pause tout en ignorant son état ?

Si tel était le cas, la situation était encore plus dangereuse. Cela voulait dire que Copycat s'emballait et se mettait à tuer tout en ayant conscience de s'exposer. Il commettrait des meurtres jusqu'à sa capture.

Suyin se redressa.

Il ne pouvait pas voir la forme des objets mais il sentit que la lumière pénétrait peu à peu l'obscurité. Le jour se levait.

Il sortit ses jambes du lit et faillit tomber en se penchant en avant. Il attrapa la barrière du lit et retrouva l'équilibre.

Ses jambes s'étaient affaiblies au point de ne pas supporter son propre poids.

Après avoir renoncé à l'idée de chausser ses pantoufles, il se mit debout en tenant la barrière et fit un pas en avant.

Il marchait dans le noir sans être sûr de ne pas rêver. Une sensation de froid aux pieds le rappela bientôt à la réalité.

Suyin se déplaça autant que le cordon de la perfusion attachée au dos de sa main le lui permettait. Il pensait nécessaire de s'exercer à marcher avant de se rendre sur les lieux du crime.

Tandis qu'il s'accrochait à la barrière, il avait la sensation que la peau de ses bras et de ses épaules se tendait jusqu'à se déchirer.

Solidaire de Suyin, la barrière grinçait à chacun de ses pas.

Son vêtement était trempé de sueur.

En faisant le tour du lit, Suyin sentit l'intensité lumineuse se modifier doucement.

Il était capable de faire la différence entre une fenêtre éclairée par le soleil et une qui ne l'était pas. Il recouvrait progressivement la vue.

Au centième pas, il entendit la porte s'ouvrir. Il se tourna dans la direction d'où venait le bruit.

— Vous vous êtes levé.

C'était la voix de Han.

— Je vous attendais.

Pour ne pas lui montrer son corps chancelant, il agrippa la barrière d'une main ferme.

— Vous avez l'air mieux.

La voix de Han s'était rapprochée de lui. Comme toujours, ses pas n'avaient fait aucun bruit.

— Merci.

— J'ai rapporté quelques vêtements de chez vous.

Estimant sa taille à la position de sa voix dans l'espace, Suyin pensait qu'elle devait être un peu plus petite que lui.

— Ah, j'existe aussi à l'extérieur cette chambre. Je l'avais oublié.

Pour la première fois, il s'imagina dehors, dans un autre monde où il avait mené une vie normale. Cela ne lui rappela rien, ne provoqua chez lui aucune émotion. Pour lui, qu'aucun parent ne venait voir, il n'y avait aucune différence entre l'extérieur et l'intérieur de sa chambre.

— Je suis désolée. J'y suis entrée sans votre autorisation.

— Pas de problème. Ça devait être un appartement où je vivais seul, il n'y avait pas trop de désordre ?

— Non. Vos cartons n'étaient pas encore déballés.

— Je venais d'emménager, peut-être. Je ne me souviens pas.

— C'est l'équipe d'enquête qui a fait les cartons. Pour retrouver des indices que vous aviez dû conserver en enquêtant sur Copycat.

— Je vois. Ils l'ont fait parce que j'avais perdu la mémoire.

Il perçut un léger bruissement. Elle devait poser ses vêtements sur le lit.

— Je vous aide à vous habiller ?

— Non. Comment voulez-vous que j'aille sur le lieu du meurtre si je n'arrive pas à m'habiller tout seul ?

— De gauche à droite, il y a un sous-vêtement, un pantalon, un T-shirt, une veste. Les chaussures sont sous le lit.

— Merci.

— Je vous laisse. Appelez-moi si vous avez besoin d'aide.

Il entendit Han quitter la chambre, puis la porte se refermer.

Il retira l'aiguille de la perfusion et pressa le dos de sa main pour arrêter le sang. Puis il ôta sa blouse et enfila les vêtements préparés par Han, dans l'ordre.

Il flottait tellement dans ses habits, à se demander si c'étaient bien les siens.

Après avoir enfilé le pantalon, il s'appuya un long moment sur le lit. Il était épuisé comme s'il venait de courir un marathon.

— Je suis prêt.

La porte se rouvrit.

— Il y a un fauteuil roulant. Il vaudrait mieux le prendre pour ne pas se faire remarquer.

Suyin resta debout jusqu'à ce que Han lui ait mis un chapeau, des lunettes de soleil et un masque. Il se faisait l'effet d'un guerrier en armure prêt à affronter le champ de bataille.

Il franchit ainsi la porte de la chambre.

Le fauteuil roulait lentement. Suyin entendait quelques pas derrière lui un bruit métallique régulier. Le gardien de la paix Choi Jeongho les suivait.

Suyin nota qu'il n'y avait personne dans le couloir. Il ne distinguait aucun autre bruit de pas, aucune voix. Il était en sécurité dans un espace parfaitement contrôlé.

Son fauteuil traversa le couloir puis s'immobilisa devant l'ascenseur.

En sortant de l'hôpital, il serait exposé à des risques incontrôlables.

La porte de l'ascenseur s'ouvrit, Suyin y entra dans son fauteuil.

L'ascenseur ne s'arrêta pas une seule fois avant d'arriver au premier, ils ne croisèrent donc personne.

Dès que la porte se rouvrit, il perçut un brouhaha. Son fauteuil se dirigea dans l'autre sens.

Le gardien Choi, accompagné du bruit métallique, marchait devant.

L'air glacial cingla le visage de Suyin.

Il se leva enfin et fit quelques pas.

Han le prit aussitôt par le bras. Suyin sentit se contracter les muscles de la jeune femme. Elle était plus tendue que lui.

— Il y a un escalier.

Descendant l'escalier à tâtons, Suyin, appuyé sur Han, entendit le bruit métallique s'accélérer et la porte d'une voiture s'ouvrir.

Suyin et Han montèrent dans le véhicule en se tenant par le bras.

— Faites attention à vous.

La portière de la voiture se referma sur la voix fluette de Choi.

Ils roulèrent directement vers leur destination.

Suyin ne pouvait savoir s'ils étaient seuls dans la voiture mais il ne perçut aucune autre respiration.

Han ne lâchait pas le bras de Suyin.

Suyin s'appuya contre le siège. Il avait soudain sommeil.

Voir Lee s'appuyer contre le siège rassura Han Jisu.

Lorsqu'elle était arrivée dans la chambre, il marchait laborieusement, pas à pas, se tenant à la barrière du lit. Il ne l'avait pas entendue entrer, peut-être à cause du grincement du lit ou de sa propre concentration.

Elle avait rouvert la porte pour faire du bruit.

Il voulait sans doute être capable de marcher seul quand il serait sur place.

En déposant sur son lit d'hôpital les vêtements qu'elle avait pris chez lui, Han Jisu s'était remémorée son logement.

C'était un vieil appartement près du palais Gyeonghui, pas très loin de la police de Séoul.

L'équipe d'enquête l'avait fouillé après son hospitalisation, pour trouver des traces de Copycat. Il ne fut guère difficile pour elle de récupérer le code de la porte d'entrée.

En s'y introduisant, Han Jisu s'était demandé pourquoi elle n'avait pas eu l'idée d'y venir plus tôt.

Elle espérait trouver, dans cet endroit où il avait vécu, des choses permettant de faire revenir sa mémoire. Mais tout espoir s'était envolé dès qu'elle y avait pénétré. La lumière allumée grâce à un détecteur de mouvement lui avait montré que le salon n'était plus un lieu de vie ordinaire. Il était encombré de cartons qui n'avaient pas encore été déballés, comme dans un déménagement.

La lumière s'était éteinte. Les cartons avaient disparu comme la mémoire de Lee.

Han Jisu avait rallumé la lumière du salon. Les cartons étaient empilés au hasard mais heureusement chacun affichait la liste de son contenu.

Elle avait remarqué que la plupart contenaient des affaires de Lee – vêtements, chaussures, livres et divers objets du quotidien. En voyant les listes, elle s'était dit que sa vie était plutôt austère. Des choses simples, rien de spécial, aucun signe de loisir.

Han Jisu s'était rendue dans la cuisine, contiguë au salon, et avait ouvert la porte du réfrigérateur. Elle n'y avait vu que trois bouteilles d'eau de deux litres. Pas de restes de nourriture. Comme s'il avait vécu d'eau fraîche.

Même dans cette pièce, Han Jisu n'avait trouvé aucune trace d'une vie de tous les jours.

Elle avait marché entre les cartons pour entrer dans la chambre.

Il y avait là un lit et un bureau. Sur le bureau, un écran d'ordinateur, des câbles non connectés à une unité centrale. Celle-ci avait dû être emportée par les enquêteurs qui espéraient y découvrir d'éventuels indices collectés par Lee sur Copycat.

Les tiroirs vides du bureau étaient ouverts. L'armoire aussi était vide. Dans l'appartement de Lee ne restaient littéralement que des emballages.

Han Jisu avait regardé tout autour du bureau et remarqué une légère trace rectangulaire sur le mur. Quelque chose avait dû y être collé.

La trace était nette et il n'y avait aucune marque d'arrachage. Il était difficile de savoir si ce quelque chose avait été récupéré par la police.

Accrochée au mur, face au bureau, Lee avait dû regarder cette chose chaque jour. Elle devait avoir un sens particulier pour lui.

Han Jisu avait examiné les listes. Mais elle n'avait rien trouvé qui puisse être un objet à fixer au mur. Pour cela, il aurait fallu ouvrir tous les cartons.

Si la chose n'était pas dans l'un des cartons, c'est qu'elle avait été embarquée par ses collègues. Han Jisu avait sorti de son sac la liste des objets conservés par l'équipe d'enquête et l'avait parcourue.

Elle n'y avait rien trouvé d'intéressant. Si la chose avait été considérée comme insignifiante, il n'était pas impossible qu'on ne l'ait pas mise sur la liste.

Elle avait jeté un coup d'œil à son téléphone portable pour vérifier l'heure. Elle devait effectuer ce déplacement avec Lee et n'avait pas le temps d'inspecter le contenu des cartons. Elle avait décidé de revenir plus tard.

En quittant la chambre, elle s'était retournée brusquement vers le bureau. Elle avait tiré le bureau vers elle pour vérifier ce qu'il y avait entre le bureau et le mur. Cette idée venait de lui traverser l'esprit. Elle y avait découvert une photo. La photo avait dû tomber avant l'arrivée des enquêteurs.

Contrairement à Han Jisu, l'équipe d'enquête, semblait-il, n'avait pas prêté attention à la trace laissée sur le mur. Leur façon d'explorer le lieu était différente.

La photo imprimée n'était pas nette. Dans un parc d'attraction, une fillette coiffée au carré souriait.

Han Jisu avait posé la photo sur la trace. Elle correspondait parfaitement.

Elle l'avait examinée attentivement. Le visage souriant, la petite fille, coiffée au carré, lui était vaguement familière. Mais Han Jisu ne parvenait pas à se souvenir où elle l'avait vue.

Elle avait rangé la photo dans son carnet.

Elle était sortie de la chambre et avait parcouru le salon du regard. Aucune trace d'autres personnes, excepté Lee.

En s'aidant des listes inscrites sur les cartons, elle en avait trouvé un premier rempli de vêtements. Ils avaient été déposés là en désordre. Pour trouver des pulls, des pantalons, des sous-vêtements et des chaussures, elle avait dû en ouvrir d'autres.

Après avoir pris quelques vêtements, elle avait refermé les cartons, éteint la lumière et fermé la porte d'entrée. L'appartement de Lee s'était refermé comme un énorme carton.

Leur véhicule roulait maintenant sur une nationale après être sorti de l'autoroute.

Han Jisu s'aperçut que Lee s'était réveillé. Elle sentit son bras, qu'elle tenait toujours, se contracter.

Au péage, le chuintement de l'automate avait réveillé Suyin. Cela faisait longtemps qu'il n'avait pas dormi aussi profondément. Il s'était senti plus léger.

Il avait remarqué que Han tenait encore son bras. Son corps s'était soudain crispé.

La voiture, au lieu de décélérer, continua de prendre de la vitesse. L'endroit où ils se rendaient devait être loin du centre-ville.

Le véhicule tourna à gauche puis ralentit. Suyin était incapable d'estimer la distance entre l'hôpital et le lieu où il se trouvait.

Puis il nota que le bruit du moteur diminuait et que la voiture continuaient de ralentir. Ils approchaient de leur destination. Ses mains transpiraient. Il serra les poings pour dissimuler leur moiteur. Ses ongles s'enfoncèrent dans ses paumes.

Il tourna la tête vers Han Jisu et lui demanda :

— Pouvez-vous me faire un résumé de l'affaire ?

Elle s'exécuta aussitôt, comme si elle avait attendu ce moment.

— Le nom de la victime est Lee Jeongwoo. Employé, trente ans. Il a été retrouvé mort chez lui. Il avait déjà été condamné pour trafic sexuel et viol. Surtout, c'était le principal suspect pour le meurtre récent d'une lycéenne. Pourtant, il a fourni un alibi et a été libéré. Ce qui conduit les enquêteurs à penser que ce pourrait être un nouveau crime de Copycat.

— Quelles sont les causes de la mort pour la lycéenne et Lee Jeongwoo ?

— Ils ont été saignés.

Deux morts, une même cause. Peut-être la présomption était-elle imprudente, mais qu'il s'agisse d'un crime de Copycat reproduisant le crime précédent était plausible.

Avant qu'il n'ait eu le temps de poser une autre question, Suyin entendit s'ouvrir la vitre du conducteur.

— Vous faites partie du personnel ?

Le ton était ferme comme celui d'un soldat.

— Police de Séoul.

Une voix de basse, masculine, avait répondu.

— Entrez.

Il entendit la vitre remonter, puis la voiture avança de nouveau. On contrôlait, semblait-il, l'identité des passagers au point d'entrée et de sortie du lieu du crime.

Dans le cas d'un meurtre, la police effectue plusieurs contrôles, dans les environs, sur les routes et les passages, dans le but d'arrêter le coupable au cas où il n'aurait pas encore eu le temps de fuir. Suyin en conclut que le meurtre était récent.

Il n'était pas impossible d'imaginer que Copycat soit maintenant tout près. Suyin eut la sensation qu'il fixait son regard sur lui, souriant.

Après l'arrêt complet de la voiture, Han aida Suyin à en descendre, lui prenant le bras. Le silence régnait sur les lieux qui devaient être sous la surveillance du commissariat de police chargé de l'affaire. Hormis leur petit groupe, Suyin ne décela aucun signe de présence humaine.

Ils passèrent tous deux l'entrée de l'immeuble où s'était déroulé le crime et marchèrent un bon moment. Le bâtiment devait être grand.

L'homme de la police de Séoul, à la voix de basse, les suivait.

Suyin avait deviné sans peine que c'était un policier. Aucun son métallique ne l'accompagnait, il n'était sans doute pas armé, peut-être même était-il en civil. Ses pas non plus ne faisaient aucun bruit, il devait porter des baskets. Cette façon de s'habiller était courante chez les policiers de la brigade criminelle.

Han emmena Suyin par une succession de couloirs, enfin ils prirent un ascenseur. Ils parcoururent encore un couloir et s'arrêtèrent.

Suyin n'arrivait pas à dessiner le plan de l'immeuble dans sa tête. Le bâtiment était plus grand et ses couloirs plus tortueux qu'il n'avait supposé.

Han ouvrit la porte d'un appartement. Une odeur de sang et un air étouffant s'en échappèrent.

— Lee Jeongwoo s'est vidé de son sang après avoir été poignardé à de multiples reprises. Mais les artères et les viscères ne présentaient pas de blessures mortelles.

Han introduisit Suyin dans l'appartement.

Un froid plus vif que celui du couloir le fit se recroqueviller.

Han avait dû allumer la lumière, que Suyin sentit pénétrer l'obscurité.

Il marcha avec précaution pour ne pas marquer le sol de ses traces de pas.

— Pour préserver les lieux, je vais vous demander d'enfiler une combinaison de protection.

Suyin était nerveux, la voix de Han lui semblait venir d'une grotte. Il se laissa habiller par elle. Il fut bientôt prêt, en combinaison.

Han l'entraîna à l'intérieur de l'appartement en le prenant par le bras.

— À l'entrée, il y a beaucoup de traces de pas souillées de sang. Vu que leurs formes sont identiques, elles doivent venir d'une seule personne. La taille du pied est d'environ vingt-huit centimètres. Le service médico-légal, qui a relevé les traces et les a examinées, dit que ce sont des semelles fabriquées en Chine. Comme ce type de semelles est produit en grande quantité pour des chaussures à bas prix, il est impossible d'identifier la marque des chaussures. Devant l'entrée, il y a des éclaboussures de sang. À voir leur dessin, nous pensons que la première attaque a eu lieu à l'entrée et que la victime, agressée, a reculé vers l'intérieur.

Suyin, toujours aidé par Han, avança encore. L'odeur du sang s'intensifia.

— Il y a des traces de lutte autour de l'endroit où vous vous trouvez. Un écran d'ordinateur et une chaise sont à terre. Un bureau a été poussé. Il y a encore plus de taches de sang sur le sol. En revanche, pas de traces de jaillissement, sans doute parce que les artères de la victime n'ont pas été touchées. Il y a eu plusieurs attaques, perpétrées avec une arme fine.

Tout en écoutant Han, Suyin essayait de reconstituer mentalement les mouvements de Copycat et de sa victime.

Il était très probable que la première agression ait eu lieu dès l'entrée, lorsque la victime avait ouvert la porte à Copycat. Elle avait reculé instinctivement, tandis que Copycat avait continué d'avancer en l'attaquant. Apparemment, ils ne s'étaient pas battus. Les traces de lutte s'étaient produites plutôt au moment où la victime avait tenté d'échapper aux attaques.

Copycat n'avait pas enlevé ses chaussures et avait laissé ses empreintes de pas sur le sol trempé de sang. Cela signifiait que, même s'ils se connaissaient, Copycat n'était pas un proche de la victime. Un proche aurait ôté ses chaussures avant d'entrer dans l'appartement et d'attaquer.

— Étrange.

Suyin attendit que Han active l'enregistrement. Mais il n'entendit pas le bruit qu'elle faisait d'habitude en tapotant l'écran de son téléphone portable.

Il poursuivit.

— Si Copycat avait eu pour but de tuer, il aurait visé tout de suite les centres vitaux du corps, comme les artères ou le cœur. C'est un professionnel, il n'hésite pas. L'absence de traces de jaillissement sanguin signifie que Copycat a délibérément évité les organes vitaux. Ce qui n'a pas dû être facile pour lui puisqu'il poursuivait sa victime sans cesser de la planter avec sa lame.

— Vous pensez qu'il ne voulait pas toucher les artères et les viscères ?

— Il devait avoir ses raisons.

— Peut-être pour faire souffrir Lee Jeongwoo ?

— Dans les crimes qu'il a commis jusqu'à présent, il n'a rien fait qui n'ait de sens. Ça peut aussi être un message.

Han ne dit rien mais Suyin imagina qu'elle avait hoché la tête.

Pour comprendre le message laissé par Copycat, il fallait tout d'abord examiner l'affaire dans laquelle Lee Jeongwoo était le suspect numéro un.

— Dites-m'en plus sur le meurtre de la lycéenne.

— Lee Jeongwoo cherchait des femmes sur Internet, pour avoir des rapports sexuels. Il y arrivait parfois, c'était devenu une routine. Un jour, il est entré en contact avec une lycéenne sur un site. Il y a environ un mois. Il s'agissait d'une lycéenne en fugue qui avait besoin d'argent. Elle a accepté sa proposition. Ils se sont rencontrés mais depuis ce moment le portable de la lycéenne est éteint. Ceux de ses copains qui étaient aussi en fugue se sont inquiétés, ils se sont mis à sa recherche. Ils ont trouvé le cadavre de leur amie sur le toit-terrasse d'un bâtiment où ils allaient souvent quand ils n'avaient pas le sou. C'est là qu'ils ont appelé la police.

— Les causes de sa mort ?

— Le corps ne présentait pas de blessure mortelle mais la fille avait été battue à mort et avait perdu beaucoup de sang. Elle s'est vidée de son sang, voilà la cause de sa mort. L'alcoolémie de la victime était très élevée, elle était totalement ivre. Par ailleurs, son téléphone n'a pas été retrouvé sur les lieux.

— Comment Lee Jeongwoo a-t-il pu être lavé de tout soupçon ?

— Il a prétendu qu'il l'avait peut-être rencontrée mais qu'il l'avait laissée partir, parce qu'elle était trop jeune. Il avait aussi un alibi solide pour l'heure de la mort de la jeune fille sur le toit-terrasse. Finalement, il a été relâché.

Et le suspect a été assassiné un mois plus tard.

Suyin avança d'un pas. Il voulait en savoir plus sur l'état du cadavre de Lee Jeongwoo.

— Y avait-il des traces de défense sur le corps de Lee Jeongwoo ?

— C'est bizarre mais il n'y en avait pas. Pourtant, il est clair que Lee Jeongwoo s'est battu avec Copycat pour échapper à ses coups.

— A-t-on détecté chez lui la présence de drogue ou d'alcool ?

— Le service médico-légal est en train de le vérifier. Mais qu'en pensez-vous ?

— On va sûrement trouver quelque chose. Ce qui nous permettra de comprendre les mouvements de Lee Jeongwoo. Il a reculé par instinct mais il était incapable de lutter contre Copycat. S'il n'y avait ni blessure mortelle ni trace de défense, c'est parce qu'il n'était pas dans son état normal.

— Je le pense aussi.

Suyin se dit qu'elle le testait à nouveau. Même pour une chose très simple, elle lui posait des questions, comme pour vérifier sa façon de raisonner, comme si elle pensait que deux précautions valaient mieux qu'une.

Suyin fit un pas de plus. L'odeur du sang était encore plus forte.

— Lee Jeongwoo a continué de reculer et il est mort le dos à la fenêtre. Son corps était à cinq pas de là où vous êtes maintenant.

Suyin se tourna vers la fenêtre près de laquelle le corps avait été retrouvé. Puis il pensa au cadavre.

— Quel était l'état du cadavre ?

— D'après le résultat de l'autopsie, de nombreuses lésions profondes dans la région pectorale, causées par une arme fine. Et une dizaine de blessures légères à l'abdomen.

— La présence des blessures profondes est compréhensible, mais c'est quoi, ces blessures légères ? S'il y a deux types de blessures différentes, ça veut dire qu'il y avait une autre arme. Ou bien un complice ?

— Non, les traces de pas ont très certainement été laissées par une seule personne.

— Alors, il a changé d'arme… Vous l'avez trouvée ?

— Il y a un problème à ce sujet.

— L'arme du crime est essentielle pour comprendre cette affaire. Vu que l'attaque a commencé dès l'entrée, c'est que Copycat avait tout préparé. Si on enquête sur l'origine de l'arme, on pourra remonter jusqu'au coupable.

— On a trouvé une arme, mais elle sera sans valeur au tribunal.

— Pourquoi cela ?

— Des policiers auxiliaires ont été mobilisés pour l'enquête et une erreur s'est produite dans le recueil des preuves.

— Une erreur ?

— L'un d'eux a trouvé un couteau taché de sang en bas de l'immeuble. Il l'a emballé avec son vêtement pour ne pas y laisser ses empreintes digitales. Il ignorait probablement qu'une preuve retrouvée hors des lieux mêmes du crime doit être récupérée en présence d'un officier assermenté.

— L'arme ne pourrait pas être présentée comme preuve, même si Copycat comparaissait au tribunal.

— Oui, son avocat aurait beau jeu de dire que c'est une manipulation de la police, qui a laissé une arme exprès pour attribuer le crime à Copycat.

— Le couteau récupéré n'a aucune valeur si on ne peut pas prouver qu'il a été utilisé lors du meurtre…

— C'est ça. La seule identification de son fournisseur et de son acheteur ne servira à rien.

— J'ai besoin d'informations plus précises sur le type de blessures infligées à Lee Jeongwoo. Nous pourrions peut-être découvrir la preuve manquante.

— Ses dix-neuf blessures constatées au niveau de la poitrine étaient verticales, il a donc été poignardé de haut en bas. Leur profondeur était d'environ dix centimètres. Les treize blessures de l'abdomen étaient horizontales. Leur profondeur était d'environ trois centimètres.

Suyin imagina Copycat et Lee Jeongwoo face à face.

Copycat lève le couteau. Il poignarde Lee Jeongwoo de haut en bas. La victime continue de reculer pour lui échapper. Elle recule jusqu'à la fenêtre. Là, Lee Jeongwoo est poignardé à mort. Il s'effondre. Le sang coule de ses blessures. Peut-être le sang a-t-il coulé jusqu'à l'endroit où se trouve Suyin. Et y aura formé une flaque.

Suyin s'assit par terre et toucha le sol. Il y avait encore du sang. Le sol était encore humide et glissant.

Copycat avait frappé Lee Jeongwoo sans toucher ni ses artères ni ses viscères. Mais il l'avait attaqué pour le tuer.

Lorsque Lee Jeongwoo était tombé, Copycat avait dû quitter les lieux et revenir pour lui donner encore des coups de couteau au ventre.

Pourquoi s'était-il absenté un moment ? Parce que son arme avait été endommagée. Cette hypothèse expliquait la différence de profondeur des blessures. À présent, Suyin comprenait pourquoi l'angle des coups avait changé.

— Quand Lee Jeongwoo était debout, Copycat l'a poignardé de haut en bas. Par contre, les blessures horizontales ont été causées lorsque la victime était à terre. Les deux attaques ont été espacées dans le temps.

— La direction des blessures ne suffit pas à justifier ce décalage dans le temps. Vous avez une explication ?

— La profondeur des blessures a changé. L'arme du crime s'est détériorée entre l'attaque à la poitrine et celle au ventre.

— L'arme du crime s'est détériorée, vous dites ?

— Vous avez vu l'arme qui a été retrouvée, n'est-ce pas ?

— Je l'ai vue sur la photo, prise après.

— La pointe du couteau n'était pas émoussée ?

— Si… Oui, je crois.

— La pointe du couteau s'est cassée pour une raison ou une autre. Si Copycat avait utilisé un couteau ébréché dès le début, il n'aurait pas laissé de blessure verticale de dix centimètres de profondeur. C'est pourquoi je pense qu'il y a eu un décalage entre les blessures de la région pectorale et celles de l'abdomen.

— Dans ce cas, la pointe cassée du couteau devrait se trouver ici.

— Et si elle appartient bien à l'arme récupérée, elle pourra être présentée en tant que preuve. Cette fois il faudra bien suivre la procédure légale.

— Est-ce que par hasard vous vous souviendriez de quelque chose ? Personne dans l'équipe n'avait noté cette histoire de pointe du couteau.

— Non, ma mémoire est encore en panne.

Suyin sentit Han presser son bras.

— Mais pourquoi Copycat l'a-t-il lardé de coups avec une telle sauvagerie ? Il aurait pu le tuer d'un seul.

— Pour commettre un... un meurtre à retardement. C'est un message de Copycat.

— Un meurtre à retardement...

— Il existe de nombreuses façons de tuer. Étrangler, empoisonner, provoquer une chute, frapper sur la tête à coups de marteau, poignarder, etc., ce ne sont pas les manières qui manquent. Savez-vous quels sont les deux points communs à ces meurtres ?

— ...

— Ils tuent de la façon la plus rapide et la plus sûre. Autrement dit, ces actes visent un effet immédiat, la mort des victimes. C'est justement pourquoi la police estime l'heure du meurtre par rapport à l'heure du décès. Le décès de la victime et le meurtre sont inséparables. Mais, dans le cas qui nous occupe, la mort n'est pas immédiate, elle prend du temps. Le résultat du meurtre, c'est-à-dire le décès de la victime, n'apparaît que plus tard. Il est alors difficile d'estimer l'heure du crime juste en observant l'état du cadavre ou en mesurant sa température. Copycat a utilisé la même méthode que Lee Jeongwoo.

— L'affaire de la lycéenne était aussi un meurtre à retardement ?

— Probablement. La lycéenne a été frappée puis abandonnée sur le toit-terrasse. Elle a saigné abondamment mais elle n'avait pas de blessure mortelle. Elle s'est lentement vidée de son sang. De sorte que Lee Jeongwoo a gagné un temps précieux. Je ne sais pas si c'était intentionnel mais, en tout cas, ce temps gagné lui a permis de produire un alibi.

— Le meurtre à retardement de Lee Jeongwoo a été reproduit par Copycat.

— C'est ce que je crois.

— Mais pourquoi tous ces coups de poignard sur Lee Jeongwoo qui était incapable de lutter contre lui ?

— Je pense qu'il voulait être sûr de sa mort. Il fallait éviter que la victime puisse stopper son hémorragie. Lee Jeongwoo a dû voir le sang s'écouler de son corps goutte à goutte et sentir sa propre mort approcher.

— Je vais rapporter tout ça au chef.

Han lâcha le bras de Suyin pour téléphoner.

Suyin avait mal à la tête, sans doute à cause de l'odeur du sang. En tâtonnant, il trouva la poignée de la fenêtre et la fit pivoter. La poignée tournait, mais la fenêtre ne s'ouvrait pas.

Han prit de nouveau le bras de Suyin.

— Le chef est content. Allons-y.

— On n'a toujours pas trouvé d'indice pour identifier Copycat.

— C'est maintenant que tout commence.

9

Han Jisu entra dans un magasin d'articles ménagers près de chez Lee Jeongwoo.

Quantité d'éclairages illuminaient la boutique.

Des produits d'un bon rapport qualité-prix encombraient les étagères.

Han Jisu prit un couteau exposé au rayon cuisine. Il était en acier inoxydable, avec une lame très aiguisée.

Elle l'examina puis le remit en place. Au vu de la taille des blessures sur le corps de Lee Jeongwoo, Copycat avait utilisé un couteau plus étroit que ce genre-là, plutôt un couteau à sashimi.

Elle en saisit un par le manche après avoir ôté l'emballage. Sa main éprouva une sensation d'effroi.

Elle imaginait Copycat en train de choisir son arme dans ce magasin.

Comme elle, avait-il essayé plusieurs couteaux en les prenant chaque fois en main ?

Après l'avoir payé, il avait dû le mettre dans un sac plastique et aller chez Lee Jeongwoo comme s'il rentrait chez lui.

La police n'avait relevé aucune trace d'effraction au domicile de la victime.

Lee Jeongwoo portait un vêtement de tous les jours et pas de chaussures. Il avait ouvert la porte à Copycat sans aucune hésitation. Celui-ci s'était-il habillé en livreur ?

Han Jisu se remémora ce que disait le dossier d'enquête sur la vidéosurveillance.

Quatre des caméras installées dans le bâtiment étaient actives.

Les enquêteurs avaient vérifié les images récupérées à partir du moment où Lee Jeongwoo était arrivé dans son immeuble, mais ils n'avaient rien noté de suspect.

La caméra installée à la porte de derrière étant dirigée vers le parking, elle n'avait pas filmé Copycat jetant son couteau. Copycat connaissait parfaitement les angles morts de la vidéo-surveillance et n'avait été filmé ni pénétrant dans le bâtiment ni sortant après le meurtre.

Tout cela était-il possible sans repérage préalable ?

Pour Han Jisu, il y avait là un point incohérent.

Pourquoi Copycat avait-il jeté son couteau ?

Il était absurde d'imaginer qu'il s'agissait d'une erreur.

Le couteau dans sa main, Han Jisu s'aperçut qu'elle poignardait l'air machinalement. La lame étincelante dans son étui transparent lui donna froid dans le dos. Elle avait attiré l'attention des clients autour d'elle.

Elle remit le couteau en place et se hâta de quitter le magasin. Le chuchotement des gens la suivit.

L'équipe d'enquête avait déjà recherché l'endroit où Copycat s'était procuré le couteau. Han Jisu l'appela. Elle voulait vérifier une idée.

Pressant le pas, elle se mêla à la foule. Quelqu'un répondit avant la troisième ou quatrième sonnerie.

— Allô, Jeong Jooseop, capitaine de la police métropolitaine de Séoul.

— Je suis Han Jisu, brigadière à la police de Séoul. Je vous appelle à propos de l'affaire Copycat.

— Le chef Oh m'en a parlé. Il m'a demandé de tout faire pour vous aider.

Jeong mit l'accent sur les mots « tout faire ». Sa voix était rude et grossière. Elle semblait signifier que les instructions du chef Oh étaient inopportunes.

Han savait qu'il avait du métier dans la Criminelle. Avant de devenir capitaine de police, Jeong avait reçu plusieurs promotions pour des arrestations notables. Lui demander de l'aide sur l'enquête en cours, c'était comme lui arracher un bras. Elle comprit sa méfiance.

Elle décida de se comporter avec le plus de courtoisie possible.

— Merci. J'ai entendu dire que vous êtes le meilleur de votre unité.

— Pas de paroles inutiles, que voulez-vous savoir ?

Han Jisu poussa un léger soupir. Les mots de l'homme étaient rudes, mais il n'était plus sur la défensive. L'essentiel était qu'il soit prêt à lui communiquer certaines informations.

— Avez-vous des informations sur l'endroit où Copycat s'est procuré l'arme du crime ?

— Que voulez-vous dire, précisément ? Vous me demandez si on a identifié ce lieu ?

Ses questions étaient manifestement guidées par une intention. Certains éléments nouveaux, semblait-il, avaient été découverts durant l'enquête. Sinon, Jeong n'aurait pas eu besoin de se montrer si méfiant pour parler d'un point d'enquête encore vague.

— Je suppose que vous savez déjà où il a acheté le couteau, mais j'aimerais savoir s'il n'y avait pas quelque chose de particulier à propos de la personne qui l'a acheté.

— … Par exemple ?

Après un court silence, Jeong avait poursuivi.

Han Jisu avait l'impression de se rapprocher du but.

Elle devait maintenant avancer son hypothèse pour en tester la justesse. Même si cette hypothèse n'était pas la bonne, Jeong raconterait l'enquête un peu comme une histoire.

— Celui qui a acheté le couteau, n'est-ce pas Lee Jeongwoo lui-même ?

— … Vous me demandez ce que vous savez déjà ?

Jeong avait posé la question sans cacher son irritation.

— Non, je vous pose juste la question.

— Pourquoi Lee Jeongwoo aurait-il acheté le couteau ?

— À mon avis, Copycat est quelqu'un d'intelligent, il a fait des études et il sait parfaitement ce qu'est une enquête de police.

— Et alors ?

— Pourquoi Copycat a-t-il abandonné le couteau à proximité, là où il serait forcément retrouvé ?

— Vous voulez dire qu'il l'a fait exprès ?

— Oui, c'est mon avis.

Han Jisu avait baissé la voix. Un homme en costume qui allait dans la même direction se mit à marcher au même rythme qu'elle. Han Jisu ralentit son allure. L'homme fit de même. Un journaliste ?

— Comment en êtes-vous arrivée à cette conclusion ?

Le ton de Jeong avait changé.

Pour lui aussi la chose était incompréhensible.

— Comment avez-vous eu l'idée que c'était Lee Jeongwoo ?

La voix s'était radoucie.

À cet instant, Jeong n'était plus cet inspecteur retenant des informations. Il ressemblait plutôt à un novice désireux d'en apprendre plus sur l'analyse comportementale d'un criminel – en s'efforçant de dissimuler sa curiosité.

— Mais pouvez-vous me dire si mon hypothèse est bonne ?

Han Jisu s'arrêta. Confus, l'homme qui marchait à ses côtés s'éloigna précipitamment.

Elle le regarda jusqu'à ce qu'il ait disparu de sa vue.

— Oui, c'est juste. En fait, il s'agit d'un couteau importé et vendu exclusivement dans une chaîne de magasins d'articles ménagers. À l'époque du crime, cent quatre-vingt-six couteaux du même modèle ont été vendus en un mois. Nous avons identifié les images de la vidéosurveillance en partant des magasins les plus proches de l'immeuble de Lee Jeongwoo. Comme c'est une chaîne bien implantée au niveau national, les données de la vidéosurveillance ont été heureusement conservées. Ce n'était pas Copycat, comme on s'y attendait, mais Lee Jeongwoo. Nous n'y comprenions plus rien.

Han Jisu ne pouvait pas continuer la conversation au milieu de la foule. Elle regarda alentour puis s'assit à l'entrée d'un bar qui n'avait pas encore ouvert.

Elle avait une vue panoramique sur l'ensemble des passants.

— Vous vous souvenez de la lycéenne en fugue retrouvée morte sur un toit-terrasse ? Dans cette affaire, Lee Jeongwoo était le principal suspect.

— Oui, bien sûr. Dès le début de l'enquête sur le meurtre de Lee Jeongwoo, nous avons pensé qu'il était lié à celui de la lycéenne.

— Je pense que le couteau à sashimi de Lee Jeongwoo a été utilisé lors de ce crime.

— La lycéenne avait été saignée à blanc. Sur les photos, je ne me souviens pas avoir vu de blessures provoquées par des coups de couteau.

— Pourriez-vous revérifier ?

— Je peux, mais ce sera du temps perdu.

— S'il vous plaît.

La voix de Jeong n'était pas enthousiaste mais Han Jisu entendit l'homme donner l'ordre d'afficher les photos de la lycéenne.

— C'est bon. Et maintenant ?

— Vérifiez s'il n'y a pas de blessures légères sur le corps de la victime.

— Pour les voir, oui, ce serait mieux de vérifier avec mes collègues.

Il avait activé le haut-parleur et le bruit de fond s'intensifia. Han Jisu avança.

— Je pense que Lee Jeongwoo a utilisé le couteau à sashimi pour menacer la lycéenne.

— Vous croyez ? Vu la différence de force physique, je me dis que Lee Jeongwoo n'avait pas besoin d'un couteau pour cela.

— Si on regarde de près les documents d'enquête, on constate que l'âge des femmes qu'il a connues sur Internet a baissé tout à coup. Lorsqu'elles se sentent agressées, les personnes qui ont une faible estime d'elles-mêmes utilisent souvent des armes ou la violence pour dominer les autres. Pour se sentir plus fort, Lee Jeongwoo s'est mis à fréquenter, non plus des femmes adultes mais plutôt des mineures. Et il a probablement exercé des violences physiques. Peu à peu, ses méthodes sont devenues de plus en plus cruelles. C'est certainement pour ça qu'il s'est muni d'un couteau.

De son téléphone, Han Jisu pouvait écouter les policiers rassemblés autour d'un écran d'ordinateur échanger leurs commentaires.

— Agrandis cette partie. Ce n'est pas une trace de couteau sur ce côté ?

— Non, c'est une trace de coup.

— Alors, c'est peut-être cette blessure au poignet ?

— Agrandis… Non, ça c'est une trace d'automutilation. La blessure est cicatrisée, tu vois.

— Ah, et cette blessure au cou ?

— C'est assez bizarre.

— C'est vrai. Comment expliquer cette cicatrice ?

Les opinions convergeaient.

Han Jisu attendait, avec une pointe d'envie. Elle aurait voulu être avec ses collègues. Elle avait toujours aimé travailler seule, mais à cet instant elle se demanda comment ce serait d'être avec eux.

— Difficile d'être affirmatif juste avec les photos, mais on voit bien une ligne à la base du cou, sur la clavicule.

— Elle n'a pas été mentionnée dans le rapport d'autopsie ?

— Comme cette trace n'avait apparemment pas de lien direct avec l'hémorragie qui est la cause du décès et que le cadavre portait déjà beaucoup de blessures, on a dû penser que c'était une égratignure. Et puis, qui aurait imaginé qu'un homme adulte puisse menacer une lycéenne avec un couteau ? Par ailleurs, le couteau n'a pas été retrouvé sur le lieu du crime.

— Copycat savait probablement que Lee Jeongwoo avait utilisé cette arme. Et donc, après l'avoir tué, il a délibérément jeté le couteau à proximité de l'appartement de sa victime. Il avait prévu qu'on retrouverait Lee Jeongwoo dans les images de la vidéosurveillance.

— Comment pouvait-il savoir ce que la police ignorait ? Ce que vous dites n'est qu'une hypothèse, non ? C'est possible, mais pas certain.

La position de Jeong était ferme. Mais elle n'avait rien d'agressif.

— Exact. C'est une hypothèse. J'ai donc besoin de vérifications.

— Bon, d'accord. Je vais vérifier. Vous n'avez pas d'autres questions ?

— Et sur la vidéosurveillance de l'immeuble de Lee Jeongwoo, le jour du crime ?

— Rien. S'il y avait eu des images, on aurait arrêté le coupable.

— C'est vrai… Des angles morts ?

— Il y avait quatre caméras au total dans l'immeuble, à l'entrée, dans l'ascenseur, etc. Celle qui filmait la porte de derrière et le parking était la plus importante pour nous, mais elle était tournée vers le parking. Il y avait donc des angles morts. Copycat a dû entrer par ce côté, puis utiliser l'escalier de secours.

— Quelqu'un avait intentionnellement tourné la caméra ?

— Probablement pas. Ou même si quelqu'un l'avait fait, ça devait être avant le meurtre de la lycéenne. Mais pas Copycat.

Han Jisu n'arrivait pas à comprendre comment Copycat savait que la caméra de surveillance installée à la porte de derrière était inutile. Il n'était sûrement pas assez bête pour avoir fait une visite préalable. S'il l'avait fait, il aurait été filmé, et les images précédant la date de suppression auraient pu servir de preuves.

Comment avait-il su, avant de commettre son crime, qu'il y avait des angles morts ?

— Vous avez des informations venant de la caméra installée à la porte de derrière, dans l'affaire de la lycéenne ?

— Nous en avons parce que Lee Jeongwoo était le principal suspect. Selon ces informations, il a été filmé à l'entrée de l'immeuble, après son travail, mais on ne le voit pas quand il est allé voir la lycéenne et qu'il est ressorti, à cause de la position de la caméra à la porte de derrière.

— Oui, je vois. Je vous remercie.

Après avoir raccroché, elle se sentit soudain affamée. Ses mains tremblaient.

Elle se remit à marcher. Elle n'avait pas de destination précise mais marcher parmi les gens lui donnait un sentiment de sécurité.

Il était clair que Copycat avait préparé son crime après avoir consulté les documents sur l'affaire dont le suspect était Lee Jeongwoo.

Les policiers eux-mêmes devaient suivre tout un protocole pour pouvoir consulter les dossiers dont ils n'étaient pas chargés. Il fallait demander des autorisations, tout cela laissait des traces. Comment avait-il fait pour y accéder ?

Encore une interrogation. Copycat était entré dans l'appartement de sa victime avec le couteau à sashimi utilisé par Lee Jeongwoo pour menacer la lycéenne. L'agresseur avait donc eu en main le couteau de la victime.

Comment se l'était-il procuré ?

Elle eut la sensation que le sol se dérobait sous ses pieds, à cause des questions sans réponse, ou de la faim peut-être. Elle s'arrêta. Son corps vacillait d'avant en arrière.

Elle s'assit par terre et posa ses mains sur le sol. Le contact froid du trottoir atténua son vertige.

Un autre questionnement lui vint à l'esprit. Et si Copycat avait changé d'arme ?

S'il y avait eu deux couteaux, l'un utilisé dans l'appartement de Lee Jeongwoo et un autre, abandonné près des lieux du crime ?

Si Copycat avait utilisé son propre couteau pour le meurtre de Lee Jeongwoo, et s'il avait jeté intentionnellement le couteau de sa victime après l'avoir trouvé ? L'hypothèse était plausible.

Dans ce cas, les traces de blessures sur le ventre de la victime s'expliquaient.

Il était possible que, lors de son intrusion, Copycat ait remarqué la pointe cassée du couteau de Lee Jeongwoo et qu'il l'ait blessé au ventre avec son propre couteau pour faire croire qu'il l'avait abîmé.

Peut-être n'y avait-il pas eu de détérioration de l'arme à cet instant mais substitution. En revanche, si la pointe du couteau était retrouvée sur le lieu, il faudrait tout reprendre de zéro.

Questions et réponses continuaient de tourner dans la tête de Han Jisu comme un ruban de Möbius.

Après que son vertige se fut dissipé, elle pensa à Lee Suyin. Finalement, c'est sur lui qu'elle pouvait s'appuyer.

Il avait reconstitué les mouvements et les méthodes de Copycat, comme il avait identifié les traces de pas tachées de sang sur le sol. Il avait même reconstitué le fait que Copycat avait essayé d'ouvrir la fenêtre pour aérer l'appartement.

Sans le voir, Lee Suyin avait su qu'il y aurait des traces de gants sanglantes sur la fenêtre.

Han Jisu avait envie d'écouter à nouveau ce qu'il pouvait lui dire.

L'inspecteur Sohn Jiyun se connecta au serveur de la police.

Une fois identifiant et mot de passe saisis, il cliqua sur le bouton ouvrant la liste des affaires en cours.

Le processus d'enquête sur la disparition de Kim Younghak apparut sur l'écran. Il n'y avait que des documents fournis par les enquêtes préliminaires menées pour sauver la face. Aucun nouveau rapport n'avait été établi.

Sohn se connecta ensuite au SSAC et lut les données de base concernant l'affaire du corps découpé, retrouvé près du lac Sihwa. La victime n'avait pas été identifiée.

Han ne semblait pas avoir cherché à se mêler de cette affaire. Sinon, elle aurait rédigé des rapports et une équipe spécifique aurait immédiatement été constituée.

Sohn ne voulait en aucun cas dérober à quelqu'un le mérite qui lui était dû. S'il l'avait fait, il aurait déjà accédé au grade supérieur. Néanmoins, après une hésitation, il décida de faire un rapport d'étape sur l'affaire en question.

Il avait déjà partagé plusieurs informations sur l'affaire Kim Younghak avec l'équipe scientifique.

Puis un examen ADN avait été demandé au service médico-légal. Dans ces circonstances, Sohn ne pouvait plus rester les bras croisés.

Et surtout, il tenait là l'occasion de se lancer à son tour dans l'affaire Copycat.

Dans son rapport, il minimisa les éléments sensibles concernant Han, du fait de l'enquête interne qui pesait sur elle. Pourtant, cette femme avait certes retrouvé un bout de doigt coupé mais après avoir dégradé une scène de crime. Un comportement franchement équivoque.

Il relut son rapport et supprima finalement tous les passages relatifs à Han.

S'il ne l'avait pas modifié, le rapport aurait causé des ennuis à sa collègue, assurément, mais il risquait surtout d'orienter ses supérieurs dans une mauvaise direction. Il n'avait pas envie que quelqu'un intervienne dans l'enquête et en change le cap à sa guise. Il fit du mieux qu'il put à ce moment.

Il respira profondément et enregistra le rapport.

Celui-ci avait désormais un nouveau statut : en attente de validation.

Dès que son chef de service et celui de la brigade criminelle du commissariat de Yongsan donneraient leur accord, il aurait le droit de se lancer dans l'enquête.

Cigarette entre les lèvres, Sohn mit de l'ordre dans ses pensées.

Il considérait qu'il fallait diriger l'enquête non pas vers Copycat mais plutôt vers son complice. Or, celui-ci devait être à l'intérieur même de la police. Sinon il aurait été presque impossible pour Copycat de trouver ses cibles et de reproduire les méthodes

des criminels. Un type lambda n'avait aucun moyen d'obtenir les informations d'une enquête en cours. Quelqu'un de l'intérieur avait transmis les documents à Copycat, pensa Sohn. Le nom de Han lui traversa l'esprit.

Han avait pressenti que le corps découpé retrouvé près du lac Sihwa était celui de Kim Younghak. Même si c'était une excellente profileuse, parvenir à cette conclusion avant le résultat de l'examen d'ADN semblait presque impossible.

Dorénavant, il ne fallait pas prendre à la légère ce qu'avait dit Ko, de l'équipe scientifique : les empreintes de Han avaient été retrouvées à l'intérieur de la serviette en papier enveloppant le doigt de Kim Younghak.

Han n'aurait-elle pas joué cette comédie pour rendre visible le mobile du crime de Copycat ? Les soupçons de Sohn grandissaient.

Il décida de vérifier par lui-même. Il se rassurait en se disant qu'il le faisait pour innocenter Han et non pour prouver qu'elle était mêlée à cette histoire.

Il se leva pour allumer sa cigarette.

Sohn était gêné par l'idée de mener une enquête secrète sur une collègue, mais il n'avait pas le choix. Enquêter jusqu'à supprimer le doute, c'était la base du travail de la Criminelle.

Il vit un chat errant s'arrêter devant son bureau. L'animal lui était familier. La vue de Sohn ne le fit pas fuir, peut-être à cause du thon en boîte que parfois ses collègues lui donnaient.

Sohn alluma sa cigarette puis exhala longuement. Il se sentit plus léger.

Il fallait remonter le temps, fouiller le passé de Han. Son hypothèse – à savoir que Han avait donné les documents d'enquête à Copycat – se vérifierait si Han s'était impliquée dans toutes les affaires de Copycat. Si ce n'était pas le cas, l'hypothèse demeurerait une hypothèse.

En tout cas, cette idée lui paraissait bonne. Le problème, c'était de savoir comment procéder. Pour le moment, il était limité dans ses démarches. Pour obtenir des informations sur les enquêtes qu'elle avait menées autrefois, il devrait faire une demande, mais sous quel prétexte ?

Il lui serait également difficile de recueillir des informations importantes auprès de ses collègues. Prendre Han en filature sans raison ou se tenir en embuscade était inutile : il ne menait pas une enquête officielle.

Sohn conclut qu'il n'y avait finalement qu'une solution, celle qu'il n'avait pas voulu choisir et qu'il avait écartée.

Il devait aller directement au SIP. Là-bas, ils disposaient de toutes les informations sur elle.

Il éteignit sa cigarette et prévint le service concerné. Il ne pouvait plus perdre de temps à chercher une meilleure méthode d'enquête.

Il entendit son téléphone sonner tandis qu'il se dirigeait vers le parking.

L'ambiance et la taille du SIP étaient très différentes de celles d'un banal service de contrôle dans un quelconque commissariat.

Sohn se sentait intimidé malgré lui mais il redressa les épaules pour ne pas le montrer. Avant toute chose, il avait besoin de faire face à un enquêteur du service, d'égal à égal.

Le lieutenant Kim Jeongmin s'occupait de l'enquête sur Han. Sohn devinait à son visage jeune que c'était un élève officier ou qu'il appartenait à l'élite sortie de l'école de police.

Kim Jeongmin lui tendit une carte de visite et Sohn l'informa aussitôt de son affiliation et de son grade. Sohn n'avait pas de carte de visite. Il n'en avait pas fait faire, pensant qu'il n'en avait pas besoin. Faire connaître son nom ne lui semblait pas opportun, un inspecteur n'était pas un représentant de commerce.

— On a donc retrouvé le cadavre de Kim Younghak ?

Le lieutenant Kim avait posé la question en remontant ses lunettes sur son nez d'un air offensif. Des documents concernant Han étaient posés devant lui.

Le fait qu'il les ait apportés dans la salle d'enquête signifiait qu'il avait l'intention de les montrer à Sohn.

Sohn ne savait pas encore si Kim était son allié mais ce qui était sûr, c'est qu'il était l'ennemi de Han.

— On a identifié la victime de l'affaire du lac Sihwa comme étant Kim Younghak. Le service médico-légal publiera bientôt un rapport d'expertise.

— Dans ce cas, la brigadière Han sera innocentée, mais pourquoi vouliez-vous me voir ?

L'attitude de Kim était toujours défensive. Mais il s'agissait moins de méfiance que d'une tactique d'inspecteur qui ne voulait pas abattre ses cartes le premier. Sohn devrait d'abord lui donner ce qu'il attendait pour obtenir en retour des informations sur Han.

— Il y a quelque chose de bizarre.

— Quoi, concrètement ?

— Pour l'identification du corps de Kim Younghak, l'analyse de Han a été décisive.

— Et alors ?

— C'est aussi Han qui en est arrivée à la conclusion que Copycat avait assassiné Kim Younghak.

— Donc ?

Le lieutenant Kim essaya de se montrer indifférent mais son visage avait changé au nom de Copycat. Ce n'était pas un enquêteur expérimenté.

— Vous ne trouvez pas qu'il y a là quelque chose d'étrange ?

Kim tapotait avec les ongles les dossiers de Han Jisu.

— Vous voulez dire qu'elle est impliquée dans les affaires de Copycat ?

Kim remonta ses lunettes. Il semblait chercher un prétexte pour montrer les documents à Sohn.

— Je pense que cette possibilité ne peut être exclue.

Sohn avait formulé une phrase ambiguë, le genre que l'on pouvait mettre dans un rapport. Il s'était préparé une échappatoire.

— En fait, depuis le dernier interrogatoire où elle a dit que Kim Younghak avait été tué par Copycat, je la trouve bizarre. Pour moi, elle manifeste trop d'émotion.

Le lieutenant Kim savait désormais que Sohn était de son côté.

— C'est bien possible. Alors qu'on ne trouvait aucun lien de causalité entre les deux affaires, elle est arrivée toute seule à cette conclusion.

Sohn avait marqué son assentiment. Il ignorait ce que cherchait le lieutenant Kim mais comprenait qu'à présent ils avaient les mêmes intérêts.

— Si on regarde de près les dossiers, on remarque tout de suite que devant les suspects elle a tendance à se comporter comme un juge qui aurait déjà une idée en tête. En un sens, au vu des documents qui disent que les suspects qu'elle a interrogés se sont suicidés ou ont tenté de le faire, elle ressemble à Copycat. La différence, c'est que Copycat a tué les gens au sens physique, alors que Han Jisu les a poussés psychologiquement vers le suicide.

Le lieutenant Kim, que Sohn avait habilement amené à confirmer son hypothèse, venait de lui donner les informations dont il avait besoin.

Cette réaction devait être liée au fait qu'il n'avait pas pu prendre l'initiative de l'interrogatoire lors de sa rencontre avec Han Jisu, experte en la matière.

— Ah, oui. Je vois.

Sohn avait de nouveau approuvé. En réalité, le raisonnement de Kim n'était pas fiable, à cause de son antipathie à l'égard de Han.

— Il y a encore une chose qui m'a dérangé : quand je lui ai demandé qui pouvait être coupable si Kim Younghak avait été assassiné, elle m'a répondu que c'était un des membres de la famille de la victime, ou bien elle-même. Maintenant que j'y pense, c'est peut-être une sorte d'aveu.

En tant qu'enquêteur d'élite, le lieutenant Kim avait été vexé par l'ironie de Han Jisu. Après avoir reçu l'appel de Sohn, il avait pensé pouvoir obtenir des informations pour retourner la situation. C'est pour cette raison qu'il avait accepté sa visite.

— C'est ça. On a le même avis.

— Que puis-je faire pour vous ?

— Je voudrais consulter les dossiers d'enquête sur Han Jisu. C'est pour vérifier s'il y a des liens entre les cibles de Copycat et les affaires dont Han Jisu était chargée.

— Je ne peux pas vous montrer des fiches personnelles sans raison fondée.

— Mais vous savez bien qu'on ne peut pas ouvrir une enquête avec ce genre de doute. Vous voulez tout laisser tomber ?

Le lieutenant hésitait. Il estima ce qu'il aurait à gagner ou à perdre. Il fallait qu'on lui donne une raison ou un prétexte.

— Si c'est trop compliqué pour vous, vous pouvez aller régler une affaire urgente. Entre-temps, je vais feuilleter les dossiers de Han Jisu.

— La mort de Kim Younghak ne mettra pas fin à l'enquête sur elle, elle ne fera que la reporter. Faites-moi savoir si vous trouvez quelque chose, même s'il n'y a pas de rapport avec Copycat. Je crois que j'ai une affaire urgente à régler.

— D'accord, je vous dirai.

Pour Kim, la fierté l'emportait sur les règles. Il se leva et laissa les dossiers concernant Han sur son bureau.

— Je reviens vite.

Il quitta la salle d'enquête. Sohn ouvrit l'un des dossiers. Les éléments dont Ko lui avait parlé quelque temps auparavant étaient classés en premier.

Il attaqua rapidement la lecture des documents.

10

Suyin ouvrit les yeux à cause du froid.

Par la fenêtre, le clair de lune projetait sur le sol une faible lumière. La chambre était si obscure qu'il ne pouvait distinguer les contours de son lit. Mais des gens étaient là.

Suyin les sentit s'approcher de lui sans bruit.

Une personne, deux personnes, trois personnes.

Ils entourèrent son lit. Leurs six yeux brillèrent dans le noir. Suyin restait figé, oubliant de crier, d'enlever l'aiguille de sa perfusion.

Le premier homme posa la main sur son nez et sa bouche.

Sous la pression, Suyin ne put même pas pousser un cri. Il essaya de soulever ses mains pour retirer celles de l'autre mais ne parvint pas à bouger.

Le deuxième homme le transperça avec un couteau. Suyin sentit la lame mince se glisser entre ses côtes puis couper les muscles de son flanc et pénétrer profondément dans la chair.

Il cria sans qu'un gémissement ne sorte de sa bouche, écrasée sous la main du premier homme.

Le deuxième maniait l'arme avec dextérité et n'avait pas touché les points vitaux. Suyin eut peur de mourir.

Le troisième arracha des bouts de papier toilette et les dispersa sur son corps, comme dans un jeu. Les bouts de papier recouvrirent Suyin comme un suaire.

Dans le noir, leurs yeux et leurs dents blanches étincelèrent. Ils souriaient.

Alors le meurtre commença pour de bon. Le troisième homme alluma un briquet. Grâce à la flamme, Suyin vit la partie inférieure de son visage. Ses lèvres étaient fines et rouges. Il mit le feu au papier toilette qui recouvrait Suyin.

Ce dernier se mit à se débattre. Quand les flammes se propagèrent, il vit le visage de ses meurtriers. Les trois visages étaient identiques.

Suyin ouvrit les yeux.

Les flammes qu'il avait vues l'instant précédent avaient disparu. Il pouvait voir la lumière du plafonnier, comme si le clair de lune était entré dans la pièce.

Il n'y avait personne dans sa chambre, qui lui semblait recouverte d'un voile. Il avait rêvé. Son corps était trempé de sueur.

Suyin se redressa. Il éprouva un frisson au contact de son vêtement humide qui lui collait au dos. Il claquait des dents. Il prit conscience qu'il tremblait. Il tira le drap sur son corps. Puis son regard parcourut rapidement la chambre.

À présent, il était capable de faire la différence entre la lumière artificielle et la lumière du soleil, entre les formes de la lumière et celles de l'ombre. Il récupérait sa vue de jour en jour.

Il tenta de se souvenir du visage de l'assassin tel qu'il l'avait vu dans son rêve.

Ce visage était peut-être celui de Copycat, gravé dans sa mémoire. Il se rappela la sensation de suffocation, celle de la lame froide s'enfonçant dans son corps et celle de la chaleur brûlante. Mais pas du visage.

Ni les yeux ouverts ni les yeux fermés, Suyin ne le revoyait. Son corps continuait de trembler.

Il s'assit au bord du lit puis se leva en tenant la barrière. Les pieds posés sur le sol, il se sentit mieux. Il chancela encore, maintenant difficilement son équilibre, mais le tremblement de son corps s'apaisa après qu'il se fut mis à marcher.

Il décida d'adopter un point de vue positif. C'était la première fois qu'il rêvait de Copycat depuis son accident. Sans doute était-il en train de retrouver la mémoire, même sans en être conscient.

Il détacha les mains de la barrière du lit et s'avança vers la fenêtre.

Il transpirait mais ne tremblait plus. À mesure qu'il s'en approchait, il en distinguait plus nettement les contours.

Il tourna la poignée de la fenêtre pour aérer la chambre. Brusquement lui revint en mémoire la fenêtre de la veille, dans l'appartement de Lee Jeongwoo. Aucune lumière ne la traversait, quoiqu'elle n'ait pas été occultée par un rideau noir. Comme si elle avait été obstruée, mais par quoi ?

Il avait eu des doutes mais comme Han n'avait pas évoqué la question, il s'était imaginé que ce n'était peut-être pas si important.

L'essentiel, estima-t-il, c'était de prendre en compte le fait qu'hier on n'avait trouvé aucun indice permettant d'identifier Copycat.

Comme on dit qu'il n'est si bon charretier qui ne verse, un jour peut-être Copycat commettrait une erreur. Mais attendre ce jour signifiait jouer avec la vie des gens. C'était un jeu dangereux et il n'avait aucune certitude de gagner.

Il était impossible d'arrêter Copycat, on ne faisait que suivre ses pas.

L'impatience, la frustration et la culpabilité ouvraient à Suyin un abîme.

Si Copycat continuait à commettre ses meurtres et si le public apprenait dans le détail ses méthodes… l'affaire pourrait prendre une tournure nouvelle. Les gens ordinaires qui se considéraient victimes d'une injustice pourraient être tentés d'imiter Copycat, histoire de se venger tout en mettant le crime sur le compte du serial killer.

Une vengeance délétère engendrerait une autre vengeance, l'impact de cette spirale dans la société était potentiellement vertigineux, une catastrophe pire qu'une vague d'attentats.

Suyin en eut des sueurs froides.

Il fallait arrêter Copycat par tous les moyens. Avant qu'il ne soit trop tard.

Il y avait une solution, supprimer son mobile, pensa Suyin.

Si on pouvait faire circuler l'information comme quoi Copycat avait tué des gens sans aucune raison, juste par esprit de vengeance, alors ce dernier devrait changer de stratégie.

Suyin sentit que c'était le moment. Il tourna la poignée de la fenêtre. L'air froid entra, rafraîchissant son visage.

Bien que Suyin ne puisse voir le paysage à travers la fenêtre, son regard se dirigea vers l'endroit où le soleil se levait doucement. Le soleil se déplaçait avec lenteur, comme les aiguilles d'une horloge. Suyin observa longuement son mouvement, sans éprouver d'ennui.

Il attendait Han Jisu. Il avait besoin d'elle pour arrêter Copycat.

Quand le soleil se trouva dans l'angle de la fenêtre, il entendit, venant de l'extérieur, la voix de Han Jisu et celle plus fluette du gardien de la paix Choi.

Han Jisu s'apprêtait à prendre l'ascenseur après avoir traversé le hall de l'hôpital de la police. Un homme en tenue de randonneur se dirigea droit vers elle.

Han Jisu vit l'homme approcher. C'était un journaliste accrédité. Depuis quand la suivait-il ?

Elle baissa la tête et fit semblant de ne pas le voir. Elle tenait son téléphone dans sa poche d'une main moite.

— Inspectrice Han ? Je suis Jin Jungil, du quotidien *Sudo*.

— ...

Elle continuait de marcher sans répondre mais il l'empêcha d'avancer.

— Jetez un coup d'œil là-dessus.

Il lui mit rapidement son portable sous les yeux.

Une photo montrait l'appartement où avait été assassiné Lee Jeongwoo. Le journaliste fit défiler d'autres photos avec son doigt. La photo suivante montrait l'équipe d'enquête scientifique entrant dans l'appartement.

— C'est une des scènes de crime de Copycat, n'est-ce pas ?

Ne sachant pas ce qu'il voulait, elle pressa le pas comme si elle s'enfuyait.

— Je sais que c'est le cas, ce n'est pas ce que je vous demande. Ce que je veux savoir…

Il s'arrêta de parler, Han Jisu s'arrêta de marcher.

— … c'est pourquoi l'équipe scientifique est retournée dans ce lieu qu'ils avaient déjà examiné plusieurs fois.

— …

— Je suppose que vous avez reçu une nouvelle information prouvant l'implication de Copycat, c'est ça ?

L'équipe scientifique avait en effet réexaminé l'appartement de Lee Jeongwoo dans le but de retrouver la pointe du couteau dont avait parlé Lee Suyin.

— …

Han Jisu pressa le bouton de l'ascenseur.

— Et j'ai entendu dire que la source de cette nouvelle information, c'était vous.

Han Jisu dévisagea le journaliste. Celui-ci évita son regard.

— Je ne peux rien dire, nos sources sont secrètes.

La porte de l'ascenseur s'ouvrit, Han Jisu entra.

Qu'elle lui réponde ou non, il rédigerait un article sur Copycat. Et il dirait aussi au public dans quel état, selon lui, se trouvait Lee Suyin.

— Je monte. C'est pour une consultation. Vous faites quoi ?

Elle avait posé la question en le regardant fixement. Elle sentit qu'il hésitait.

— Il est en voie de guérison ?

La porte de l'ascenseur se referma sur cette question. L'intention du journaliste était claire. Attirer l'attention sur Lee Suyin. C'était une question de temps. Anxieuse, elle accéléra le pas.

Assis devant la chambre de Lee Suyin, le gardien Choi se leva brusquement en voyant Han Jisu approcher.

— Il n'y a pas eu de visiteur ?

— Non, sauf le personnel de l'hôpital.

— Tant mieux.

Han Jisu se tourna vers la chambre.

— Ah…

— Qu'y a-t-il ?

Elle se retourna vers Choi.

— Il ouvre souvent la fenêtre de la chambre… Comme on ne sait jamais…

Elle comprit de quoi il s'inquiétait. Il ne connaissait pas Lee Suyin.

— Continuez à surveiller régulièrement l'intérieur de la chambre, s'il vous plaît.

Elle pensait qu'il valait mieux lui donner un ordre plutôt qu'une explication.

— D'accord. Et puis…

Pour lui signifier que la conversation était terminée, elle poussa la porte de la chambre. Choi semblait avoir encore quelque chose à dire. Elle tira la porte derrière elle.

Devant la fenêtre, Lee Suyin se tenait debout comme s'il contemplait le paysage.

Au bruit de la porte, il s'était retourné. La fenêtre était ouverte.

— Le vent est encore froid, non ?

En guise de réponse, il referma la fenêtre. Il trouva la poignée sans tâtonner, le geste lui était devenu familier.

Han Jisu sortit son téléphone portable puis activa l'enregistrement vocal. La moiteur de ses doigts l'obligea à presser plusieurs fois le bouton.

Suyin écoutait Han Jisu taper sur l'écran.

— Il faut informer les médias de cette affaire.

Sans explication, il entra immédiatement dans le vif du sujet.

Han Jisu était perplexe. Car, même sans son intervention, la situation serait ingérable quand *Sudo* sortirait son article.

Dans les médias, quand on n'avait pas de scoop sous la main, on s'en prenait à des gens pour n'importe quoi, à tort et à travers. À partir du moment où l'affaire serait divulguée, la presse lancerait une chasse aux sorcières.

— Si l'affaire sort dans la presse, il vaudra peut-être mieux qu'on s'en retire, vous et moi.

— Nous n'avons pas le choix, il faut parler. Si on ne le fait pas, un autre meurtre aura lieu. Et nous continuerons à suivre les traces laissées par Copycat sans jamais le rattraper. On ne peut plus attendre qu'il fasse une erreur.

— J'ai été abordée tout à l'heure par un journaliste. Même si vous ne vous mettez pas en avant, la bombe éclatera bientôt.

— C'est justement pourquoi nous devons agir vite. Si ce journaliste dévoile les méthodes de notre copycat, les imitateurs vont se mettre à pulluler.

— Ce qui reviendrait à soutenir Copycat au lieu de l'empêcher de tuer.

Han Jisu avait haussé le ton. La courbe affichée sur l'écran de son téléphone bondit d'un coup.

— Devant la presse, on ne doit pas parler du mobile des meurtres.

— Ne pas parler du mobile ?

— Il faudra prétendre que les suspects tués par Copycat n'étaient pas coupables.

— Dire qu'ils n'étaient pas coupables ne signifie pas qu'ils étaient innocents. Mais qu'il était impossible de prouver leurs crimes. C'est aussi le cas de Kim Younghak.

— Et si nous arrivions à prouver qu'ils étaient vraiment innocents, y compris Kim Younghak ?

Étaient-ils vraiment innocents ?

C'était une question que Han Jisu ne s'était jamais posée. S'ils étaient innocents, le message de Copycat disparaissait.

S'il n'y avait pas de message, ne restaient que les meurtres.

Après réflexion, Han Jisu saisit l'intention de Lee Suyin. La courbe demeurait immobile comme un cœur qui avait cessé de battre.

— … Copycat deviendrait un simple tueur en série.

— C'est exact. Un tueur sans message.

Suyin fit six pas comme s'il avait pu voir et se posa au bord du lit.

— Vous voulez qu'on annonce à la presse que les victimes de Copycat étaient innocentes, c'est bien ça ?

— Comme ça nous supprimons les justifications des actes de Copycat, les justifications qu'il s'est inventées lui-même.

— Mettons que les gens nous croient, mais Copycat, lui, sait que ses victimes étaient coupables.

— Alors il se mettra en colère.

Han Jisu n'arrivait pas à comprendre l'intention de Lee Suyin. Exaspérer sciemment le tueur en série par le biais de la presse, cela pouvait mener à d'autres meurtres. Elle se rendit compte qu'elle était en train de tourner machinalement autour du lit. Elle s'assit sur une chaise. Elle ne voulait pas montrer son angoisse à Lee Suyin.

— Vous voulez dire que Copycat, s'il est en colère, pourrait faire une erreur ?

— Non, mais il cassera lui-même ses propres règles.

— Ses règles…

— Tuer les suspects de meurtre qui ont été libérés.

— S'il casse ses règles, qui sera la prochaine victime ?

Lee Suyin arrêta de parler pour tenter de mettre de l'ordre dans ses pensées. Le silence était tel qu'on entendait battre le cœur de Han Jisu.

— Ce sera moi.

— …

Une sensation soudaine d'étouffement l'empêcha d'articuler un seul mot.

Sous ses yeux tout commença à se déformer. Elle crut être prise d'une crise de panique.

— Parce que c'est moi qui dirai qu'il a tué des innocents.

Agrippée à la barrière du lit, Han Jisu reprit ses esprits.

Le lit émit un léger grincement.

Elle resta un moment sans bouger, se concentrant sur sa respiration. Lee Suyin attendit qu'elle puisse de nouveau parler.

— Non, non, c'est beaucoup trop dangereux. Pourquoi voulez-vous aller jusqu'à…

Elle était déstabilisée. Elle ne parvenait pas à comprendre la raison pour laquelle il risquerait sa vie en devenant volontairement la cible de Copycat.

— Si on connaît sa cible, on peut l'arrêter.

— Et si on rate ?

— On peut prouver que le meurtrier n'avait aucun mobile valable.

— Pourquoi risquer votre vie ? Je ne suis pas d'accord.

— Pour gagner un pari, il faut parier tout ce qu'on a, pas une somme qu'on a empruntée.

Lee Suyin sourit. Han Jisu ne pouvait plus rien dire.

Dos à la fenêtre, il lui faisait face. La lumière éclairait sa silhouette.

— Votre moi du passé soutiendrait cette décision ?

— Oui, je pense. Le moi du passé et le moi du présent sont les mêmes.

— Dans un premier temps… j'en parlerai au chef.

La volonté de Lee Suyin semblait ferme. Han Jisu arrêta l'enregistrement et créa un nouveau fichier.

Elle sortit de la chambre. Elle n'eut pas un regard pour Choi, qui se leva brusquement.

— Ah…

Elle envoya le nouveau fichier au chef Oh. Désormais, c'était à Oh de décider.

Choi ne put arrêter Han Jisu, qui s'éloignait rapidement.

Il secoua la tête. Lui parler ne ferait pas disparaître son angoisse.

Il entendit des grincements réguliers venant de la chambre. Il entrouvrit et inspecta l'intérieur.

Lee Suyin faisait le tour du lit comme s'il n'avait pas perdu la vue.

La porte de la salle d'enquête se rouvrit. Le lieutenant Kim Jeongmin entra.

Sohn Jiyun lisait la dernière page du dossier. Il s'agissait des consultations psychiatriques de Han. Il lui avait été diagnostiqué des crises de panique et une dépression, suivaient des informations sur les prescriptions qu'elle avait reçues.

Kim le laissa achever sa lecture.

Sohn referma le dossier.

— Bon, j'ai fini avec mon affaire urgente.

Kim tendit la main pour récupérer le dossier.

— Ah, j'ai oublié que moi aussi j'avais une urgence.

Sohn se leva, prêt à lui rendre le dossier.

— Alors, tenez votre parole et contactez-moi en cas de besoin.

— D'accord. Au fait, même dans le cadre d'une enquête, n'est-ce pas illégal pour le SIP de consulter un dossier médical ?

Sohn avait posé la question le dossier encore en main.

— Consulter des documents non autorisés est encore plus illégal. À titre d'information, elle avait déposé elle-même ces documents quand elle avait fait une demande de congé.

Kim saisit le dossier, que Sohn lâcha.

— D'accord, d'accord. Je n'ai rien vu.

Sohn se dirigea vers la porte, Kim s'effaça en tenant le dossier.

L'inspecteur sortit rapidement de la salle d'enquête et du bâtiment de la police puis marcha vers le parking. Il craignait qu'un mauvais hasard mette Han Jisu sur sa route.

Au vu de son dossier, il semblait que Han avait chaque fois adopté une stratégie d'interrogatoire qui poussait les suspects au bord du précipice.

Pour obtenir leurs aveux, elle avait exercé une pression, grâce à une argumentation logique, au lieu de créer un lien de sympathie ou de confiance. Pour autant, son taux d'obtention d'aveux n'était guère élevé.

Aussi parce qu'elle s'était souvent engagée dans des affaires difficiles dont les autres n'avaient pas voulu. On le comprenait aisément rien qu'avec la liste des cas dont elle s'était occupée. La plupart du temps, il n'existait aucune preuve si ce n'est des aveux ou alors des suspects qui avaient tout préparé soigneusement avec leurs avocats.

De sorte que ses chances d'obtenir une promotion étaient minimes. Il semblait également presque impossible qu'elle obtienne de l'avancement avec les évaluations qu'avaient effectuées sur elle ses collègues.

Son score pour une promotion était encore plus mauvais que le sien. Il se sentit plus proche d'elle.

Il alluma une cigarette. Elle avait un goût amer. Il aperçut un visage familier de la brigade criminelle au moment où sa voiture démarrait. Il coupa le moteur et se baissa. Il n'avait pas envie que quelqu'un remarque sa visite.

Il fouilla dans sa poche et sortit son carnet. Il vit ce qu'il avait gribouillé un peu avant dans la salle d'enquête. Des carrés, des flèches, des mots soulignés, tout était emmêlé comme dans sa tête.

Sohn essaya de récapituler les mots qu'il avait soulignés pour dégager certains faits.

À côté du mot « suicide », il avait griffonné la liste des cas pour lesquels Han avait établi des stratégies d'interrogatoire.

Il avait noté, à côté de la liste, les suicides et tentatives de suicide des suspects. À vue d'œil, leur taux était anormalement élevé. Selon ces données, Han était bel et bien une profileuse à poigne. Les soupçons du lieutenant Kim Jeongmin comme quoi elle poussait trop loin ses suspects n'étaient pas totalement infondés.

Les mots « cessation temporaire d'activité » étaient également soulignés. Ils étaient suivis des mots « dépression » et « crises de panique ». Puis du mot « pourquoi » avec un point d'interrogation.

Il se demandait si cette dépression et ces crises de panique n'étaient pas liées à son travail.

En observant la liste, il remarqua que la dernière affaire dont Han s'était occupée avant son arrêt de travail était celle dite de « la mariée dans la baignoire ».

Cette affaire avait été très médiatisée. Tout le monde en avait entendu parler. Son surnom lui avait d'ailleurs été attribué par les médias, selon lesquels le cas ressemblait à une série de meurtres commis en Angleterre dans les années 1900.

Dans l'affaire d'origine, un Anglais nommé George Joseph Smith avait assassiné successivement ses trois épouses.

Smith attrapait sa femme par les pieds dans sa baignoire, et la tenait ainsi jusqu'à ce qu'elle se noie. La victime avait beau se débattre, essayer de s'agripper, elle finissait par se noyer.

Comme aucune trace de violence n'apparaissait sur les corps, Smith avait pu mettre la main sur la fortune de ses épouses et leurs primes d'assurance-vie. Il avait répété son crime jusqu'à son arrestation.

L'affaire dont Han avait été chargée était similaire à celle de Smith.

Le mari avait prétendu qu'en rentrant d'un cybercafé il avait découvert sa femme noyée dans la baignoire.

On n'avait trouvé aucune trace de violence sur le corps de la femme, comme dans l'affaire Smith. En outre, l'eau chaude de la baignoire avait rendu impossible l'estimation de l'heure du décès.

La température du corps humain est en général plus élevée que celle de notre environnement. Quand une personne meurt, sa température se met à baisser et devient proche de celle du lieu où elle se trouve. L'écart de température permet d'évaluer l'heure de sa mort. Mais dans le cas où l'eau chaude a fait monter la température du corps, l'estimation de l'heure du décès est impossible. On peut aussi déterminer l'heure du décès en observant l'état de rigidité cadavérique, mais l'eau chaude modifie aussi cette donnée, et cette autre méthode devient caduque.

Quand l'heure du décès est inconnue, l'assassin peut s'inventer tous les alibis.

Finalement, le mari, principal suspect, avait été relâché, notamment grâce au témoignage en sa faveur d'un médecin légiste.

Sohn dessina une flèche partant des mots « mariée dans la baignoire », puis la relia au mot « stalker ».

Lorsque le mari avait été libéré, Han l'avait suivi. Elle avait été interrogée par la police, suite à cette filature. Elle s'était attendue à ce qu'il parle de son crime, peut-être même bêtement, lors d'un repas bien arrosé.

Mais peu de temps après, l'homme avait été retrouvé mort dans sa baignoire, à l'instar de sa femme.

C'était le premier meurtre de Copycat.

Sohn entoura le mot « Copycat ». Le parcours de Han et celui de Copycat se superposaient.

Il relia par une longue flèche « cessation temporaire d'activité » et « crises de panique, dépression ». Il se demanda si Han n'avait pas rencontré Copycat au cours de sa filature. L'hypothèse était plausible.

Il tourna encore quelques pages de son carnet.

Pendant son arrêt de travail, six mois en 2017, avait eu lieu le deuxième meurtre de Copycat. Puis, lorsqu'elle avait repris son poste, elle s'était occupée du cas de l'épouse disparue de Kim Younghak.

Il ajouta « enquête supplémentaire » à côté de « cessation temporaire d'activité ». Il fallait d'abord voir s'il n'y avait pas de coïncidence entre ce qu'avait fait Han durant son arrêt et le deuxième meurtre de Copycat. Si tel était le cas, il ne s'agissait pas d'un simple hasard.

L'homme de la brigade criminelle que Sohn avait aperçu étant parti, Sohn démarra et quitta le parking.

S'il obtenait un accord pour son rapport, il aurait plus de facilité pour mener son enquête.

Il imagina une scène où Han Jisu regardait fixement un suspect, un couteau à la main, comme si elle allait le poignarder. L'image lui convenait. C'était bien une profileuse à poigne.

11

— On a reçu une autorisation d'interview.

Un jour avait suffi pour obtenir l'accord du chef Oh Daeyoung concernant l'interview de Lee Suyin. Cette décision avait été prise plus tôt que prévu. Oh avait dû penser qu'il n'avait pas d'autre choix pour le moment.

— Tant mieux. Ça n'a pas dû être facile.

— Si l'affaire est révélée par la presse, il est évident que l'opinion publique s'en prendra à la soi-disant incompétence de la police. C'est ça, la manipulation des médias. Et après, on ne sait pas trop ce qu'il arrivera au chef Oh et au préfet de police de Séoul. Donc, je pense qu'on est obligés d'accepter.

— En tout cas, les choses se déroulent comme prévu.

Suyin avait la sensation, qu'il n'avait plus éprouvée depuis longtemps, d'être à nouveau un inspecteur.

— Il est prévu que vous ne répondiez qu'aux questions qui auront été préparées.

Suyin hocha la tête. Dans son état, avec sa mémoire défectueuse, il y avait beaucoup de questions auxquelles il ne saurait répondre.

— Ce sera bien sûr réalisé en différé.

— Je comprends.

— L'interview aura lieu au commissariat central de Séoul.

— Elle doit avoir lieu à l'hôpital.

Suyin avait parlé avec fermeté. Il fallait que Copycat, en regardant sa télévision, remarque tout de suite où il se trouvait, pensa-t-il.

Il poursuivit sans donner à Han le temps de répliquer.

— Il faut lui montrer où je suis. On a tout à gagner si Copycat s'énerve et vient vers moi sur un coup de tête.

Han avait du mal à le contredire. Son silence valait approbation. Si elle aussi avait mis sa vie en jeu, elle lui aurait parlé plus facilement.

Suyin continua de parler.

— Copycat ne doit pas s'apercevoir que j'ai perdu la mémoire et la vue.

— Dans ce cas… on doit d'abord tromper les journalistes.

Il hocha la tête. Les journalistes agiraient selon leurs habitudes, pas forcément selon leurs vœux. Arriverait-il à les tromper jusqu'au bout ?

Suyin pouvait imaginer comment ça tournerait si jamais les journalistes apprenaient son état réel.

— Je vais choisir les questions et je vous les communiquerai. Ils vous parleront surtout des lieux des crimes sur lesquels vous vous êtes rendu. Donc, même s'il y a des questions imprévues, vous serez capable d'y répondre. Sinon, vous leur direz que l'enquête suit son cours.

— D'accord.

— Pendant l'entretien, vous regarderez vers la personne qui parle, comme maintenant. L'intervieweur sera à quinze degrés vers la droite. À la fin de la question, vous regarderez tout droit. En face de vous, il y aura un autre journaliste avec sa caméra. Il faut que votre regard soit naturel, c'est important.

— Comme ça ?

Suyin avait tourné la tête de quinze degrés et regardait tout droit.

— Très bien. S'il y a des questions difficiles ou qu'un journaliste semble deviner votre situation réelle, vous pourrez interrompre l'interview. Ce ne sera pas facile, mais on pourra récupérer les images. Bien sûr, je pourrai aussi mettre fin à l'entretien.

L'idée que Copycat pourrait venir le tuer à tout moment donnait étrangement à Suyin un sentiment de sécurité plutôt que d'angoisse. Il n'avait plus qu'à attendre Copycat, en dissimulant de son mieux le piège qu'il lui tendait.

Une heure avant l'interview, Suyin se lava les cheveux et se rasa.

Il mit un costume que Han lui avait apporté la veille. Il arrive que l'habit donne du pouvoir à l'orateur. En nouant sa cravate, il espéra avoir l'air d'un inspecteur.

Il se remémora les questions et les réponses préparées par Han. Il n'était pas facile de faire un nœud avec la seule sensibilité du bout des doigts. Après quelques tentatives, il demanda l'aide de Han.

Elle rajusta son costume et renoua sa cravate. Les préparatifs étaient terminés.

Vingt minutes avant l'interview, il se trouvait déjà dans une salle de réunion située au rez-de-chaussée de l'hôpital.

Pour éviter que l'on remarque sa cécité, il s'était installé avant l'arrivée des journalistes.

Rideaux fermés, la salle était plongée dans une demi-pénombre. Suyin distinguait à peine la silhouette de Han et celle du gardien Choi.

Il demanda à Han si le logo de l'hôpital, derrière lui, était bien visible. La caméra devait le faire entrer dans le cadre sans le vouloir.

Han lui conseilla de regarder vers le bas avant de répondre aux questions, comme s'il avait besoin de consulter des documents, puis de regarder de nouveau tout droit. Suivant son conseil, Suyin s'entraîna à faire semblant de voir ce qui était devant lui, tout en feuilletant des papiers.

Si ses yeux restaient trop longtemps baissés et qu'il semblait consulter ses documents à chaque question, il aurait l'air de lire des réponses préparées. Pour éviter cet écueil et paraître le plus naturel possible, il répéta plusieurs fois les mêmes gestes.

— Ça devrait aller. Ils ne s'apercevront de rien.

— À présent il faut que je dissimule ce qui est dans ma tête.

— Vous pouvez y arriver. Ne soyez pas…

Clac, clac. Ils entendirent derrière eux une arme que l'on chargeait. Le bruit avait interrompu la phrase de Han.

Aussitôt après, ils entendirent se déployer le bâton télescopique. C'était le gardien Choi. Toutes ces manifestations trahissaient sa nervosité.

Dans le même temps, Suyin se tendit. Cette interview rendait plus vive sa conscience de la menace de Copycat.

— Il n'y a rien d'anormal à être inquiet, dit Choi, devinant son malaise.

Han poussa un soupir à peine audible.

— Pouvez-vous nous attendre dehors ?

— On m'a dit de le surveiller tout au long de l'interview.

— …

Le silence de Han était réprobateur.

Suyin se hâta d'alléger l'ambiance.

— C'est ok pour moi, je me sens plus rassuré aussi.

Il ne mentait pas. Choi serait la première personne à qui Copycat devrait faire face s'il venait. Suyin espérait que Choi saurait se protéger tout seul. Et qu'il ne serait pas la victime de son piège.

— Je surveillerai ici. Donc…

La voix de Han venait de loin. Elle se déplaçait toujours sans bruit. Elle parlait tellement bas que Suyin n'avait pas saisi ses derniers mots.

Accompagnés par un bruit de porte, les journalistes entrèrent.

Han avait l'air de les connaître, elle les fit entrer dans la salle sans les saluer.

— Je vous présente M. Lee Suyin.

Suyin se leva puis, devançant le journaliste, il lui tendit la main. Le journaliste la lui serra. Tout s'était déroulé avec naturel.

— Enchanté. Je suis Lee Sehyeong, journaliste de la chaîne JTBC.

— J'espère que tout se passera bien.

Un cadreur installa la caméra, puis alluma le projecteur. La lumière était éblouissante.

Par réflexe, Suyin ferma les yeux. La lumière transperça ses paupières.

Il rouvrit les yeux. La silhouette du journaliste lui apparut en saillie.

— Êtes-vous rétabli ?

— Oui, je vais bien, comme vous pouvez en juger.

— Votre hospitalisation s'étant prolongée, le bruit a couru que vous n'étiez pas guéri. Mais vous dites que votre santé est bonne ?

Le journaliste lui avait reposé la même question. Ce n'était pas une simple formule de politesse.

— Je n'ai aucun problème de santé. Mes blessures sont guéries.

Suyin avait répété la même réponse, faisant semblant de ne pas comprendre son intention.

— Bon. Au studio, on prendra par ordre les actes criminels de Copycat pour les exposer. Vous, vous nous parlerez surtout des particularités de ces affaires.

— D'accord.

— Quand vous répondez, regardez ici. Vous voyez ma main ?

C'était la voix du cadreur. Suyin ne vit pas sa silhouette ni sa main derrière l'éclairage.

Il hocha néanmoins la tête.

— Selon vous, pour quelle raison Copycat continue-t-il à commettre des meurtres ?

Le journaliste ne suivait pas l'ordre des questions.

Suyin posa le questionnaire qu'il tenait à la main. C'était l'exemple même de la question imprévue. Il essaya d'y répondre clairement, en regardant droit vers la caméra. Plus l'explication était longue, plus le naturel était difficile à garder.

— Ce qui l'intéresse, c'est l'acte même de tuer. En fait, Copycat a assassiné successivement des gens qui n'avaient aucun rapport avec lui. D'ailleurs, le temps entre les meurtres était court. À mon avis, ses meurtres sont guidés par la pulsion et le plaisir.

— Attendez. Pourriez-vous reprendre votre réponse ? Votre regard part dans une autre direction. Quand la question est terminée, regardez ici. Ici, ici. Vous voyez bien ma main ?

Le cadreur avait interrompu l'interview.

Sans savoir où regarder, Suyin, embarrassé, fixa son regard vers l'éclairage.

Han s'approcha de lui puis, sous prétexte de réajuster son vêtement, lui indiqua la direction dans laquelle son regard devait se diriger.

— Pour le montage, j'aurai besoin de votre dernière réponse. Pourriez-vous reprendre à partir de « ses meurtres sont guidés… » ?

— Ses meurtres sont guidés par la pulsion et le plaisir.

Le ton de Suyin avait changé, mais le cadreur, occupé par son regard, ne l'avait pas remarqué.

Quand Suyin eut terminé sa phrase, le journaliste lui posa une autre question, comme s'il ne s'était rien passé.

— Le considérez-vous comme un psychopathe ?

Suyin regarda dans la direction où se trouvait le journaliste, sans savoir toutefois si son regard s'adressait bien à lui.

À la fin de la phrase du journaliste, Suyin se tourna vers le point dont il se souvenait. Son regard ne devait être ni trop haut ni trop bas.

— Nous n'avons pas fait de test psychométrique de Copycat, je ne peux donc pas vous donner de réponse sûre, mais compte tenu des données dont nous disposons, oui, c'est un psychopathe particulièrement sophistiqué. Étant donné la brièveté de sa période de pause, je pense qu'il a atteint un niveau où il est incapable de maîtriser ses pulsions.

— C'est une opinion minoritaire, mais certains disent que Copycat commet ces meurtres dans le but de rendre justice quand la loi n'a pas su le faire.

Se fiant à l'éclairage, Suyin modifia la direction de son regard vers le cadreur.

— Copycat a simplement reproduit les méthodes criminelles d'affaires non élucidées. Aucune intention de justice là-dedans. Il a analysé soigneusement certains crimes. Et il exhibe ses connaissances et sa maîtrise technique en commettant ces meurtres. C'est un type immature devenu une machine à tuer, qui est fier d'avoir acquis cette habileté très particulière.

Dans le but de blesser la susceptibilité de Copycat, Suyin avait utilisé délibérément des mots tels que « reproduire », « fier », « immature ». Il voulait le mortifier avec les mots. Et lui donner une image de lui-même qu'il ne pourrait pas accepter. En le dépréciant, Suyin le provoquait et faisait monter sa colère contre lui.

— C'est une question délicate mais, selon vous, ses victimes qui ont pu être suspectées étaient-elles toutes innocentes ?

— Oui, j'en suis sûr. La police les avait relâchées parce qu'elles n'étaient pas coupables. En fait, c'étaient des victimes ou des proches des victimes. À cet égard, on peut dire que Copycat les a tuées deux fois. C'est extrêmement cruel. Le plus important dans les affaires en question, c'est qu'il a assassiné des innocents.

— Si jamais quelqu'un de votre famille était victime de Copycat, feriez-vous pleinement confiance à la police pour résoudre l'affaire ?

La question n'avait pas été envisagée. L'interview serait un échec si Suyin manifestait la moindre hésitation.

— Oui, bien sûr.

Suyin entendit le journaliste tourner les pages, il devait vérifier ses données. L'interview ne se déroulait pas selon l'ordre des questions que Han lui avait communiqué.

— Bon. Pourriez-vous donner les raisons de cette certitude ?

— Vous vous souvenez de l'affaire de la lycéenne en fugue, récemment retrouvée morte sur un toit-terrasse ?

Quand il eut posé la question, Suyin poussa un soupir qui tomba dans le silence.

Il venait de se rendre compte que la police n'avait pas encore révélé l'affaire à la presse. Il avait commis une erreur.

Il regarda autour de lui en cherchant Han.

— Vous avez besoin de quelque chose ? Vous voulez faire une pause ?

Face à l'embarras de Suyin, le journaliste avait interrompu l'interview.

Han s'approcha de Suyin. Il chuchota.

— L'affaire de Lee Jeongwoo est encore inédite…

— Tout va bien. On demandera de couper au montage.

Han lui donna de l'eau dans un gobelet en carton, sa voix était à peine audible.

— S'il vous plaît, on va recommencer. Je vais changer un peu l'angle. Regardez ici. S'il vous plaît, regardez vers la caméra. Il ne la voit pas bien à cause de l'éclairage…

Les derniers mots avaient été marmonnés. L'éclairage s'éteignit.

— Vous voyez ma main, n'est-ce pas ?

Suyin ne la voyait pas. Le cadreur l'avait-il remarqué ?

Il but de l'eau en évitant son regard. La sueur coulait dans son dos. Il avait besoin de se calmer.

En l'écoutant attentivement, il calcula où se trouvait la main qu'agitait le cadreur. L'objectif de la caméra devait être à portée de sa main. Mais était-il à sa gauche ou à sa droite ? Suyin devait s'en remettre au destin.

Il hocha la tête qu'il tourna vers la gauche. Le projecteur se ralluma.

— Ok. Si vous êtes prêt, on reprend.

Suyin posa le gobelet devant lui et poussa un soupir de soulagement.

— Le suspect de cette affaire était un employé ordinaire. Il a été tué par Copycat parce qu'il avait eu des échanges téléphoniques avec la lycéenne.

— Un instant, le suspect dans l'affaire de la lycéenne a été tué par Copycat ?

— Absolument.

— D'accord. On ajoutera des documents en studio. Vous pouvez continuer.

— Si le fait d'avoir parlé au téléphone avec la lycéenne avait été un motif d'accusation, tous les gens qui figuraient sur la liste des appels auraient dû être concernés. La police dispose d'un suspect sérieux et mène une enquête sur lui. Elle suit également les traces d'autres suspects dans les meurtres de Copycat.

C'était un mensonge. Suyin était sûr que Lee Jeongwoo avait frappé la lycéenne et l'avait laissée mourir. Il mentait dans le seul but de piéger Copycat.

— La police poursuit donc le vrai meurtrier de la lycéenne ?

— C'est cela.

Le journaliste lui posa aussitôt une autre question.

— Concernant l'affaire dite de la mariée dans la baignoire, y a-t-il une autre piste que le mari assassiné par Copycat ?

Suyin ne connaissait pas bien le cas. La scène du crime avait été nettoyée depuis longtemps et il n'avait pas pu s'y rendre. Han lui avait résumé l'affaire lors de la préparation de l'interview. Mais pour une raison quelconque, elle n'était pas entrée dans les détails.

— Tout à fait.

— Pourriez-vous en parler plus précisément ?

Suyin hésita. Répondre simplement que l'enquête était en cours ne suffisait pas.

— Je ne peux pas vous donner toutes les informations sur cette affaire. L'enquête est en cours. Ce que je peux dire, c'est que le coupable et le couple assassiné se connaissaient.

— Comment l'avez-vous appris ? demanda le journaliste dès que Suyin eut terminé sa phrase, comme s'il n'attendait que ce moment.

Ignorant l'essentiel des faits, Suyin devait extrapoler à partir du maigre résumé de Han.

— La femme a été retrouvée nue et morte dans sa baignoire. Ce qui veut dire qu'elle n'a pas essayé de se cacher quand l'homme est entré. Leur relation devait être intime.

— C'est pourquoi son mari était le principal suspect, n'est-ce pas ?

— C'est exact. Mais il avait un alibi. L'un de nos suspects n'a pas d'alibi. Nous détenons certains éléments significatifs qui nous permettent de le soupçonner. Copycat a tué la famille de la victime sans connaître les détails de l'enquête.

Suyin avait répondu sans réfléchir. De toute façon, l'important dans cette interview, ce n'était pas la vérité. C'était de défier Copycat tout en cachant son état de santé.

— Vous avez été blessé lors de l'incendie provoqué par Copycat. Est-ce que vous vous êtes battu avec lui ?

Suyin ne se souvenait pas de ce qu'il avait fait lors de l'incendie. Il ne savait pas s'il devait dire oui ou non.

Sa réponse fut évasive.

— Je me suis blessé en essayant de l'attraper. Vous saurez tout après son arrestation.

— L'intervention de la police avant que le crime ait pu avoir lieu signifie-t-elle qu'on avait déjà une idée de la cible de Copycat ? Y a-t-il un témoin protégé par la police ?

— Oui, mais cette fois-ci Copycat n'arrivera pas à l'atteindre.

Suyin ne pouvait révéler l'identité de ce témoin.

Il attendit que le journaliste lui demande pourquoi Lee Jeongwoo n'avait pas été protégé. Mais cette question ne fut pas posée. De toute façon, pour lui, la seule réponse était que Copycat n'était qu'une machine à tuer.

— La police n'a toujours pas résolu les cinq meurtres dont les vrais coupables ne sont pas encore identifiés, ni les cinq crimes que Copycat a commis par imitation. Avez-vous quelque chose à dire aux familles des victimes et aux citoyens ?

Ce n'était pas une question mais un reproche. L'impuissance dans laquelle son état le maintenait le contrariait profondément.

— Je vous présente toutes mes excuses. Nous arrêterons Copycat et nous lui ferons payer ses crimes. Je suis désolé.

— Espérons en effet que vous l'arrêterez et qu'il ne fera plus de victimes.

Le projecteur s'éteignit. Les yeux de Suyin, habitués à la forte lumière, ne virent plus rien. Ils se fermèrent.

Les pas du journaliste s'approchèrent de Suyin. L'homme devait lui tendre la main. Incapable de rouvrir les yeux, Suyin ne put saisir la main invisible. Ses yeux avaient besoin de temps pour se réhabituer à la faible lumière de la salle de réunion.

— Cette longue interview a dû vous fatiguer, vous êtes encore hospitalisé.

Suyin rouvrit ses yeux sans voir davantage la main du journaliste. C'est Han qui la lui serra.

— Je vous remercie, monsieur.

Voulant donner le change, Suyin se leva et le salua en s'inclinant.

— Merci pour tout.

— Je vous souhaite un prompt rétablissement.

Suyin entendit la voix du journaliste.

Puis le bruit de ses pas s'éloigna.

L'interview était terminée, Suyin avait eu de la chance. Han l'aidait à se tenir debout. Suyin n'avait plus qu'à attendre Copycat.

Il imagina l'homme s'approcher de lui dans le noir. Il en éprouva de la nervosité mais nul effroi.

Au cinquième étage de l'agence de police de Séoul, le chef Oh Daeyoung s'agaçait devant la porte vitrée de sécurité.

Celle-ci s'ouvrait grâce aux empreintes digitales ou aux laissez-passer, mais le lecteur, malgré plusieurs essais, ne parvenait pas à reconnaître les empreintes de Oh. Le message d'erreur continuait de s'afficher. Cela se répétait depuis un mois.

Oh avait donc toujours son laissez-passer sur lui, sauf qu'il venait de l'oublier en quittant son bureau à la hâte. Finalement il n'eut d'autre choix que d'appeler le service de la brigade criminelle pour qu'on lui ouvre la porte.

Une fois assis à son bureau, il inséra dans son ordinateur la puce que lui avait transmise le service de communication.

Il appuya sur le bouton de lecture et une vidéo apparut aussitôt. L'interview avec Lee Suyin n'était pas encore montée.

Oh regarda la vidéo en la comparant avec la transcription de l'interview.

Au début, Suyin répondait au journaliste sans aucune hésitation.

« Je n'ai aucun problème de santé. Mes blessures sont guéries. »

Oh hocha la tête. C'était un bon début.

L'explication sur le mobile du crime de Copycat était elle aussi claire et nette. Les mots que Lee avait employés, « pulsion meurtrière », « plaisir », balayaient toute idée d'un éventuel sens de la justice qu'on aurait pu attribuer aux actes de Copycat et laisseraient une forte impression sur le public.

La réponse selon laquelle Copycat avait reproduit les crimes d'affaires non résolues était également convaincante.

Elle éveillerait la curiosité des gens sur la façon dont Copycat avait commis les meurtres. En même temps, elle renforcerait l'image d'un copycat tueur imitateur cruel.

Lee avait répondu avec l'idée de créer une distance psychologique entre Copycat et le public.

En revanche, il n'avait manifestement pas recouvré la vue. Son regard ne trouvait pas la caméra.

Quoique le cadreur lui ait indiqué la place de la caméra en agitant la main, Lee n'avait pas pu distinguer son emplacement et avait continué de parler en regardant légèrement ailleurs. Mais pas tout à fait ailleurs. Après le montage, la déviation de son regard serait imperceptible.

Tout en regardant la vidéo, Oh marqua au stylo rouge les parties à supprimer ou à mettre de côté dans la transcription. Il ne conserva que les réponses concises et essentielles.

« Oui, j'en suis sûr. La police les avait relâchées parce qu'elles n'étaient pas coupables. En fait, c'étaient des victimes ou des proches des victimes. À cet égard, on peut dire que Copycat les a tuées deux fois. C'est extrêmement cruel. Le plus important dans les affaires en question, c'est qu'il a assassiné des innocents. »

Oh avait visionné ce passage à plusieurs reprises. La réponse de Lee était claire mais ne lui semblait pas satisfaisante. Elle était trop longue et Oh se demanda s'il fallait la supprimer.

Il regarda sa montre. Il lui restait à peine une heure avant la conférence de presse.

N'eût été un ordre du préfet de police, il aurait retardé ce communiqué. Mais l'homme qui visait la direction de la Police nationale ne pouvait pas rester les bras croisés devant les meurtres de Copycat. Atteindre le sommet de la pyramide dépendrait de ses torts et non de ses mérites. Doué d'un bon sens politique, le préfet avait considéré le moment propice pour alléger ses torts.

Oh reconstitua mentalement les réponses de Lee. Il se dit que le montage permettrait de mettre en avant sa perspicacité.

Il nota ce qui devait être conservé dans la transcription.

Puis il regarda rapidement le passage où Lee parlait concrètement des meurtres de Copycat. De toute façon, il n'était pas question de le divulguer au public. Lee avait mêlé le vrai et le faux afin de provoquer celui qu'il traquait.

Au lieu de monter l'interview, il serait peut-être préférable d'exposer chaque cas à partir de ses analyses, pensa Oh. Pour le briefing, inutile de perdre du temps là-dessus. Il sauta plusieurs réponses de Lee et continua de noter les passages à supprimer au montage et ceux à conserver.

L'interview se terminait par les excuses de Lee.

« Je vous présente toutes mes excuses. Nous arrêterons Copycat et nous lui ferons payer ses crimes. Je suis désolé. »

Une conclusion convenable.

Oh appela le secrétaire et lui donna l'ordre de transmettre la vidéo et la transcription de l'interview au service communication. Le directeur de ce service avait l'esprit vif et lui apporterait une vidéo montée en temps voulu, après avoir mobilisé toutes les compétences.

Oh téléphona au secrétaire du préfet de police pour faire son rapport. On le mit tout de suite en communication avec le préfet.

— C'est Oh Daeyoung.

— Le temps presse, vous êtes prêt ?

— Oui, je viens de terminer.

— Assurez-vous qu'il n'y a aucune erreur.

— Bien sûr.

— Je vous fais confiance. Quand je serai au Bureau national, vous serez directeur.

— Merci.

Après avoir évoqué sa promotion, le préfet raccrocha. Il était homme à tenir sa parole s'il devenait chef de la Police nationale. Il ferait la même chose pour le chef de l'enquête, son bras droit.

Oh avait la bouche sèche. Il s'intéressait peu à sa promotion mais ne voulait pas laisser une tache dans sa carrière à cause de Copycat.

Après le briefing, tout irait très vite. Il était évident que les gens demanderaient à ce que les lieux du crime soient à nouveau inspectés.

Il semblait difficile que Lee fasse une inspection sur place. Les journalistes pourraient remarquer son état.

L'idée de ne pas pouvoir contrôler la situation à venir inquiétait Oh.

Il fit quelques pas et s'arrêta devant sa bibliothèque. Des souvenirs d'une formation au FBI et divers trophées étaient posés de biais sur l'étagère la plus haute.

Il se pencha vers un petit bocal. Un poisson y nageait tranquillement, agitant ses nageoires plus grandes que son corps. Oh l'observa longuement nager dans le silence. Son angoisse se calma lentement.

Il décida de se concentrer sur la conférence de presse, en mettant de côté les questions qui lui donnaient la migraine. Il n'avait plus qu'à attendre Han. Qu'à l'attendre en faisant confiance à ses jugements et à sa compétence.

Il sortit un uniforme d'une armoire. Les gens croyaient à tout cela : uniforme, autorité, grade et statut, médiatisation.

Après venaient les mensonges. Oh revêtit son uniforme. La préparation était terminée.

12

Suyin rêva. C'était son deuxième rêve depuis qu'il avait perdu la mémoire.

Deux hommes se battaient dans un appartement en feu.

La fumée l'empêchait de voir et de respirer.

Le corps en feu, l'un des deux courut vers la fenêtre, l'autre le rattrapa et le plaqua violemment au sol. Des flammes s'élevaient du corps de l'homme à terre.

Quand il tenta de se relever, l'autre lui pressa la poitrine avec ses mains. Ses mains prirent feu.

Le feu continuait à se propager. La chaleur empêchait Suyin d'ouvrir les yeux. Il entendit des explosions.

Il rouvrit les yeux et regarda l'homme allongé, en feu.

Il le recouvrit d'une couverture. Le feu se répandit sur la couverture puis sur ses bras. Suyin poussa un cri.

Son propre cri le réveilla.

— Qu'est-ce qu'il se passe ?

La voix de basse venait de la porte ouverte. C'était le brigadier Kim, chargé de la surveillance de nuit.

— J'ai fait un cauchemar.

— Ah bon ? Ce n'est pas grave.

Sa voix était froide. Suyin entendit le bruit de ses pas, puis la fermeture de la porte.

Il était incapable de dire si son rêve était un souvenir ou s'il résultait d'un stress.

Le lieu qu'il avait vu dans son rêve était celui de l'incendie criminel de Copycat. Aujourd'hui, il allait s'y rendre pour une nouvelle inspection. Il se demanda s'il en serait capable, amnésique et quasi aveugle.

Il se tourna vers la fenêtre. Le jour se levait lentement, peut-être parce qu'il s'était réveillé plus tôt que d'habitude.

Il attendait Han.

Han Jisu sortit du métro puis se dirigea vers l'hôpital national de police. Une foule de journalistes attendait devant l'entrée.

La raison en était la conférence de presse de la veille.

Après le montage, l'interview de Lee avait été utilisée lors de cette adresse de Oh à la presse. La vidéo s'était très rapidement répandue sur Internet.

Oh avait dévoilé les méthodes adoptées par Copycat pour commettre ses crimes, l'auditoire avait été stupéfié. Pour finir, il avait révélé l'affaire Kim Younghak, qui avait jusqu'alors été délibérément maintenue secrète. La révélation avait soulevé une vague d'émotion.

L'image du cadavre, dont la tête et les doigts avaient été tranchés, était violente. Le message que voulait faire passer Copycat, selon lequel ses crimes étaient des actes de justice sociale, s'effaçait. On le considérait désormais comme un tueur fou.

Après les explications du chef Oh, les journalistes demeurèrent sur place. Ils continuèrent à poser des questions et réclamèrent de nouvelles inspections des scènes de crimes. La conférence rebondit sur les flashs d'information, toute la journée elle tourna en boucle sur toutes les télévisions.

Finalement, le préfet de police ordonna à Lee de procéder à une nouvelle analyse des lieux mêmes où les crimes s'étaient déroulés.

Oh pensait que l'état de santé de Lee ne le permettrait pas mais l'ordre préfectoral et l'opinion publique ne laissaient aucune alternative. Au moment où la conférence de presse avait été décidée, Oh avait sans doute imaginé cette conséquence.

Il donna l'ordre à Han Jisu d'effectuer ces nouvelles recherches avec Lee.

Elle n'avait pas osé dire qu'elle avait besoin de temps. Une fois que le préfet avait parlé, Oh ne pouvait plus faire grand-chose.

En voyant circuler si rapidement son interview sur les réseaux sociaux, Han Jisu avait compris, elle aussi, que Lee devrait retourner là où les crimes avaient été commis.

Elle insista sur la nécessité de mettre des rubalises en nombre afin d'empêcher l'accès des lieux aux journalistes. Elle ne pouvait rien faire d'autre.

Oh réunit tout le personnel de son service et les auxiliaires de police pour contrôler les lieux et demanda une aide au bureau de police chargé de l'affaire.

À l'approche des journalistes, Han Jisu sentit des sueurs froides et ses mains se mirent à trembler. C'était le signe annonciateur d'une crise de panique.

Elle s'arrêta de marcher puis respira profondément. Se concentrant sur sa respiration, elle inspira et expira régulièrement pendant un moment.

Afin d'échapper à la presse, elle emprunta l'entrée de la morgue pour accéder à l'hôpital. Lorsque la porte de l'ascenseur s'ouvrit au sixième étage, un policier en uniforme apparut et vérifia son identité. Le couloir, surveillé lorsque Lee avait besoin de sortir de sa chambre, était totalement désert.

L'étage entier devait être sous contrôle, il n'y avait personne, pas même un patient ou sa famille.

Le gardien Choi, en tenue civile, était posté devant la chambre de Lee. Il salua Han de la main, l'air content. Sans uniforme, il semblait plus jeune.

C'était Han qui avait proposé de l'emmener avec eux. Elle n'aurait pas besoin de lui expliquer l'état de Lee, et Lee, qui s'était habitué à lui, se sentirait mieux.

Elle ouvrit la porte et pénétra dans la chambre.

Debout, en costume, Lee regardait par la fenêtre. Ses épaules semblaient tendues. Il devait sentir la meute des journalistes massée à l'entrée de l'hôpital.

— Vous êtes prêt ?

— Oui…

Elle vérifia l'heure sur son téléphone.

À cette heure, le bureau avait mobilisé des policiers chargés de protéger les lieux et tenait prêt un véhicule devant l'hôpital.

Han Jisu mit à Lee un masque et un chapeau. Elle remarqua son fin poignet bandé qui dépassait de la manche de sa chemise. Cet homme en costume, avec son masque et son chapeau, lui rappela le film *L'Homme invisible* qu'elle avait vu petite. Il serait invisible, pensa-t-elle, au moment où on déferait son bandage, où il se débarrasserait de tout, son chapeau, son masque, son costume.

Elle l'aida à se tenir en prenant son bras.

Puis elle le fit avancer peu à peu.

Lee ouvrit la porte.

Le gardien Choi prit aussitôt son autre bras, comme s'il l'attendait.

Tous les trois avancèrent au même rythme dans le couloir. Ils avaient l'air de faire une course entravée.

Suyin parcourut le couloir en s'appuyant sur eux, puis ils prirent l'ascenseur.

Une fois au rez-de-chaussée, Lee entendit au loin un brouhaha.

— On ne prendra pas le véhicule de police garé devant l'entrée mais une ambulance près de la chambre funéraire.

Ils ne rencontrèrent aucun obstacle jusqu'à l'ambulance, dans laquelle ils montèrent.

Han Jisu tira le bras de Suyin qu'elle venait de lâcher pour l'inviter à s'asseoir. Il s'appuya sur le dossier du siège.

Le gardien Choi ne lâcha pas son autre bras.

Aussitôt qu'ils furent tous installés, l'ambulance démarra.

Après deux virages à gauche puis un virage à droite, le véhicule, sirène hurlante, prit de la vitesse. L'accélération fut si brutale que les corps furent projetés en arrière. Suyin distingua une autre sirène, celle d'une voiture de police, différente de celle de l'ambulance dont le son s'était modifié.

Sans doute la voiture de police les escortait-elle.

L'ambulance roulait à vive allure, survolant le bitume. À ce rythme, elle devait déjà se trouver hors de Séoul.

Plus tard, elle ralentit et éteignit la sirène.

La voiture devait entrer dans la rue d'un quartier résidentiel. Elle ralentit encore, puis s'arrêta complètement.

La sirène de la voiture de police se remit à hurler. Puis des bruits se succédèrent, *pof, pof*.

Un bruit d'objet léger se brisant contre la voiture.

— Qu'est-ce qu'il se passe ? demanda Suyin.

— Les gens jettent des œufs, répondit Han Jisu, d'un air détaché.

— … Pourquoi ?

— Ils sont furieux contre la police incapable d'arrêter le tueur en série.

L'ambulance avança lentement, laissant hurler de nouveau la sirène.

Les cris des gens, leurs protestations, la sirène de la voiture de police et celle de l'ambulance se mêlèrent. Suyin était incapable de penser à quoi que ce soit.

Le bruit des œufs jetés et les cris perçants des gens s'atténuèrent progressivement.

Encore quelques tours de roues et l'ambulance s'arrêta.

Han et Choi descendirent puis aidèrent Suyin.

Suyin entendait encore au loin un brouhaha qui finit cependant par se dissiper.

Il ne distinguait pas clairement les contours des objets, peut-être à cause du ciel couvert.

— On est arrivés. L'incendie meurtrier a eu lieu dans ce bâtiment.

Han et Choi aidèrent Suyin à avancer.

— Devant vous, il y a un escalier étroit. Le crime a eu lieu au deuxième étage.

Quelqu'un s'approcha de Suyin et lui mit un badge autour du cou.

— C'est une sorte de laissez-passer.

Il hocha la tête à l'explication de Han.

Faire un pas en avant n'était pas si simple. Ne pouvant évaluer la hauteur d'une marche, il trébucha plusieurs fois, gardant l'équilibre grâce à l'aide de Han et de Choi. Il monta l'escalier à petits pas.

Han l'avait devancé et était déjà au deuxième étage pour arracher les rubans de barrage.

Une porte s'ouvrit en faisant du bruit et une forte odeur de fumée se répandit. L'odeur de brûlé pouvait être liée à un incendie, mais bizarrement il n'y avait pas d'odeur de pétrole.

Suyin attendit que Han active l'enregistrement vocal de son téléphone portable. Au lieu du tapotement sur l'écran, il entendit le léger son, *clic*, du bouton d'enregistrement du caméscope.

— Ça sent le brûlé.

— Comme vous savez, Oh Jeongtae est mort dans l'incendie du bâtiment. Les flammes ont détruit une partie du deuxième étage. Mais, heureusement, l'incendie a été signalé rapidement et le feu a été éteint avant de se propager au reste du bâtiment.

— Où a-t-on trouvé le corps de la victime ?

Han conduisit Suyin dans l'appartement.

Le lieu était mal éclairé à cause de l'immeuble d'en face. Dans cette pénombre, Suyin ne discernait pas les contours des objets.

Ses pieds, collant au sol à cause des restes de l'incendie, s'étaient alourdis comme s'il marchait sur du sable.

— Oh Jeongtae était dans la chambre. Là où vous êtes maintenant. Il a été retrouvé en position de boxeur devant la fenêtre.

Suyin déambula dans la chambre comme s'il pouvait la voir. Il avait l'impression d'y être déjà venu et parvint même à en dessiner la configuration dans sa tête.

— Dans cette chambre, n'y a-t-il pas un lit sur le mur de droite et une fenêtre sur le mur d'en face ?

— En effet. Vous vous souvenez de quelque chose ?

— C'est ici… Copycat a attrapé un homme en flammes en train de courir vers la fenêtre et l'a jeté par terre. J'ai essayé d'éteindre le feu sur son corps avec une couverture, mais je n'y suis pas arrivé.

— Votre mémoire est revenue ?

— J'ai rêvé de ce lieu.

— Rêvé ? C'est bon signe.

Han devait être déçue, même si elle ne le montrait pas.

— Il n'y avait pas d'autre blessure sur le corps de Oh Jeongtae ?

— Non.

— Est-ce qu'on a trouvé de la suie dans ses voies respiratoires ?

— Oui. Ça signifie qu'il était encore en vie lors de l'incendie.

— Et à propos du point d'allumage ?

— Vu l'état de carbonisation, le feu est parti du lit puis s'est propagé sur le mur, dans la chambre entière.

Copycat n'était pas un criminel méthodique, pensa Suyin. S'il l'avait été, il aurait prévu plusieurs points d'allumage pour que le feu s'étende plus rapidement.

Mettre le feu dans un angle, c'était un choix délibéré. Il n'avait pas hésité à prendre des risques pour déguiser cette affaire en incendie involontaire. Il était probablement resté sur place pour regarder Oh Jeongtae sur le point de mourir brûlé.

— De quoi était-il accusé, Oh Jeongtae ?

— Il avait mis, semble-t-il, le feu à son établissement, un karaoké, pour toucher les indemnités d'assurance, il y a cinq mois de cela. L'incendie a provoqué la mort de sept personnes, y compris une collégienne.

— Comme il n'a pas été arrêté, je suppose qu'on n'avait pas de preuve directe ?

— Aucune trace de pétrole n'a été détectée, on n'a trouvé qu'un point d'allumage sur les lieux. Oh Jeongtae a été lavé de tout soupçon, surtout parce que le feu avait commencé à se propager quinze minutes après qu'il avait quitté les lieux. La grosse somme qu'il devait toucher des assurances aurait pu être considérée comme mobile du crime, mais dans les cendres il n'y avait rien qui permette de prouver qu'il s'agissait d'un incendie criminel. Finalement, on a conclu à un accident.

— Pour dissimuler l'intention criminelle, il lui a fallu utiliser un retardateur qui ne laissait pas de traces.

— C'est exact. Probablement quelque chose qui ne détonnait pas dans le décor.

Suyin repensa à son premier rêve, dans lequel un homme lui avait mis le feu après l'avoir recouvert de papier toilette. Ce papier toilette pouvait-il avoir déclenché l'incendie ? Dans le rêve, il avait sûrement voulu se transmettre ce message à lui-même, précisément pour le jour où il se trouverait ici, se dit-il.

Pouvait-on retarder l'incendie en ne laissant aucune trace, juste avec du papier toilette ?

Oh Jeongtae, dans son établissement, aurait pu laisser une cigarette allumée sur du papier toilette, qu'il aurait ensuite déposée sur un sofa en vinyle.

Suyin ne savait toujours pas si cette hypothèse découlait d'un raisonnement logique ou avait soudain surgi de sa mémoire.

Il se tourna et s'approcha du lit qui n'avait plus de matelas. Han, qui le surveillait, le prit rapidement par le bras. Suyin se représenta Oh Jeongtae enveloppé de papier toilette comme d'un linceul.

— Par exemple, du papier toilette en rouleau…

Il sentit à travers son bras un léger mouvement de Han.

— Vous vous souvenez de quelque chose ?

— Tout ça… je l'ai vu dans mon rêve.

— Dans votre rêve, vous arrivez presque à arrêter Copycat.

— Dans mon prochain rêve j'espère voir son visage.

Le vent entra dans la pièce, traversant l'odeur de brûlé. Suyin n'était pas loin de la fenêtre.

Il se demanda comment Oh Jeongtae avait pu ne se rendre compte de rien. Il y avait un seul point d'allumage, il aurait donc dû s'enfuir avant la propagation du feu.

— Mais pourquoi Oh Jeongtae ne s'est-il pas enfui ?

— Son alcoolémie était de 3,5 g/l, il était complètement ivre.

Il essaya de suivre son rêve en respirant par le nez. Ou plutôt de suivre l'odeur.

Au milieu de la fumée, Oh Jeongtae, complètement ivre, s'était agité en cherchant la fenêtre. L'odeur de chair brûlée était très forte.

Suyin se déplaça en fonction de ce qu'il imaginait être les mouvements de Oh Jeongtae. Han, la voyante, accompagnait l'homme sans yeux.

Il s'arrêta devant ce qu'il pensa être la fenêtre. Il entendit des morceaux de verre éclater sous ses pieds. Il sentit l'air frais.

— C'est là qu'on a retrouvé Oh Jeongtae mort.

C'était la voix du gardien Choi.

Suyin se baissa et toucha le sol à tâtons. Ses doigts palpèrent la dureté d'un mannequin.

Copycat avait attrapé Oh Jeongtae en train de courir vers la fenêtre, puis l'avait jeté à terre. Avec ses mains, il avait pressé très fort sa poitrine pour l'empêcher de bouger. Pour que le feu se propage sur tout son corps.

Lui-même avait dû arriver à ce moment-là.

Si l'ambulance avait tardé davantage, il serait mort comme Oh Jeongtae.

Il y avait quelque chose de bizarre. L'homme ivre était bien la cible de Copycat, mais qui avait contacté la police avant que le feu ne s'étende ?

Tout semblait suivre un scénario écrit. Il n'était pas impossible que Copycat lui-même ait signalé l'incendie.

— Qui a contacté la police ?

— Nam Ho-hui, quarante et un ans. C'est la première personne qui a signalé l'incendie. Grâce à lui, il n'y a eu qu'un seul mort. Ce n'était pas un habitant du quartier. Il a dit qu'il avait vu le feu par hasard en passant par là. On a vérifié son alibi, au moment où le feu s'est déclenché il sortait du métro.

— Y avait-il des suspects ?

— Lee Jooho, quarante et un ans. Employé d'assurance. Il a pris un verre avec la victime le jour de l'incendie. Ils se sont retrouvés pour parler de l'incendie qui s'était produit dans l'établissement de la victime cinq mois plus tôt. Mais son alibi a été vérifié. Et Kim Hyeon, quarante ans. Professeur en psychologie criminelle. Il a perdu sa fille lors de l'incendie du karaoké de Oh Jeongtae. Mais comme il a été identifié par la caméra de surveillance d'une supérette ouverte vingt-quatre heures sur vingt-quatre près d'ici, au moment où l'incendie a éclaté, son alibi était irréfutable. Et puis on a vérifié qu'il était parmi les badauds au moment de l'incendie. Apparemment, il ne savait pas que c'était l'appartement de Oh Jeongtae. On ne pouvait pas l'arrêter sur le simple fait qu'il s'était trouvé près du lieu de l'accident au moment où il s'était produit. Par ailleurs il n'avait aucun rapport avec les affaires de Copycat.

Kim Hyeon, ce nom semblait familier à Suyin, sans raison. S'il ne se trompait pas, le nom devait se situer à la lisière de ce dont il se souvenait.

— Kim Hyeon… Je crois avoir déjà entendu ce nom.

— Vous vous souvenez de ce nom ?

Han avait parlé distinctement, d'une voix tendue et nerveuse.

— Non, je ne m'en souviens pas.

— Vous l'avez sans doute entendu dans le passé. La police de Séoul avait contacté cet homme pour lui demander d'examiner une affaire non résolue.

Suyin fut rassuré. Il ne s'était pas trompé. Le nom qu'il sentait familier avait dû rester dans sa tête. Il se dit que sa mémoire lui revenait très lentement.

Assis par terre, il s'évertua à comprendre ce qui lui échappait en palpant le mannequin qui remplaçait Oh Jeongtae. Il devait exister un élément crucial qui ferait le lien avec tout le reste.

Le corps du mannequin était glacial comme celui d'un cadavre.

Suyin eut de nouveau mal à la tête, peut-être à cause de l'odeur de brûlé.

13

Cela faisait plusieurs jours que Han Jisu n'était pas venue le voir.

La voix fluette du gardien Choi et la voix grave du gardien Seo se relayaient, tandis que Suyin n'arrivait toujours pas à trouver un sommeil réparateur.

Tout avait commencé le fameux jour de leur transport chez Oh Jeongtae. Il avait l'impression d'entendre la porte de sa chambre s'ouvrir à toute heure de la journée et de sentir une odeur familière et persistante. Une odeur fétide ou de brûlé.

Il passait ses journées à regarder par la fenêtre. Le soleil se levait et se couchait. Quand la nuit tombait, les vitres noires reflétaient son visage. Il récupérait doucement la vue.

Dans le reflet, il pouvait maintenant distinguer clairement les contours de son visage. Mais ses yeux, son nez et sa bouche étaient encore brouillés, comme floutés.

Qui était cet homme ? Rien ne lui permettait de se reconnaître, ni sa mémoire ni sa vue.

« Je vous présente toutes mes excuses… »

Il tourna la tête vers la porte d'où était venue cette phrase qu'il avait prononcée lors de l'interview.

Il se précipita et ouvrit la porte d'un seul coup.

Il vit vaguement le brigadier Kim s'incliner pour ramasser son téléphone portable.

« … nous lui ferons payer ses crimes. Je suis désolé. »

À la fin de l'interview, Kim appuya sur le bouton d'arrêt.

— Je peux écouter l'interview ?

Il vit Kim retirer quelque chose de son oreille. Il ne distinguait pas clairement mais il comprit qu'il s'agissait de son écouteur.

— Vous ne devez pas quitter la chambre.

Kim enfonça l'écouteur et le portable dans la poche de son pantalon d'uniforme et arrêta Suyin. Son ton était ferme et il manifestait assez de nervosité pour recourir à ses armes.

Depuis la diffusion de l'interview, Kim devait être préoccupé par l'idée que désormais Copycat pouvait venir n'importe quand, pensa Suyin.

Peu après, il entendit dans le couloir le brigadier pousser un long soupir, déplier son bâton télescopique et vérifier son révolver. Grâce à lui, Suyin put se reposer un moment.

Les yeux fermés, il se remémora les mots de l'interview qu'il venait d'entendre et remarqua que le début de sa phrase avait été supprimé.

Quelques jours passèrent encore.

Suyin s'efforçait de remonter le temps, pour se rappeler chaque instant.

Il était revenu à l'hôpital, il était monté dans l'ambulance, il avait inspecté les lieux du crime, Choi l'avait pris par le bras, ils étaient sortis ensemble de l'hôpital, il avait rêvé, la veille et encore le jour précédent.

Il tenta à maintes reprises de se souvenir des moments les plus récents, qu'il était jusque-là incapable de se rappeler.

Au début, il lui était très difficile de se souvenir de ce qu'il venait de faire à l'instant. Pourtant, en répétant l'opération, il parvenait à mettre de l'ordre dans ses souvenirs, comme s'il avait écrit des dizaines de fois un même procès-verbal. Peu à peu, ses souvenirs devinrent clairs et semblèrent s'ordonner chronologiquement.

Suyin les assembla comme les pièces d'un puzzle.

Il se rappela que le gardien Choi, armé, était toujours devant sa chambre pour le surveiller, que les infirmières venaient le voir à deux, même dans une situation d'urgence, que Han lui posait chaque fois des questions naïves comme si elle ignorait tout de l'enquête, et qu'elle enregistrait leurs conversations sur son téléphone portable. Il se rappela la cuillère légère en plastique qu'il faisait souvent tomber, son interview qu'on avait montée, le bombardement d'œufs.

Ses souvenirs se recomposaient, formant une grande image qu'il n'avait pas perçue auparavant. En les assemblant, il fut pris de l'envie contradictoire de les disperser.

Dehors, le soleil se leva de nouveau, puis se coucha.

Pour la première fois depuis longtemps, le sommeil envahit Suyin. Il y sombra peu à peu et dormit plusieurs jours d'affilée, rattrapant son retard.

À moitié endormi, il entendit quelqu'un l'appeler et perçut pendant un moment une présence à ses côtés.

Incapable d'ouvrir les yeux, il retomba aussitôt dans un sommeil profond.

De tout ce temps, il ne rêva jamais.

Il sentit une présence. Il ouvrit les yeux.

Il vit une femme coiffée au carré, dans une tenue sombre, qui le regardait. Il ne distinguait pas ses yeux, son nez ni sa bouche, et éprouva une sensation de froid.

Il se redressa instinctivement.

— Vous êtes réveillé.

C'était la voix de Han. Il la reconnut, ainsi que sa silhouette.

— J'ai dormi longtemps.

— Vous aviez eu des jours difficiles.

Il ne savait par où commencer. Il avait du mal à démêler une à une les pensées enchevêtrées dans sa tête. Il tailla dedans pour en dégager l'essentiel.

— Je vois qui est Copycat.

Il se demanda à quoi ressemblait le visage de Han à cet instant.

Un visage surpris ? Un visage figé comme une pierre ?

Il tenta d'ajuster son regard sur elle en fronçant les sourcils. Il ne la voyait toujours pas clairement.

Han sortit son téléphone portable puis tapa sur l'écran, *toc*. L'appareil dans sa main trembla sensiblement.

— Vous vous souvenez… de tout ?

Suyin ne répondit pas.

— Copycat est l'un des suspects de l'affaire Oh Jeongtae, le patron du karaoké.

Han poussa un bref soupir. Elle attrapa le bord du lit et s'assit péniblement. Elle essayait, semblait-il, de se calmer.

— Ils avaient tous un alibi.

— Un crime s'inscrit dans une continuité d'actions. Si on brise cette continuité, la preuve décisive s'évanouit. C'est comme un tour de magie.

— C'est-à-dire ?

— L'employé d'assurance a seulement pris un verre avec la victime. Il a ainsi créé son alibi. Celui qui a signalé l'incendie a empêché d'autres victimes. Parce que le patron du karaoké était l'unique cible de Copycat. Lui aussi avait son alibi, au moment de l'incendie. Enfin, le professeur d'université a tout préparé et exécuté. Mais il avait un alibi irréfutable pour l'heure de l'incendie. Il a fait comme Oh Jeongtae. Si tout cela avait été fait par une seule et même personne à chaque étape, cette personne n'aurait eu aucun alibi et aurait été arrêtée immédiatement.

— Vous voulez dire qu'ils étaient complices ? Mais ils n'avaient pas de mobile.

Han lui avait de nouveau posé une question naïve. Suyin pensa à toutes les questions qu'elle lui avait posées jusque-là. Han était intelligente.

Il essaya de bouger les lèvres en un sourire. Les brûlures de son visage l'en empêchèrent.

— Le professeur Kim Hyeon a perdu sa fille lors de l'incendie du karaoké, il avait donc un mobile évident. Il avait aussi une raison de tourner en dérision la police qui avait fini par transformer l'affaire de l'incendie criminel en banal accident. Il a sans doute utilisé la méthode de Oh Jeongtae pour retarder l'incendie. Les deux autres suspects sont probablement liés aux autres meurtres de Copycat. C'est à vous de trouver cette pièce du puzzle.

— Kim Hyeon serait Copycat ? Il n'a aucun rapport avec lui. On pourrait supposer qu'il a tué le patron du karaoké à cause de la mort de sa fille, mais on ne peut rien expliquer pour les autres affaires. D'ailleurs, il n'y a aucun lien entre lui et Lee Jeongwoo, tué par Copycat après sa période de pause.

La voix de Han s'était stabilisée.

— Copycat commet des meurtres en série dans le but d'effacer le mobile de ses crimes. C'est aussi une sorte d'alibi.

— Que voulez-vous dire ?

— S'il avait tué le patron du karaoké seulement pour venger sa fille, il n'aurait jamais échappé à la police. Le mobile du crime était trop évident.

— Pour vous, Copycat a commis quatre meurtres dans le seul but de dissimuler une seule vengeance ?

— Une famille a été injustement détruite et personne n'a été puni pour ce crime. Après la mort de la fille de Kim Hyeon, Copycat l'a compris. Il s'est mis à tuer des gens pour assouvir sa vengeance personnelle tout en dissimulant son véritable mobile. En tuant les assassins qu'on avait libérés faute de preuves, il s'est présenté en justicier.

Han ne pouvait ni approuver ni rejeter le raisonnement.

— Alors, cette affaire récente, la mort de Lee Jeongwoo ? Après la mort du patron du karaoké, Kim Hyeon était étroitement surveillé par la police. Il ne pouvait en aucune façon commettre un crime.

— C'est Copycat qui a tué Lee Jeongwoo, mais il n'est pas sorti de sa période de pause.

— Il a tué Lee Jeongwoo mais il n'a pas recommencé à tuer ?

La voix de Han était méfiante.

— Lee Jeongwoo a été tué par Copycat il y a longtemps.

— Qu'est-ce que vous dites… L'autre jour, vous êtes allé sur les lieux du crime, dit-elle d'une voix précipitée.

— La scène sur laquelle vous m'avez emmené était fabriquée.

— …

— Si ç'avait été le vrai lieu du crime, on n'aurait pas mis autant de temps à y aller en voiture. Vu la distance parcourue, cette affaire aurait dû être confiée à un autre commissariat.

— Concernant Copycat, nous avons nos priorités.

Acculée dans une impasse, Han avançait une explication toute bancale.

— Ce jour-là, avant qu'on entre dans l'habitation, quelqu'un a arrêté notre voiture pour un contrôle et nous a demandé si nous étions membres du personnel. Et l'un de nous a répondu que nous venions de la police de Séoul.

— Oui, c'est vrai.

— Au début, j'ai cru que c'était un contrôle lié à Copycat.

— Et c'était quoi, sinon ?

— En fait, c'était une procédure formelle pour entrer dans l'Institut de recherche criminelle. Si ç'avait été un contrôle pour arrêter des criminels, on n'aurait pas échangé ce type de question et de réponse. Étant donné la distance entre l'hôpital et ce lieu, je suppose qu'on est allés à l'Institut de recherche criminelle.

Han fut incapable de répliquer sur-le-champ. Elle essaya de taper avec le bout de son doigt sur l'écran de son téléphone, puis y renonça.

— Tout ce que vous dites n'est qu'hypothèse. C'est peut-être vrai, c'est peut-être faux.

Ses paroles signifiaient en somme que son hypothèse avait cinquante pour cent de chances d'être la bonne. Il comprit sa réaction.

— Le lieu où nous étions résonnait trop. Un appartement étroit, avec un plafond bas, ne résonne pas ainsi. J'ai remarqué que la surface réelle de l'espace était différente.

— Et encore ?

— Le sang n'était pas encore coagulé. Son odeur était très forte. Dans ce lieu, le sang avait coulé peu de temps avant. C'est étrange, non ? Nous y sommes arrivés longtemps après l'accident, alors que tout avait déjà été inspecté, mais partout il y avait du sang frais, comme si on avait attendu notre arrivée.

— La cause de la mort était que la victime s'était vidée de son sang, rétorqua Han comme une novice dans l'enquête.

Pour un adulte de soixante-dix kilos, le volume sanguin total est d'environ cinq litres. S'il en perd plus de deux, il meurt. Même quand il s'agit d'une saignée mortelle, la quantité de sang perdu reste limitée. La réponse de Han ne pouvait expliquer la présence massive de sang non coagulé sur place.

Quand on perd la vue, on développe d'autres sens.

— Vous voyez la fenêtre, là-bas ?

Suyin indiqua avec son doigt la fenêtre de sa chambre. Han tourna la tête.

— Lors de l'inspection, je pouvais déjà distinguer la lumière qui entrait par la fenêtre. Je récupère la vue, peu à peu.

Han tapa sur l'écran du téléphone, avec un long soupir. Cette fois l'enregistrement fut interrompu.

— Sur le vrai lieu du crime, il y avait une fenêtre. Mais le jour de l'inspection, il n'y avait que du noir derrière la fenêtre. C'était une fenêtre par laquelle aucune lumière n'entrait. En pleine journée, c'est bizarre, non ? Derrière la fenêtre, il n'y avait que le mur. Ce n'est pas que la fenêtre ne s'ouvrait pas, c'est qu'on ne pouvait pas l'ouvrir.

— Nous n'aurions aucune raison de vous tromper, dit Han après un temps.

— Si. Pour effectuer cette visite sur les lieux. Car ce n'était pas la scène de crime originale mais une reconstitution du meurtre de Lee Jeongwoo. Il s'agit probablement d'un site d'essai pour des enquêteurs scientifiques. Ce qui explique aussi que vous n'avez pas fait d'enregistrement sonore ou audiovisuel.

Suyin ne pouvait pas voir le visage de Han, mais elle avait dû pâlir.

— … Je suis désolée.

Après un silence, elle avoua.

— C'était une idée du chef Oh. Il pensait que le stress vous aiderait à retrouver la mémoire.

Elle évoquait Oh comme une excuse. Suyin la crut. Le silence s'installa.

— Je comprends. C'est une affaire qui a eu lieu il y a longtemps. C'était juste un moyen de faire un test, dit Suyin d'une voix imperturbable.

C'était vrai, il comprenait Han. S'il avait été à sa place, il aurait également suivi l'ordre de Oh.

Peu après, Han tapa de nouveau sur l'écran de son téléphone. L'enregistrement reprit.

— Si Kim Hyeon est Copycat, pourquoi a-t-il tué ces gens-là plutôt que d'autres ? Il doit y avoir plein de suspects libérés un peu partout dans le pays.

Un jour, Suyin lui avait posé cette même question. Elle lui avait répondu que c'était à lui de trouver la réponse.

À présent, il comprenait ce qu'elle avait voulu dire.

— Parce que les seules affaires non résolues que Kim Hyeon connaissait étaient celles de la police de Séoul. Aucune autre.

Il entendit un bref soupir. Il était temps de tirer une vraie conclusion de tout cela.

— Votre mémoire est revenue ?

Cette question, Han l'avait déjà posée.

— Cela vous intéresse plus que l'identité de Copycat ?

— …

— Quand je me suis rendu compte que ce que je croyais être naturel ne l'était pas, une fissure s'est produite dans la confiance que j'avais dans les autres. Pourquoi un policier armé surveille-t-il devant ma chambre ? Pourquoi laisse-t-on la porte ouverte lorsque je reçois des visiteurs, excepté le chef Oh et vous ? Pourquoi le gardien Choi sort-il son révolver et son bâton télescopique à la moindre occasion ? Pourquoi moi qui suis adulte dois-je utiliser une cuillère et des baguettes en plastique ? Pourquoi les infirmières viennent-elles me voir à deux ? Pourquoi contrôle-t-on le couloir quand je sors de la chambre ? Pourquoi Choi et vous tenez-vous si fort mes bras quand je suis dans le couloir ? Pourquoi n'ai-je pas le droit de quitter seul la chambre ? Pourquoi me dit-on qu'arrêter Copycat ne sera qu'une question de temps si ma mémoire revient ? Et pourquoi me dit-on que le criminel est peut-être sous mes yeux ? C'est vous qui êtes chargée de tout ça et qui contrôlez toute la situation, et vous êtes une inspectrice honnête et intelligente.

— Alors ? Quelle est votre réponse à ma question ? demanda Han d'une voix mal assurée.

— Il n'y a qu'une réponse à toutes ces questions. Le policier armé devant ma chambre n'est pas là pour me protéger mais pour m'empêcher de partir. Pourquoi m'a-t-on dit que Copycat était peut-être sous mes yeux ? La réponse est toujours la même. J'étais sur le lieu de l'incendie meurtrier, pourtant je n'ai pas sauvé Oh Jeongtae. Parce que ce n'était pas mon but. J'y suis allé pour le punir. Dans mon rêve, j'ai essayé de le sauver, en déformant ma mémoire.

— …

Han restait silencieuse. Un silence qui valait une réponse.

— Vous aviez des raisons pour enregistrer nos conversations et pour me poser des questions naïves. Tous ces enregistrements correspondent en fait aux déclarations du coupable, chose tout aussi importante que les visites sur les lieux. Dans mon appartement, mes objets sont rangés dans des cartons parce qu'on les a restitués après les avoir saisis comme éléments de preuve. Le badge qu'on m'a mis autour du cou, lors de l'inspection sur le lieu de l'incendie, ne devait pas être un laissez-passer mais une carte sur laquelle était écrit le mot « COUPABLE ». Et c'était moi la cible du bombardement d'œufs sur la voiture. Ah, si j'avais prêté attention à la signification du nom « Lee Suyin », j'aurais remarqué tout ça beaucoup plus tôt. Suyin, « le prisonnier ».

— Alors, votre mémoire est revenue complètement ? demanda Han d'une voix sèche.

Sa voix était étrangement calme et froide.

— Finalement, c'est la seule chose que vous voulez savoir. Si ma mémoire est revenue. Un assassin sans mémoire, on ne peut pas le faire comparaître devant le juge. Mon état actuel constituerait une cause d'exemption de peine. Le tribunal ne peut pas punir quelqu'un qui ne se souvient pas de ce qu'il a commis.

— … Vous pensez que vous avez gagné ?

Suyin ne savait pas si Han lui posait la question à lui ou se la posait à elle.

Il se demanda comment continuer à parler, sur quel ton. Il voulait que Han comprenne qu'il ne se moquait pas d'elle.

— Vous pouvez me reposer la question ? Si j'ai retrouvé la mémoire… ?

— …

Elle ne répondit pas.

Elle tourna la tête vers la fenêtre.

Suyin ressentit un malaise en la regardant en face et tourna lui aussi la tête vers la fenêtre. Il vit un ciel clair et bleu.

— Je suis Kim Hyeon, je suis en bonne santé et j'ai retrouvé la mémoire. Je le déclare librement, sans pression ni contrainte.

— …

Elle serra son téléphone portable. Sa main tremblait.

Elle avait tenté de garder son sang-froid mais elle était fortement ébranlée.

Suyin retint l'envie de prendre sa main tremblante.

Le bruit qu'elle fit en tapant sur l'écran de son téléphone brisa le silence. L'enregistrement était terminé.

— … Pourquoi avez-vous avoué ?

— Vous savez bien que ce n'est pas un jeu. La vengeance a été accomplie, il n'y a ni perdant ni gagnant. Comme je l'ai dit à la fin de l'interview l'autre jour, je crois que je dois racheter ma faute. Si je dois choisir entre une vie sans mémoire et une vie avec, j'opte pour la seconde.

— Même si vous n'avez plus de mémoire, vous voulez être puni ? Même si c'est par la peine de mort ?

— Bien sûr. C'est un choix que j'avais probablement déjà fait dans le passé.

Un lourd silence, difficile à briser, s'installa dans la chambre.

Han ne pouvait toujours pas regarder les yeux de Suyin. Brusquement, sa respiration se précipita.

Elle essuya la sueur de son front avec sa manche.

— Ça va ?

— J'ai un peu mal à l'estomac, répondit Han avec peine.

Elle alla aux toilettes en chancelant.

Longtemps après, il entendit un bruit de chasse d'eau.

Elle revint en essuyant ses lèvres du dos de la main. Suyin ne voyait pas distinctement son visage mais nota le contraste entre sa pâleur et la couleur sombre de sa tenue.

Han fouilla dans son sac et sortit son carnet.

Sa respiration revint à la normale, elle s'était calmée.

Elle feuilleta rapidement le carnet et en sortit un papier.

— L'autre jour, je l'ai trouvé chez vous, capitaine. Il était collé devant votre bureau.

Elle l'avait appelé « capitaine ».

Il fut plus sensible au fait qu'elle l'ait appelé capitaine qu'au papier qu'elle avait apporté.

— C'est votre fille.

Il prit ce qu'elle lui tendait.

Un tas de choses se bousculèrent dans sa tête. Ma fille ? Suyin était confus.

Privé de mémoire, il ne pouvait concevoir l'existence d'une fille.

Les sourcils froncés, il se concentra sur la photo. C'est à peine s'il reconnut la silhouette d'une fille coiffée au carré et la couleur de son vêtement.

L'idée qu'il était incapable de distinguer le visage de sa fille dont il ignorait l'existence lui sembla terrifiante. Plus il se concentrait sur la photo, plus sa vue devenait floue. Il avait mal à la tête.

Il posa la photo sur le lit, sans la lâcher.

— Elle vous ressemble, capitaine, elle a l'air intelligente.

Han l'avait une nouvelle fois appelé capitaine.

S'entendre appeler « capitaine Lee Suyin » sonnait plus familier à ses oreilles que « Kim Hyeon ».

Elle me ressemble ? Suyin ne se souvenait ni de son propre visage ni de celui de sa fille.

Sans y penser, il se toucha le visage. Il sentit ses brûlures.

Il n'avait rien à dire. Il se sentait épuisé comme s'il avait consumé toute sa vie. Il ne regrettait rien.

— Maintenant… je peux me changer ? Vous, vous devez aller au commissariat central.

En guise de réponse, elle tapa nerveusement sur la barrière du lit avec ses ongles. À un rythme de plus en plus rapide.

— Ne vous sentez pas désolée pour moi. J'aurais fait comme vous.

— J'en parlerai à Oh. Mais pour le moment, disons que ça reste entre nous deux.

— D'accord.

La conversation était terminée mais elle restait là comme si elle avait encore quelque chose à ajouter.

Suyin devina ce qu'elle voulait dire.

— Je suis fatigué. Allez, laissez-moi me reposer, si vous voulez bien.

Il lui donnait une excuse pour quitter la chambre. Elle le regarda dans les yeux.

Il évita son regard en tournant la tête vers la fenêtre. Le soleil s'échappa.

— Je reviendrai.

Elle s'en alla. Le regard de Suyin resta fixé sur la fenêtre jusqu'à ce qu'elle referme la porte.

Quand les voix de Choi et de Seo se croisèrent, il regardait encore par la fenêtre.

Le soleil déclinait. La chambre non éclairée tomba dans l'obscurité.

Du bout du doigt, Suyin suivit le contour du visage de sa fille, désormais encore plus floue sur la photo. La ligne du visage était jolie. Par l'intermédiaire de son doigt, il sentit que sa fille revenait de quelque part dans le passé.

Cette fille dont il ne se souvenait pas lui manquait tout à coup violemment. Ce n'est qu'alors qu'il prit conscience que son mal de tête venait du cœur.

La douleur l'envahit, comme si son cœur s'était brisé. La souffrance lui tordit le visage.

14

Assis dans un coin d'un restaurant de *gukbap*, l'inspecteur Sohn Jiyun avala sa soupe chaude servie dans un bol en fonte. Il se sentit mieux.

Les membres de son équipe, qui avaient veillé pour continuer leur travail, remplirent leur verre de soju.

Sohn lui non plus n'avait pas fermé l'œil. Vendredi, il avait passé une nuit blanche. Il n'avait pas eu le temps de souffler à cause d'une flopée de cas divers – violence, harcèlement et agressions sexuelles.

Après avoir bu presque à jeun, il sentit l'effet de l'alcool se répandre rapidement dans son corps fatigué.

Au moment où il prenait un morceau de radis épicé, l'émission matinale s'interrompit. On donnait les dernières informations.

Il s'agissait de la diffusion en direct de la venue du tueur en série Kim Hyeon sur le lieu de son crime.

La scène attira le regard des clients du restaurant.

Lorsque la caméra montra Kim Hyeon descendre de l'ambulance, Sohn posa son verre sur la table. Son attention se porta non pas sur Kim Hyeon mais sur la personne qui l'escortait. Son profil, filmé de loin et à demi caché par le criminel, était à peine visible mais Sohn la reconnut immédiatement. Han Jisu.

Elle conduisait le tueur par le bras. C'était sûrement elle qui était chargée de son interrogatoire. Encore une coïncidence.

— Ah, ce type. Il a un regard sanguinaire, dit l'inspecteur Oh en avalant son verre d'un trait.

— Si on en croit l'interview, c'est un pur psychopathe, ajouta le plus jeune de l'équipe.

Sohn se rappela la vidéo que lui aussi avait vue la veille. Lors de la conférence de presse du chef Oh, l'interview de Kim Hyeon avait été présentée comme une preuve. Enregistrée à part et intitulée désormais « Interview d'un psychopathe », elle avait été diffusée sur les réseaux sociaux par les internautes. Après avoir circulé sur Internet, la vidéo était arrivée jusqu'à lui.

Sohn s'intéressait plus à la façon dont Kim Hyeon se comportait devant la caméra plutôt qu'au contenu de sa déclaration.

Il parlait de ses crimes sur un ton neutre, comme s'ils avaient été commis par quelqu'un d'autre. Sohn avait déjà eu l'occasion, rare il est vrai, de rencontrer ce type de criminel qui ne manifeste aucun sentiment de culpabilité. Dans le cas de Kim Hyeon, il y avait tout de même quelque chose de particulier dans son comportement.

Sohn se rendit vite compte que l'interview avait été montée.

Le montage avait assemblé des mots dissociés mais n'avait pas réussi à rendre naturel le regard de l'homme.

Sohn chercha l'intégralité de la vidéo et constata que l'interview avait été montée depuis le début.

Certes, pour une conférence de presse, il n'y avait rien d'étonnant à utiliser les éléments importants de la déclaration du coupable et d'en faire un montage. Toutefois, dissocier les mots d'une même phrase semblait pour le moins curieux. Cela voulait dire qu'on avait du mal à faire avouer Kim Hyeon.

La curiosité de Sohn s'arrêta là. Apporter la preuve de ses crimes, c'était le boulot de l'équipe d'enquête, pas le sien. Toutefois ce serait une autre histoire si Han Jisu était chargée de l'interrogatoire du coupable.

Trois des quatre meurtres de Copycat avaient été traités par Han, désormais chargée de son interrogatoire.

Après sa visite au commissariat central, Sohn avait fait des recherches sur un lien possible entre l'affaire de Lee Jeongwoo, la deuxième victime de Copycat, et Han.

Il était aussi allé au bureau de police chargé du crime de la lycéenne en fugue, que Copycat avait reproduit dans le meurtre de Lee Jeongwoo. Si Han avait été sa complice, elle aurait tenté de se procurer des informations concernant la première affaire, avait pensé Sohn.

Mais l'enquêteur responsable de l'affaire de la lycéenne ne la connaissait pas et déclara qu'elle n'avait jamais demandé à consulter les documents d'enquête. En revanche, il s'était rappelé que le chef de l'équipe d'analyse comportementale de la police de Séoul avait examiné lui-même le lieu du crime et réalisé un profilage criminel.

Comme il s'agissait d'une affaire très médiatisée, il était fort possible que toute l'équipe ait participé à l'analyse criminelle menée par leur chef. Dans ce cas,

Han aurait pu accéder à tous les documents. Au vu des dates, cette période ne chevauchait pas celle de son arrêt de travail.

Han avait pris ses congés après le profilage dans l'affaire de la lycéenne, et repris son travail trois mois après le deuxième meurtre de Copycat.

— Il y a quelqu'un qui le protège ? Pas de menottes. C'est pas une violation du règlement, ça ?

Le cadet de l'équipe avait posé la question à l'inspecteur Oh sur un ton irrité.

Un tueur en série escorté sans menottes, la scène était peu commune.

— Selon l'article cinquante, paragraphe un, sur l'escorte des coupables, l'usage de menottes ou d'entraves n'est pas requis s'agissant de personnes âgées, de personnes en situation de handicap, de femmes enceintes et de patients dont l'identité et le lieu de résidence sont connus, et qui ne présentent pas le risque de s'échapper, répondit clairement l'inspecteur Oh.

Il récitait particulièrement bien les articles de loi, peut-être parce qu'il avait préparé autrefois le concours de la magistrature, avant de devenir policier.

— Ça veut dire que c'est un malade ?

— Oui, puisqu'il est à l'hôpital. Son identité aussi est établie, professeur d'université.

— Et son intention de s'évader ?

— Ce n'est pas un délinquant ordinaire, tout le monde connaît son visage, comment veux-tu qu'il s'évade ?

— Il peut toujours.

— Eh bien, essaie de lui passer les menottes. Mais s'il te fait un procès auprès de la commission des droits de l'homme, tu n'auras plus qu'à regarder tes collègues de promotion avancer en grade.

Le jeune homme parut contrarié.

— J'ai l'impression qu'il y a quelqu'un derrière lui. Ça fait déjà un bout de temps qu'on l'a arrêté mais il est toujours à l'hôpital. D'ailleurs, il semble en parfaite santé.

— Toi aussi tu trouves qu'il y a quelque chose de louche, non ? intervint brusquement Sohn en posant sa cuillère.

— Pardon ? Je ne voulais pas dire que les policiers sont corrompus. Désolé. J'ai parlé sans réfléchir, reprit le jeune collègue en posant lui aussi sa cuillère.

— Mais non. Je suis d'accord avec toi.

Sohn se leva. Embarrassés, les deux autres hommes se levèrent également, mais Sohn leur fit signe de se rasseoir.

— Prenez votre temps.

— Je n'y connais rien. Je suis désolé.

Sohn paya leur repas et entendit derrière lui que l'inspecteur Oh réprimandait le jeune homme.

— Pourquoi tu as parlé de tout ça ? C'était inutile.

Sohn sortit du restaurant puis se dirigea vers le commissariat de Jongno, chargé de l'enquête sur Han à cause de sa filature.

Il voulait dissiper cette odeur d'alcool. Il décida de marcher pour se dégriser.

Le chef Oh Daeyoung téléchargea les enregistrements que Han lui avait envoyés par mail sur son ordinateur portable personnel.

Il était prudent. En passant par des réseaux externes, il utilisait une connexion Internet sans fil via son téléphone pour ne pas laisser de traces. C'était un réflexe acquis après une longue carrière de policier.

Quand il faisait une enquête, il ne se fiait à personne.

Dans une enquête, le choix de la lame ou du manche dépend de la quantité d'informations disponible.

Si un membre corrompu de l'équipe divulgue des informations confidentielles, alors on prendra la lame. Et dans ce cas personne ne peut savoir qui tombera dessous.

Oh appuya sur le bouton de lecture. Il entendit la voix de Han.

« Vous vous souvenez… de tout ? » demandait-elle avec une impatience qu'elle tentait de dissimuler. Elle semblait réagir à quelque chose que venait de lui dire Lee Suyin mais qui n'avait pas été enregistré.

Tout comme Han, Oh attendait avec impatience la réponse de Lee. Son cœur se mit à battre de façon incontrôlée. S'il y avait eu quelqu'un à côté de lui, il aurait pu mesurer sa fréquence cardiaque.

Au lieu de répondre à la question de Han, Lee présumait que Copycat était l'un des suspects dans l'affaire de l'incendie meurtrier.

Oh arrêta la lecture du fichier en cours, puis respira profondément. Tout s'était déroulé plus vite qu'il ne le pensait. Il était incapable de juger si c'était un point positif ou négatif.

Il appuya de nouveau sur le bouton de lecture.

Han expliquait que tous les suspects de l'affaire de l'incendie avaient un alibi. Lee les démolissait un à un.

Lee semblait mener la conversation mais en réalité c'était Han qui subtilement l'incitait à parler du mobile des crimes de Copycat.

Le cœur de Oh retrouva son rythme.

Puis Lee exposait avec une grande cohérence que dans l'affaire Lee Jeongwoo le lieu du crime n'était pas réel mais qu'il s'agissait d'une reconstitution. Han ne pouvait faire autrement que de l'admettre.

Oh pensa avec amertume qu'ils avaient manqué de finesse. Ils n'auraient pas dû utiliser cet endroit dédié aux enquêtes scientifiques. Quant au sang de cochon répandu sur le sol, c'était franchement excessif.

Mais surtout, la plus grande erreur était de ne pas avoir remarqué que Lee avait recouvré une partie de sa vue.

Oh regretta son impatience et se demanda s'il n'avait pas gâché l'enquête.

L'enregistrement s'interrompit. Oh ne put écouter tout de suite le fichier suivant. Son angoisse grossissait comme une boule de neige. Le doigt avec lequel il toucha le pavé tactile tremblait.

« Si Kim Hyeon est Copycat, pourquoi a-t-il tué ces gens-là plutôt que d'autres ? »

Il respira enfin. Il n'y avait pas de changement notable dans la voix de Han qui posait des questions, ni dans celle de Lee qui y répondait, remarqua-t-il.

Lee n'avait pas l'air troublé, peut-être parce qu'il se concentrait sur la pensée de Copycat.

« Votre mémoire est revenue ? » interrogeait de nouveau Han. C'était la question que Oh avait aussi toujours envie de lui poser. À son tour, Lee demandait à Han si cela l'intéressait plus que l'identité de Copycat.

Au son de sa voix, Oh sentit que Lee avait déjà une idée de qui était Copycat.

Désormais, la conclusion de l'affaire dépendait des intentions de Lee.

Ce dernier remontait par étapes le chemin qu'il avait parcouru pour découvrir l'identité de Copycat. En l'écoutant, Oh comprit à quel point sa stratégie avait été inefficace et déficiente. Il était étonnant que Lee ne l'ait pas encore remarqué.

Han s'enquérait encore une fois de sa mémoire retrouvée. Sa voix révélait qu'elle avait déjà à moitié abandonné.

Angoissé, Oh attendit la réponse de Lee.

« … je n'ai pas sauvé Oh Jeongtae parce que ce n'était pas mon but. J'y suis allé pour le punir. »

Lee avouait trop facilement qu'il avait tué le patron du karaoké. Cet aveu revenait de facto à reconnaître qu'il était lui-même Copycat. Il avait également compris pourquoi Han le questionnait sans cesse sur sa mémoire revenue ou non.

Oh s'interrogeait, le contenu de cet enregistrement pouvait-il mener Lee devant le tribunal ? Y donnait-il des preuves qu'il avait retrouvé la mémoire et était jugeable ?

Quand il évoquait des détails auxquels Han n'avait pas prêté attention, il semblait feindre la perte de ses souvenirs. En revanche, à l'entendre dire qu'il avait risqué sa vie pour arrêter Copycat, on pouvait penser que sa mémoire ne lui était pas encore revenue. Au final, la balance penchait du côté d'une réelle amnésie.

Si ça n'avait pas été Han qui le cuisinait, il aurait été inutile d'écouter la suite.

« Dans mon rêve, j'ai essayé de le sauver, en déformant ma mémoire. »

Intéressant, Lee estimait donc que la scène vue dans son rêve était une distorsion de sa mémoire. Après tout, l'interprétation était plausible.

« Mon état actuel constituerait une cause d'exemption de peine. Le tribunal ne peut pas punir quelqu'un qui ne se souvient pas de ce qu'il a commis. »

N'importe qui pouvait prévoir cette conclusion, sans avoir besoin de demander, comme Han : « Vous pensez que vous avez gagné ? »

Oh dut admettre que Lee avait saisi le couteau par le manche. Il ne restait plus désormais qu'à attendre de voir quelle tête, y compris la sienne propre, serait tranchée avec ce couteau.

« Je suis Kim Hyeon, je suis en bonne santé et j'ai retrouvé la mémoire. Je le déclare librement, sans pression ni contrainte. »

C'était un retournement total de situation. Sachant les conséquences que cet aveu pourrait avoir, il acceptait par avance sa peine.

L'enregistrement s'achevait là.

Ce résultat était l'œuvre de Han. Il était dû à la relation de sympathie et de confiance qu'elle avait établie avec Lee, non avec Kim Hyeon.

Kim Hyeon lui faisait confiance. Mais il était trop tôt pour être optimiste. Au moment de la sanction, tout le monde peut changer d'avis.

Oh avait déjà vu de nombreux criminels continuer à nier leurs exactions, y compris devant des preuves irréfutables. Ils niaient même en ayant été pris en flagrant délit. Parce qu'ils n'avaient rien à perdre. Plus le crime était grave, comme un meurtre, pire c'était. Après avoir avoué, certains accusés pouvaient dire que leurs aveux avaient été obtenus sous la pression de la police.

Devant les juges, Kim Hyeon lui aussi pourrait revenir sur ce qu'il avait dit. Objectivement, il est vrai qu'il n'avait pas encore retrouvé la mémoire. Il avait donc encore une chance d'échapper à la justice. Dans la mesure où il était capable de faire semblant de l'avoir recouvrée, il avait entre les mains l'élément tout-puissant susceptible de retourner la situation à n'importe quel moment.

Qu'il ne revienne pas sur ce qu'il a dit lui-même était essentiel, se dit Oh. La priorité maintenant, c'était de recueillir ses aveux par écrit. Han devait en être consciente.

Les mains de Han tremblaient.

Un policier en uniforme était en faction et contrôlait l'ascenseur et le couloir.

Han emprunta l'escalier de secours.

Elle avait peur de s'enfermer dans un espace exigu et n'avait pas non plus envie de croiser les journalistes qui la poursuivraient en la voyant sortir de l'ascenseur.

Dans le hall de l'hôpital, ils étaient encore nombreux à attendre.

Les répercussions de la conférence de presse s'étendaient.

Oh avait monté l'interview de Kim Hyeon dans l'intention de le présenter comme un psychopathe qui, après avoir commis une série de meurtres, ne manifestait aucun sentiment de culpabilité. Grâce au montage, il avait réussi à modifier, non seulement le mobile du crime de Copycat, mais aussi le sujet des énoncés de Kim Hyeon en substituant la première personne à la troisième.

L'opinion publique était exaspérée que l'on garde encore Kim Hyeon à l'hôpital, et ceux qui avaient vu la vidéo réclamaient la peine de mort immédiate.

Han sortit de l'hôpital par une porte donnant sur l'arrière du bâtiment.

Tandis qu'elle s'éloignait, elle sentait se calmer ses mains, son cœur et sa respiration.

Elle s'engagea dans une ruelle.

Elle longeait les voitures alignées, regardant machinalement à l'intérieur. Elle remarqua quelqu'un assis dans une voiture noire aux vitres fortement teintées.

Elle s'arrêta pour l'observer.

Lorsqu'elle s'aperçut qu'il s'agissait d'un homme en deuil endormi dans sa voiture, elle hâta le pas.

En perdant la mémoire, Kim Hyeon avait créé une nouvelle situation, qui lui était totalement défavorable, pensait Han. L'enquête piétinait, personne n'avait réussi à débloquer les choses. Seul Kim Hyeon y était parvenu.

Asphyxié par la fumée, il avait été découvert par un pompier dans un état critique sur les lieux de l'incendie, là où était mort le patron du karaoké. Heureusement, ses brûlures n'étaient pas profondes et les soins d'urgence lui avaient été prodigués rapidement. Sa vie avait pu être sauvée.

Il n'avait prévu qu'un point d'allumage dans le but de faire passer cette affaire pour un incendie accidentel. Comme le feu s'était répandu lentement, Oh Jeongtae aurait eu le temps de s'échapper par la fenêtre.

Selon l'hypothèse de la police, Kim Hyeon, qui n'avait pas encore quitté les environs, s'était jeté dans le feu pour arrêter Oh Jeongtae dans sa fuite.

Ce scénario semblait le plus plausible à l'équipe d'enquête.

Le tueur avait été pris en flagrant délit, on n'avait donc pas besoin de preuves pour justifier l'arrestation.

L'enquête aurait pris fin si seulement on avait obtenu l'aveu de ses meurtres précédents. Mais, au moment où il avait repris conscience, la situation qu'on avait cru favorable s'était trouvée complètement bouleversée.

Incapable de se rappeler son âge ou son nom, Kim Hyeon ne savait pas non plus pourquoi il se trouvait à l'hôpital. L'équipe d'enquête n'avait pas voulu croire à sa perte de mémoire. Voyons, les amnésies n'arrivaient que dans les films.

Kim Hyeon avait subi une légère commotion cérébrale, certes, mais l'amnésie semblait peu crédible.

Les enquêteurs se disaient qu'il jouait la comédie pour échapper aux accusations. Mais personne ne pouvait le prouver.

La meilleure équipe médicale de l'hôpital national l'avait examiné sans pouvoir en tirer de certitudes. Évidemment, diagnostiquer une amnésie est moins facile que diagnostiquer une fracture.

Dans le même temps, ils n'avaient pas non plus trouvé la moindre preuve décisive lors de la fouille de son domicile et des environs.

Désormais, pour prouver qu'il était bel et bien l'auteur de la série de meurtres en question, tout dépendait de ses aveux et de leur validité.

Paradoxe, c'était lui maintenant qui menait l'enquête. Pour le moment il était impossible de le faire comparaître devant un tribunal pour ses quatre crimes.

Même dans le cas où on l'accuserait seulement de l'affaire de l'incendie pour laquelle il avait été arrêté, il n'était pas certain qu'on puisse le condamner si son état de santé physique et psychique était jugé fragile.

Le chef Oh n'avait pas eu tellement le choix. Il lui fallait soit démontrer que Kim Hyeon jouait à l'amnésique, soit tout mettre en œuvre pour que la mémoire lui revienne.

Il avait choisi de faire jouer son équipe, elle aussi, afin de tromper Kim Hyeon et de l'amener à conduire l'enquête sur lui-même.

Oh avait attribué à Kim Hyeon un personnage fictif, l'inspecteur Lee Suyin, pour qu'il s'accuse lui-même au terme de ses investigations. L'idée était périlleuse.

Han Jisu aurait dû s'opposer au projet de Oh. Mais, à l'époque, elle était déjà soumise à cette enquête à propos de la disparition de Kim Younghak. Et puis elle avait confiance en elle, elle saurait mener cet interrogatoire. Elle n'avait donc eu aucune raison de refuser la proposition de Oh.

Oh lui avait offert de travailler sur cette affaire car elle avait pour habitude de ne pas instaurer de rapport psychologique entre le criminel et elle-même. Il avait besoin de quelqu'un capable de garder une distance avec Kim Hyeon et de l'observer avec sang-froid.

En faisant circuler la rumeur de l'état critique de Kim Hyeon, Han avait momentanément calmé l'impatience de sa hiérarchie et la fureur de l'opinion publique.

Elle avait pensé trouver des preuves contre Kim Hyeon, tout en l'amenant à enquêter sur lui-même.

Elle avait notamment eu la conviction de trouver des éléments déterminants lors des déplacements sur les différentes scènes de crimes, ou d'obtenir des aveux.

Suivant son plan, elle avait rassemblé quantité d'indices en accompagnant Lee Suyin sur les lieux des crimes. Indices qui n'avaient pas été relevés par les premiers enquêteurs.

Pour finir, elle avait fait parler Kim Hyeon. Il avait reconnu avoir commis les quatre meurtres et s'était déclaré sain d'esprit et disposant à nouveau de toute sa mémoire.

C'était un succès considérable pour l'équipe. Un succès néanmoins incomplet car la situation demeurait potentiellement favorable à Kim Hyeon s'il décidait de fuir ses responsabilités.

Là résidait l'ultime préoccupation de Han. Kim Hyeon avait en main cette dernière carte qui lui permettrait d'être exempté de sanction s'il arguait, à un moment quelconque, de son état de santé.

S'il avait prévu tout cela, impossible de l'empêcher. La seule chose qu'elle pouvait faire pour le moment, c'était de lui offrir une justification psychologique pour qu'il maintienne ses aveux, ou de pouvoir prouver qu'il jouait la comédie.

Ses pensées s'arrêtèrent là. Le téléphone sonnait. C'était le chef Oh.

— Tu as fait du bon travail.

— Vous savez qu'il a encore une carte en main…

— Oui. C'est pour ça qu'il faut obtenir ses aveux par écrit.

— Je le ferai demain à l'hôpital. Avec un enregistrement vidéo, au cas où.

— Han Jisu !

— Oui ?

— Tout ça, c'est grâce à toi.

— …

— C'était une bonne stratégie.

— Le plus important maintenant c'est qu'il ne revienne pas en arrière.

— C'est toi qui prendras sa déposition. Comme ça, on pourra dire qu'il a avoué pour des raisons psychologiques.

— D'accord.

— Cette fois-ci, il ne faut pas le laisser deviner nos intentions. À moins que sa mémoire ne lui revienne.

— S'il devine, ça montrera qu'il a retrouvé la mémoire.

— Très bien. Bon travail.

Il raccrocha. Qui trompait qui ? Cette incertitude troublait Han Jisu. Elle se sentait par avance accablée à l'idée de livrer une nouvelle guerre psychologique avec Kim Hyeon.

Elle accéléra son allure. Elle ne pensait qu'à s'éloigner de l'hôpital.

15

De vieilles maisons basses abandonnées, leurs toits teintés de rouille, s'alignaient. Le bout de la rue, courbé comme le dos d'un vieil homme, était invisible. Face au commissariat de police de Yongsan, les immeubles plus âgés que l'inspecteur Sohn se faisaient plus clairsemés, des dents cariées parmi les nouvelles constructions.

À l'approche de la rue principale, les nouveaux bâtiments se multipliaient. En passant devant la vitrine d'un concessionnaire en voitures de luxe, Sohn se demanda quand il pourrait changer sa vieille Sonata. Elle démarrait de plus en plus difficilement.

Il passa le carrefour de la gare Namyoung et marcha le long de la rue Cheongpa, il hésitait à téléphoner au chef Lee Jun de la brigade criminelle de Jongno. Lui et Lee Jun faisaient partie de la même promotion et, tout comme lui, Lee Jun était resté dans la brigade sans avancer en grade.

Sohn se disait que, s'il appelait son collègue, avec sa perspicacité, il allait vite flairer quelque chose. Lui-même répondrait à toutes ses questions avec prudence. L'important était d'avoir l'air naturel. Sohn décida finalement d'aller le voir, en faisant comme s'il passait là par hasard.

Il déambula environ trente minutes avant d'apercevoir le bureau de police de Namdaemun. Pour un policier de la Criminelle qui courait en tous sens pour filer des suspects, cette distance était une petite promenade.

Dégrisé, il accéléra le pas. Le bout de son nez s'était refroidi à cause du vent mais son dos était en sueur.

Il passa l'avenue Eulji puis la station de métro Jonggak. Sans s'arrêter, il marcha rapidement jusqu'au temple bouddhiste Jogyesa. Il se sentait ragaillardi, malgré la fatigue de la veille, et l'esprit clair.

Il acheta un café à l'entrée du quartier Insadong et se dirigea vers le commissariat de Jongno. La Criminelle était au premier sous-sol.

Dans l'escalier, Sohn ressentit immédiatement le froid. Dans une telle atmosphère, on avouerait n'importe quoi.

Il ouvrit la porte du bureau où travaillait la première équipe. Lee Jun se leva d'un bond. Son geste avait été si rapide qu'on aurait cru qu'il allait dégainer. Robuste, il faisait toujours plus jeune que son âge.

— Qu'est-ce qu'il se passe ? Tu arrives sans prévenir…

— Je ne suis pas en service, je passais à Jongno. En fait, je suis plus ou moins sur la piste d'un suspect.

Sohn lui tendit le café qu'il venait d'acheter. Lee en prit une gorgée. Puis il lui indiqua une chaise devant son bureau. Tout se déroulait avec simplicité, sans accroc. Ils étaient seuls dans le bureau, les autres devaient être de service à l'extérieur.

— Alors, tu l'as logé, ton suspect ?

Il avait posé la question en toute innocence, les yeux brillants.

— Pas encore. Mais je vais l'avoir.

— Donne-moi son profil. Je vais t'aider.

— Vu ton air insouciant, tu dois être tranquille à Jongno. C'est vrai qu'il ne se passe jamais rien de grave dans ce quartier. Ça fait un bail que tu n'as pas vu un assassin, non ? le taquina Sohn.

— Qu'est-ce que tu racontes ? Chez nous, le moindre accrochage entre deux voitures est une affaire d'État ! Tu sais le genre de gens qu'on a dans le coin. Soit des hauts fonctionnaires de la Maison Bleue, soit des journalistes. Ah, et puis pas mal de P-DG. Si on fait la moindre erreur, même le commissaire peut sauter. Tu te rends compte ?

Sohn finit par rire de la plaisanterie de Lee.

— Tu te souviens de Han Jisu ?

— C'est lui, ton suspect ?

— Non, c'est une inspectrice du service d'analyse criminelle et comportementale, elle est du commissariat central.

— Pourquoi tu me parles d'elle ?

— Parce que ton équipe a enquêté sur elle il y a un bail.

Lee but le café sans un mot. Son radar venait de capter son collègue et Sohn ne savait plus quoi dire ni où regarder.

Ses yeux s'arrêtèrent sur une brosse à dents, posée comme un stylo dans un pot à crayons.

— Elle est jolie ? plaisanta Lee après un long moment.

Sohn comprit l'allusion. Il eut l'impression de revenir dans un passé où ils blaguaient souvent.

— Oui, très jolie.

Lee sourit, Sohn aussi. Leur conversation devenait personnelle et le resterait.

— Bien sûr, je me souviens d'elle. C'était à propos d'un harcèlement ? Je me rappelle parce que c'était choquant de voir une inspectrice accusée de harcèlement, mais aussi parce que celui qui avait porté plainte était quelqu'un de connu. De la famille d'un directeur d'hôpital célèbre.

— C'est la victime qui avait porté plainte ?

— Non, un avocat. C'est courant dans ce quartier.

— Qu'est-ce qui en est sorti ?

— Han soutenait que c'était pour l'enquête, sauf que ce n'était pas une enquête officielle. Ce n'était même pas une affaire dont le commissariat central était chargé. Alors, on ne pouvait rien faire pour elle. Notre commissaire s'en est mêlé et a soutenu le plaignant. Si Han était allée jusqu'au tribunal face à cette famille, elle était certaine de tout perdre. Finalement, elle a juste été obligée de se retirer de l'affaire. Heureusement, le plaignant ne voulait pas ébruiter la chose dans la presse, il s'est contenté de cette décision.

— Rien de particulier ?

— Je t'ai raconté ce qui s'était passé. Dis-moi, si tu en sais plus.

Sohn voyait ce que voulait dire Lee. Si l'affaire avait mal tourné, plusieurs d'entre eux auraient été renvoyés. Sohn ne pouvait pas exprimer ouvertement ses soupçons sur Han.

— Oui, très jolie…

Lee le regarda sans comprendre. Sohn voulait clore leur conversation sur une plaisanterie.

— Qui est joli ? L'inspectrice Han ? Le directeur de l'hôpital ?

— Han.

— Tant mieux.

Lee apaisa sa soif avec du café. Il était très nerveux.

— Si ça te met mal à l'aise, j'irai chercher des informations ailleurs…

— Allez, moi aussi je suis inspecteur. Pas le plus chic, mais mon boulot n'est pas non plus déshonorant. Faut savoir s'entraider !

— Merci.

— Bon, quand tout sera fini, tu m'offriras un verre. Dis-moi, tu sais bien sûr qui elle filait ?

— Oui, Han Kibum, le mari dans l'affaire de la mariée dans la baignoire. Celui qui a été libéré faute de preuves et assassiné par Copycat.

— Exact. C'était le benjamin du directeur de l'hôpital. Mais il n'était pas le seul.

— Elle était sur une autre piste ?

— On l'a appris quand la plainte a été déposée. L'avocat nous a aussi transmis des images de la vidéosurveillance.

Sohn eut le sentiment que son enquête prenait une autre direction. La personne sur qui Han avait voulu enquêter n'était peut-être pas Han Kibum.

— Alors ?

— Le deuxième fils du directeur de l'hôpital.

— Mais pourquoi ?

— Je n'en sais rien. Apparemment, à l'époque, Han l'avait pris en filature. Lui l'ignorait. Cette histoire s'est compliquée à partir du moment où Han Kibum est sorti de la maison d'arrêt.

— Comment ça ?

— Une fois dehors, il s'est rendu à l'hôpital et a frappé son frère. Han a assisté à la scène. Depuis, elle essayait tout le temps de le contacter.

— C'est pour ça qu'elle a été accusée de harcèlement ?

— Exact. Pourtant, ce n'est pas Han Kibum qui a porté plainte contre elle mais le directeur de l'hôpital, leur père. Après l'agression, il a voulu envoyer le fiston à l'étranger. Mais bon, il a été assassiné avant de quitter le pays. On est les seuls à le savoir.

Quelque chose s'était passé dans la famille du directeur de l'hôpital. Et Han, qu'avait-elle deviné ?

— C'est curieux. Han filait déjà le deuxième fils avant la libération du dernier, le principal suspect du meurtre. Elle a même essayé de le contacter, tu dis ?

— Le fait qu'elle ait suivi le deuxième fils n'a pas été communiqué en dehors de notre service. Dès que la partie plaignante et Han ont trouvé un arrangement, on a supprimé la déclaration de Han. Il ne reste plus rien sur l'affaire.

— Rien de particulier au sujet de la famille du plaignant ? Ça sent pas bon, cette histoire.

— Tu sais bien que rien ne sortirait sans faire de gros dégâts. Ils sont protégés par une muraille de fer.

— D'accord. Merci pour ton aide.

Sohn se leva. Il pensait que son collègue avait dit tout ce qu'il pouvait dire. Lee proposa un restaurant mais Sohn refusa. La confusion de son esprit lui ôtait l'appétit.

Han s'était-elle vraiment retirée de l'enquête après en avoir fait la promesse ? se demanda Sohn. Elle avait violé le domicile de Kim Younghak et y avait mis la pagaille, comment la croire ?

Vu sous cet angle, l'hypothèse qu'elle avait collaboré avec Copycat après avoir interrompu son enquête semblait plausible. Mais Sohn n'arrivait pas à comprendre pourquoi elle avait filé, non pas le mari libéré, mais son frère.

Afin de rassembler davantage d'informations sur le mari ? Ou bien son frère était-il, selon elle, le vrai coupable ? À la réflexion, les hypothèses étaient multiples.

Si Han avait cru que le frère du suspect était le vrai coupable, impossible qu'elle soit complice de Copycat : celui-ci avait tué Han Kibum dès sa libération.

Sohn avait le sentiment d'avoir mis les pieds dans une affaire plus compliquée qu'il n'avait d'abord cru.

Tout le monde sait mentir. Même les bébés qui ne savent pas encore parler font semblant de pleurer.

Supposons que dans une salle d'enregistrement un inspecteur et un suspect soient assis face à face, séparés par une table : qui mentira plus que l'autre ?

Les mensonges des suspects aboutissent toujours à la même conclusion : « Ce n'est pas moi, je suis innocent. » C'est toujours la même chose, même s'il y a des preuves irréfutables et des témoins. Quant aux mensonges des inspecteurs, ils aboutissent toujours à une autre conclusion : « Je sais que c'est toi. » Même s'il n'y a pas de preuves irréfutables et que le doute demeure.

Les inspecteurs font aussi un autre mensonge.

« Je te comprends. »

C'est faux. Jamais l'inspecteur ne peut comprendre le criminel. Son seul but est d'obtenir des aveux.

Quand Han Jisu avait commencé à travailler comme gardienne de la paix, quelqu'un de l'équipe d'analyse criminelle et comportementale lui avait parlé de tout cela. Il avait ajouté : Qui ment le plus, l'inspecteur ou le suspect ?

Elle ne se souvenait plus de ce qu'elle avait répondu. Mais elle n'avait pas oublié ce qu'il lui avait dit ensuite. Celui qui parle plus que l'autre, avait-il expliqué, se met dans une position défavorable.

Au moment où elle obtiendrait les aveux de Kim Hyeon, qui mentirait plus que l'autre ?

Elle sortit du métro puis longea le mur de l'hôpital en direction des pompes funèbres.

À l'entrée de la salle, des visiteurs, tous en noir, se saluaient. Elle entra avec eux dans l'hôpital. Elle se rendit compte qu'elle aussi était en noir.

En prenant l'ascenseur, elle ôta sa veste qu'elle garda à la main. Le chemisier blanc convenait mieux à la visite d'un malade, pensa-t-elle.

« Cette fois-ci, il ne faut pas le laisser deviner nos intentions. À moins que sa mémoire ne lui revienne. »

Elle répéta mentalement ce que Oh lui avait dit. Elle se sentait oppressée.

Dans le miroir de l'ascenseur son visage tendu était pâle. Elle avait peur de se trahir avant d'obtenir ses aveux.

Elle sortit de l'ascenseur et se dirigea tout de suite vers les toilettes. Elle se lava le visage à l'eau froide et se remaquilla avec soin. Tandis qu'elle se poudrait et mettait du rouge sur ses lèvres, sa respiration reprenait son rythme normal. Dans la glace, son maquillage, un peu excessif, lui faisait comme un masque.

À l'instar de la veille, le gardien de la paix Choi Jeongho, décontracté, consultait son téléphone portable devant la chambre de Kim Hyeon.

Han se demanda soudain si le Kim Hyeon qu'elle avait vu la veille serait le même que celui qu'elle allait voir dans un instant. Elle ne savait plus si elle voulait rencontrer l'homme de la veille ou celui d'aujourd'hui. Des frissons lui parcoururent les bras.

Elle hésitait aussi à parler au gardien Choi de la nouvelle situation de Kim Hyeon, maintenant conscient d'être un assassin. Le changement de comportement de Choi affecterait Kim Hyeon, ce qui pourrait révéler un autre indice.

Han salua Choi de la tête et entra directement dans la chambre.

Choi semblait avoir quelque chose à dire mais elle l'ignora. Le plus important pour l'instant était la déposition de Kim Hyeon.

L'homme regardait par la fenêtre. Il tourna la tête au bruit de la porte. Elle fixa ses yeux dans les siens. Puis elle sourit, comme elle l'avait décidé. La vision de Kim Hyeon devait s'être grandement améliorée, son regard était clair.

— Vous vous sentez bien ?

— Le moi d'autrefois que j'ai choisi d'endosser est un enfer, déclara-t-il, comme s'il n'avait aucune intention de revenir sur ce qu'il avait dit la veille.

— Vous vous souvenez de quelque chose ?

— Rien, malheureusement. Pas le moindre détail. J'aimerais tellement, pourtant.

Il montra ce qu'il tenait dans sa main. C'était la photo de sa fille. Il avait l'air sincère.

— Votre mémoire reviendra.

Kim Hyeon scruta la photo en silence. Il fronça les sourcils pour mieux la voir. Peut-être tenait-il en main l'enfer et le paradis.

Han sentit ses mains s'agiter. Elle devait cacher ce tremblement avant qu'il ne grandisse et que l'homme ne le remarque. Elle saisit la barrière du lit et s'assit sur une chaise. Le regard de Kim Hyeon la suivait.

— Bon, vous êtes venue pour mes aveux. Nous commençons ?

Il hâtait le processus, comme s'il avait déjà lui-même tout anticipé.

Han Jisu eut brusquement peur de lui. Elle se demandait s'il ne la manipulait pas comme une pièce sur un échiquier. Ses doutes grandirent. Avait-il réellement perdu la mémoire ?

Il marcha sans aucune hésitation comme s'il avait retrouvé la vue et s'installa sur la chaise devant la table.

Han sortit son ordinateur portable et se mit face à lui.

— Ce sera une séance de préparation avant vos aveux. Nous ne souhaitons pas divulguer votre état pour le moment.

— D'accord. Allons-y.

— Je commencerai par la vérification d'identité. Nom, numéro national d'identité, adresse, niveau d'éducation, profession, etc.

Elle observa attentivement Kim Hyeon, derrière l'ordinateur. Il maintenait son regard stable, sans joindre les mains ni croiser les jambes. Il ne manifestait aucun signe d'angoisse. La vitesse de battement de ses paupières était normale.

— À part mon nom, je ne peux répondre à rien.

Han Jisu lui apprit son numéro d'identité, son adresse et sa profession. Il les mémorisa.

Elle avait activé l'enregistrement au moment où il avait récité ses données personnelles.

— En septembre 2017, avez-vous assassiné Han Kibum, le principal suspect de l'affaire dite de « la mariée dans la baignoire » qui avait eu lieu en juin 2017, en reproduisant le même meurtre ?

Lors d'un interrogatoire, on met le criminel face à ses actes. Puis on l'observe afin de décider de la stratégie à adopter, selon sa réaction, l'étonnement ou la colère. Han guetta la réaction de Kim Hyeon.

— Oui, répondit-il sans difficulté.

Il conservait la même attitude qu'au moment où elle lui avait demandé son nom et son adresse.

— En janvier 2018, avez-vous assassiné Lee Jeongwoo, le principal suspect de l'affaire de la lycéenne en fugue qui avait eu lieu en octobre 2017, en reproduisant le même meurtre ?

— Oui.

Suyin ne manifestait aucune peur de la sanction, ni aucun sentiment de culpabilité.

Pour Han, cette indifférence restait ambiguë.

Elle prit le temps avant de lui poser une nouvelle question. Elle voulait le faire mariner.

Le visage inexpressif, il patientait. Il ne paraissait pas inquiet et surtout il ne cherchait pas à revenir sur ses déclarations.

— En mai 2018, avez-vous assassiné Kim Younghak, le principal suspect de l'affaire dite du « meurtre sans cadavre » dans laquelle sa femme avait disparu, qui a eu lieu en avril 2018, en reproduisant le même meurtre ?

— C'est exact, affirma-t-il sans hésitation.

— En octobre 2018, avez-vous assassiné Oh Jeongtae, le principal suspect de l'affaire de l'incendie de son karaoké qui a eu lieu en mars 2017, en reproduisant le même meurtre ?

— J'ai brûlé cet homme.

En parlant, l'homme, calme jusque-là, était entré dans un état de grande agitation émotionnelle. Il était temps de passer à l'étape suivante.

Les questions à présent porteraient sur le mobile de ses crimes. Dans ce cas, il est toujours préférable de proposer en amont au criminel quelques motifs qu'il aurait pu avoir de tuer, afin qu'il tente de se justifier. Même le coupable des crimes les plus insolites a besoin de se défendre.

Pour venger sa fille, Kim Hyeon s'était mis à tuer. Peu à peu, sa vengeance s'était conjuguée à sa colère contre l'inefficacité du système judiciaire. C'était un argument psychologique.

— Quel était le mobile de vos quatre crimes ?

— Disons que c'était la colère contre l'impuissance de la justice. C'était plutôt ça, quoiqu'on m'ait dit que tout avait commencé à cause de la mort de ma fille.

Il répondait comme s'il ne s'était pas agi de sa propre histoire.

Le but de cette déposition était de cacher qu'il avait perdu la mémoire. Le mobile des crimes dont il ne se souvenait pas devait être plausible.

— Êtes-vous sûr que toutes vos victimes étaient coupables ?

— Oui, selon les documents d'enquête.

— Vous parlez de ceux de la police ?

— Exact. J'avais pu consulter des documents sur les affaires concernées en examinant les cas non résolus au commissariat central.

— S'ils ont été libérés, c'est parce qu'ils étaient innocents, non ?

— S'ils ont été déclarés non coupables, ce n'est pas parce qu'ils étaient innocents mais parce qu'il n'y avait pas de preuves suffisantes, dit-il avec fermeté.

Il fallait en avoir le cœur net. Han Jisu décida d'aller plus loin. C'était risqué, mais elle voulait encore vérifier s'il jouait la comédie.

Elle interrompit l'enregistrement.

— Dans l'interview que vous avez accordée, vous dites qu'il y a un autre suspect dans l'affaire de la mariée dans la baignoire. Connaissiez-vous déjà l'existence d'un suspect qui n'apparaissait pas lors de l'enquête ?

— Ce…

Le regard de Kim Hyeon trembla pour la première fois. Ce regard lui demandait pourquoi, connaissant la réponse, elle lui posait une telle question. Han Jisu se tenait très droite, gardant imperturbablement ses distances.

Les yeux de Kim Hyeon se dirigèrent vers le plafond. Il essayait, semblait-il, de se souvenir de son passé. Ce n'était pas la réaction de quelqu'un qui avait perdu la mémoire. Han Jisu s'arrêta de taper sur le clavier et joignit les mains.

— Je ne le savais pas. S'il y avait eu un autre suspect, la police l'aurait su.

Kim dévisagea Han Jisu.

— La victime a été découverte nue dans sa baignoire. Elle avait laissé entrer quelqu'un dans la salle de bains. Vous avez dit que leur relation devait être intime, vous vous en souvenez ?

— Oui, je m'en souviens.

— À part son mari, qui pouvait être suspect ? Qu'en pensez-vous ?

Il garda le silence. D'un geste machinal, il grattait la surface de la table d'où tombaient des particules de poussière.

— Peut-on imaginer que la victime ait eu une relation adultère, par exemple avec son beau-frère ? On n'a pas pu récupérer d'images de la caméra de surveillance mais on a un témoin qui a souvent vu cet homme entrer chez elle. Par ailleurs, Han Kibum a frappé son frère quand il est sorti de prison. Et sa famille a tout fait pour étouffer l'affaire. Vous ne pensez pas que vous avez tué un innocent ?

Elle avait sciemment détruit le mobile de Kim Hyeon. Elle prit conscience qu'elle l'avait fait pour se défouler.

Kim Hyeon poussa un long soupir. Sa main qui tenait toujours la photo tremblait.

— Si j'ai tué un innocent et si un vrai coupable est en train de se promener tranquillement dans la rue, je me sentirai encore plus coupable que maintenant. Comme je l'ai déclaré dans mon interview, Copycat n'est qu'une machine à tuer. L'homme est un être imparfait, il est aberrant qu'on puisse tuer pour faire justice soi-même. Je dois être sanctionné pour les crimes que j'ai commis, c'est tout ce que je peux dire.

Cette fois, c'est Han qui poussa un long soupir. Si Kim ne jouait pas la comédie, son mobile d'avoir fait justice lui-même ne tenait plus. Il devenait un simple tueur en série.

Han regarda la photo. Le pouce de l'homme caressait le visage de l'enfant. Il avait peut-être réellement perdu la mémoire et cherchait désespérément à être puni, songea-t-elle.

La fatigue s'emparait d'elle et pourtant il lui restait beaucoup de questions à poser.

Après avoir parcouru le plafond, le regard de Kim se fixa sur Han.

— Ce à quoi vous pensez correspondra à ma mémoire. Ne soyez pas trop pressée, dit-il.

Elle eut le sentiment d'être démasquée et se sentit rougir. Heureusement, son maquillage dissimulait sa confusion.

16

Qui trompe qui ? Qui est démasqué par qui ?

Han Jisu avait essayé de bousculer Kim Hyeon en lui parlant du beau-frère dans l'affaire de la mariée dans la baignoire. Mais son attitude n'avait pas changé. Elle n'arrivait plus à savoir qui jouait à quoi.

Elle activa de nouveau l'enregistrement sur son téléphone portable.

Elle lui posa de brèves questions sur l'affaire Lee Jeongwoo. Kim Hyeon expliqua de façon très cohérente l'histoire de l'arme du crime et de la pointe cassée du couteau. Mais il lui était impossible de démontrer comment lui-même s'était procuré le couteau de la victime. Han ne savait pas quoi mettre dans la partie réponse. Elle décida de sauter la question en attendant d'en apprendre davantage.

À propos de l'affaire de Kim Younghak, son troisième meurtre, le raisonnement de Kim Hyeon colmatait peu à peu les trous de sa mémoire. Son raisonnement était à la fois logique et convaincant, d'autant que personne ne connaissait la vérité. Quand il n'arrivait pas à répondre, elle lui venait en aide. De cette façon, elle pouvait remplir les cases vides, tandis que Kim Hyeon continuait de prendre conscience de qui il était.

— Est-ce que… vous regrettez vos crimes ?

Il ne répondit pas immédiatement. Son regard était instable.

— Si je pouvais retourner dans le passé, je sauverais ma fille et les autres victimes.

Elle le sentit sincère. En même temps, elle flaira un danger. Celui de croire à la sincérité du tueur en série. À son insu, elle créait avec lui un lien psychologique.

Pour se débarrasser de cette sensation, elle arrêta de taper sur le clavier et se redressa. Pour maintenir une distance émotionnelle, il fallait d'abord maintenir une distance physique, pensa-t-elle.

— Vous regrettez ?

Elle avait reposé la question d'une voix monocorde. Kim Hyeon tourna la tête vers la fenêtre.

Dehors, il commençait déjà à faire noir. Il ne répondit pas à sa question.

La porte de la chambre s'ouvrit doucement. Le gardien Choi jeta un coup d'œil à l'intérieur. L'une de ses mains était dans sa poche. Han en devina le contenu. Lorsque le regard de Choi croisa celui de Han, le gardien sortit la main de sa poche et fit le salut militaire.

— C'était tellement silencieux que je suis venu voir.

— Merci de votre vigilance.

Han lui fit un signe de main. La porte se referma.

Un malaise s'installa dans le silence.

Sans dire un mot, elle préparait des questions en tapant sur le clavier. Le regard de Kim Hyeon revint vers elle.

Elle lui posa machinalement une nouvelle question.

— Lors de l'incendie, votre quatrième meurtre, pourquoi êtes-vous retourné sur le lieu ?

Kim Hyeon avait été découvert inconscient sur le lieu où il avait mis le feu et où il était retourné pour une raison inconnue. C'était une lacune que l'équipe d'enquête avait besoin de combler.

— Il fallait que j'achève ce meurtre pour m'arrêter de tuer.

L'explication était plausible.

Han ne pouvait savoir si elle était vraie. En tout cas, c'était la plus vraisemblable.

— Vous y êtes retourné pour tuer Oh Jeongtae, c'est ça ?

— C'est ça.

— Où êtes-vous allé après avoir mis le feu ?

— Sur les lieux du crime.

— Au moment où le feu a commencé à se propager, vous avez été filmé par la caméra de surveillance d'une supérette.

— Ah, je me suis trompé. C'est dans mon rêve que je restais sur place.

Le réel et le rêve devaient s'emmêler dans la tête de Kim Hyeon.

— C'est-à-dire que vous avez observé de l'extérieur ?

— C'est ça.

— Vous êtes sûr d'y être retourné pour abattre Oh Jeongtae qui tentait de s'enfuir par la fenêtre ?

— Oui.

— Et après, vous vous êtes battus ?

— Le mieux pour vous, ce serait quoi ?

— Mettons que ce serait oui. Parce que vous avez eu des brûlures mais aussi une légère commotion cérébrale et des plaies, répondit-elle d'une voix neutre.

— Bon, d'accord. On s'est battus, pendant la bagarre le feu s'est aussi emparé de moi. Puis je me suis évanoui à cause de la fumée. Ce qui s'est passé après, les policiers le savent sans doute mieux que moi.

— C'est bon. Pour aujourd'hui.

Elle referma son ordinateur portable.

Le regard de Kim Hyeon fixait un point derrière elle.

— Le corps de ma fille… était très endommagé ?

Han qui s'apprêtait à mettre l'ordinateur dans son sac faillit le faire tomber. Son cœur battait vite et ses mains tremblaient. Elle ne voulait pas entendre cette question que lui ne pouvait pas éviter de poser.

Elle lâcha délibérément l'ordinateur, qui tomba sur son pied. La douleur la réveilla.

Elle fit semblant de vérifier l'état de l'appareil pour gagner du temps.

— Qu'est-ce que vous avez dit ?

— Je me demande si ce n'est pas parce que son corps est trop endommagé que même en rêve ma fille ne peut pas venir me voir.

Han était incapable de relever la tête.

Il regardait le visage de sa fille, imprimé en couleur sur le papier.

— Le feu… a brûlé toute la pièce et s'est propagé jusqu'au couloir. Votre fille a pu échapper au feu mais pas à la fumée. Elle est morte asphyxiée.

Ce n'était pas vrai. Le feu, incontrôlable, s'était répandu dans tout le karaoké situé au sous-sol. On avait seulement retrouvé quelques fragments d'os d'un enfant.

— Tant mieux. Moi, je suis encore dans un état…

La cicatrice de sa joue déforma son sourire.

Elle cacha ses mains tremblantes sous ses cuisses. Elle avait la sensation qu'il lisait dans ses pensées. Son front était couvert de sueur.

— Vous n'avez pas l'air bien. On s'arrête là.

— À demain.

Han, flageolante, fit un pas. Elle ressentit un picotement dans son pied, comme s'il était parcouru par un courant électrique. Quand elle fit le pas suivant, il ajouta :

— Vous m'avez demandé si je regrettais, n'est-ce pas ? Non, je ne regrette pas. Sauf si ma fille reprenait vie.

Il n'avait aucune intention de revenir sur sa déclaration. La vengeance de sa fille étant accomplie, il se faisait peut-être un devoir de continuer à vivre pour expier.

— Je m'en doutais, dit-elle.

Son impuissance lui pesait. Elle n'avait qu'une envie, c'était de partir.

— Et puis… merci de m'avoir menti.

Ses jambes tremblaient.

Jusqu'à quel point avait-il deviné ?

Elle n'avait pas le courage de se retourner vers lui et de le regarder.

— Merci de m'avoir dit que le corps de ma fille n'avait pas été touché. Si vous m'aviez dit ce qui s'était passé réellement, j'aurais continué à imaginer la scène des milliers de fois et la porte de l'enfer se serait ouverte.

Elle sortit de la chambre. Le gardien Seo, qui avait remplacé Choi, se leva pour la saluer.

Elle lui fit un signe de main et se hâta de quitter l'hôpital. Elle poussa un soupir de soulagement. Kim Hyeon avait avalé le vrai mensonge jusqu'au bout.

Le professeur en psychologie criminelle, transformé en tueur en série, n'avait jamais eu de fille morte dans l'incendie. Han Jisu était certaine de l'avoir trompé.

Il rêva encore.

Ce rêve ressemblait au précédent. Mais cette fois, dans son rêve il était conscient qu'il s'agissait d'un rêve. Ce que les psychologues auraient appelé un rêve lucide.

Quelqu'un avait attrapé Oh Jeongtae en flammes et l'avait jeté violemment à terre. Puis il s'était assis sur lui pour l'écraser.

L'homme qui pesait de tout son poids sur Oh Jeongtae avait tourné la tête vers Suyin quand ce dernier avait poussé un cri. Il lui avait souri de ses dents blanches.

Même pendant qu'il rêvait Suyin avait remarqué combien cette scène était étrange. Car c'était lui qui devait presser la poitrine de Oh Jeongtae. Comment son regard pouvait-il croiser celui de l'homme assis sur sa victime ?

Dans le rêve, la réalité se déforme selon nos désirs, se dit-il. L'homme avait disparu, Suyin avait couru vers Oh Jeongtae pour l'envelopper dans une couverture et étouffer le feu.

Certes c'était un rêve, mais Suyin n'arrivait pas à comprendre pourquoi il avait voulu sauver l'homme qui avait assassiné sa fille. Si on perdait la mémoire, la haine ou le désir de vengeance disparaissaient-ils aussi ?

La répétition du rêve était peut-être due au désir d'épargner Oh Jeongtae. Mais pourquoi ?

La scène était nette comme s'il venait de visiter l'endroit même où tout était arrivé. Pourtant, il avait l'impression que tout cela ne faisait pas partie de sa mémoire, que c'était une invention de son cerveau en panne.

Suyin récapitula les choses qui lui permettaient de définir son existence actuelle.

Mon nom est Kim Hyeon. J'étais professeur en psychologie criminelle.

J'ai tué quatre personnes pour venger ma fille.

Je sais que je les ai tuées mais je ne m'en souviens pas. C'est pourquoi je n'ai pas de sentiment de culpabilité. Je suis comme un psychopathe.

J'ai travaillé comme expert criminalistique pour la police de Séoul.

Je ne suis pas l'inspecteur Lee Suyin.

Je ne suis qu'un tueur en série.

Je suis Kim Hyeon.

Je ne suis pas l'inspecteur Lee Suyin mais un simple détenu.

Il se répétait mentalement ses signes d'identité. Il voulait comprendre la situation.

Je suis Kim Hyeon.

Il tourna la tête vers la fenêtre. Il vit des petites taches noires qui ondulaient dans le ciel. Il se frotta les yeux. Les taches lui paraissaient plus nettes que la veille.

Il agita les mains pour chasser ces insectes, en vain. Les taches se multipliaient.

Elles se déplacèrent en dessinant une ligne. C'étaient des oiseaux. Kim Hyeon comprit que sa vue s'était améliorée au point de distinguer des oiseaux planant au loin.

Il regarda la photo qu'il tenait à la main.

Des petits points apparurent à la surface de la photo et disparurent dès qu'il fronça les sourcils. Il vit le sourire timide de l'enfant.

Il l'avait tellement manipulée qu'elle était tout usée. Dès qu'il fermait les yeux, il pouvait voir le visage de sa fille.

La courte frange ondulante lui cachait le front, elle avait de grands yeux et un joli nez. Elle n'était pas encore bien grande.

Kim Hyeon regarda longuement sa bouche qui esquissait un sourire. Son visage lui paraissait familier. L'idée qu'il n'avait pas totalement effacé le visage de sa fille de son cerveau le tranquillisait.

Qui avait pris la photo ? Elle laissait penser que l'enfant avait passé un moment de joie dans un parc d'attraction. Kim Hyeon espérait qu'il l'avait accompagnée. Qu'il avait été un bon père.

Il entendit derrière lui la porte s'ouvrir, Han entra dans la chambre.

— Vous allez bien ?

Il se fit la remarque que la plupart du temps ses paroles étaient ambiguës. Tout comme cette façon de le saluer. La phrase était banale mais en même temps Han voulait peut-être lui demander s'il acceptait le fait d'être un assassin plutôt qu'un inspecteur.

Kim Hyeon vit son sourire forcé et distingua ses yeux, son nez et sa bouche. Han avait un air charmant. Il perçut des petits points clignotant autour de son visage, qui accentuaient le mystère de cette femme froide.

— Aujourd'hui, je vais prendre vos aveux par écrit. Je ferai aussi un enregistrement vidéo.

— Je vais me changer.

Han installa un trépied et une caméra pendant que Kim se changeait derrière le rideau du lit. Il mit le costume qu'il avait déjà porté lors de l'interview.

— Je commence par la vérification de votre identité. Votre nom ?

— Kim Hyeon.

Han tapa sur le clavier. Tout était comme la veille. Elle lui demanda successivement son numéro d'identité, son adresse et sa profession.

Suyin répondait sans aucune hésitation tout ce qu'il avait appris la veille.

— En septembre 2017, avez-vous assassiné Han Kibum, le principal suspect de l'affaire de la mariée dans la baignoire qui avait eu lieu en juin 2017, en reproduisant le même meurtre ?

— Oui.

Au début, questions et réponses étaient les mêmes que la veille. La différence était qu'il y avait une caméra et qu'ils parlaient tous deux d'une façon formelle.

Tout se déroulait comme dans un scénario parfaitement élaboré.

Han lui demanda s'il reconnaissait ses quatre meurtres et il répondit qu'il les reconnaissait. Tout comme la veille.

Quand Han lui demanda quel était le mobile de ses crimes, il déclara, comme prévu, que c'était sa colère contre l'impuissance de la justice. Il ne dit rien de sa fille, afin d'éviter des questions supplémentaires lorsqu'il serait interrogé par le parquet.

Dans la mesure du possible, il essayait de ne pas parler de sa vie personnelle. Il tenait à dissimuler la perte de sa mémoire.

Devinant pourquoi il avait légèrement modifié ses réponses, Han modifia ses questions. La caméra continuait à les filmer.

Questions et réponses étaient claires et brèves. Avant que le soleil n'arrive au milieu de la fenêtre, ils avaient déjà évoqué les grandes lignes des quatre meurtres. Le rythme était plus rapide que la veille.

Han lui posait des questions précises sur chaque affaire. C'était nouveau.

Concernant l'affaire de la mariée dans la baignoire, elle ne parla pas du frère de Han Kibum assassiné. Il en ressortait que Kim Hyeon avait tué le principal suspect comme dans ses autres meurtres.

À propos du meurtre de Lee Jeongwoo, elle précisait que l'équipe d'enquête avait finalement retrouvé la pointe du couteau entre les lames du parquet sur le lieu du crime, c'est-à-dire l'appartement de la victime.

Sur la pointe du couteau, on avait relevé l'ADN de Lee Jeongwoo et celui de la lycéenne morte. Désormais le couteau était considéré comme une preuve décisive.

Concernant le cas Kim Younghak, Han posa presque les mêmes questions que la veille.

Quant à l'affaire de Oh Jeongtae, un témoin avait vu Kim Hyeon se faufiler comme un badaud pour entrer sur le lieu de l'incendie, disait-elle. C'était un témoignage irréfutable.

Désormais, même s'il prétendait nier ses crimes, ses aveux rédigés par Han, inspectrice assermentée, ne lui laisseraient aucune échappatoire.

Kim Hyeon lui faisait confiance.

Dans la chambre, le bruit du clavier se prolongea après l'échange de paroles.

Face à son ordinateur portable, Han leva les yeux vers Kim Hyeon.

— Vous voulez ajouter quelque chose pour finir ?

— Non.

Han ne lui demanda pas s'il regrettait ses actes criminels. De toute façon, elle n'aurait pas de réponse.

— Avez-vous parlé librement, sans aucune pression ni contrainte ? demanda Han, le visage impassible.

Kim Hyeon voyait toujours des petits points autour d'elle.

— Oui.

Elle arrêta l'enregistrement.

— Je vais imprimer votre déclaration.

Quand elle quitta la chambre, Kim Hyeon qui s'était tenu très droit tout au long de sa déposition se relâcha. Enfin, tout était terminé.

Il regarda la photo qu'il tenait toujours à la main. Le sourire de l'enfant le réconfortait.

Il apposa son empreinte digitale sur les papiers que Han rapporta et y écrivit son nom à sa demande. Il ne prêta pas attention au texte imprimé.

Il reconnaissait ses meurtres un à un.

La validité de ses aveux était ainsi assurée pour le tribunal. Quand toute cette procédure serait terminée, Kim Hyeon pourrait enfin prendre conscience qu'il était Copycat.

Han glissa dans son sac la déclaration de Kim Hyeon et son ordinateur.

— C'est fini…

— Vous vous donnez beaucoup de mal. Je vous remercie.

— Reposez-vous. On viendra vous chercher.

— J'attendrai.

Impassible, Han sortit de la chambre. Kim Hyeon resta longuement face à la fenêtre sans penser à se changer. Les petites taches s'envolaient en dessinant une ligne.

L'inspecteur Sohn lisait avec beaucoup d'attention un duplicata de la déclaration de Copycat qu'on avait transmis au bureau de police de Yongsan. Comme son bureau était chargé de l'affaire Kim Younghak, il était essentiel de l'examiner en détail. Si on notait la moindre discordance entre les documents d'enquête et les déclarations du prévenu, des problèmes pourraient surgir au tribunal.

Sohn lisait ligne par ligne. Concernant le meurtre de Kim Younghak, il vérifia scrupuleusement les dates et les heures. Tout était correct.

Les réponses de Kim Hyeon étaient concrètes et précises. Il avait donné plusieurs détails qui avaient échappé aux enquêteurs et qui étaient convaincants en tant que preuves. Avec ces déclarations, il ne pouvait plus s'en tirer.

Une cigarette entre les lèvres, il entreprit de la relire une ultime fois.

Il sauta les détails tels que les dates pour considérer les grandes lignes.

Il eut soudain l'impression que les questions de Han Jisu et les réponses de Kim Hyeon étaient trop parfaites.

Au moment des aveux, les criminels qu'il avait connus avaient tous tendance à minimiser leurs actes. Cela ne changeait rien à la peine qu'on allait leur infliger mais c'était instinctif. La réaction de Kim Hyeon était très différente. Il avait volontiers avoué ses crimes et précisé des choses dont la police ne pouvait pas faire état, faute de preuves.

Il n'avait jamais dit qu'il ne se souvenait pas.

Toutes ses paroles avaient une raison propre, tout était intentionnel. Il avait même dit qu'avant d'avoir été découvert évanoui par la police, il avait jeté une couverture sur Oh Jeongtae.

Dans les déclarations de meurtre, il était assez courant de trouver des phrases mettant l'accent sur le côté accidentel de l'acte, par exemple : « J'avais complètement perdu la raison », « Quand je me suis réveillé, j'ai vu un mort ». Mais Kim Hyeon ne prononçait pas de telles phrases.

Il donnait presque l'impression d'avoir hâte d'être condamné. Était-il possible qu'il veuille se sacrifier pour protéger quelqu'un qui l'avait aidé ?

Sohn continuait à soupçonner Han.

Il lut très attentivement la partie concernant l'affaire de la mariée dans la baignoire.

Selon ses informations, Han soupçonnait non pas Han Kibum mais son frère. Rien pourtant n'avait été mentionné à ce propos. Sohn trouvait bizarre qu'elle n'ait jamais évoqué ce point devant Kim Hyeon.

Il y avait encore quelque chose d'étrange à propos du deuxième meurtre.

Kim Hyeon disait avoir assassiné Lee Jeongwoo chez ce dernier, avec le couteau qu'il avait apporté à cet effet, et qu'il avait délibérément abandonné l'arme après le meurtre près de la porte située derrière le bâtiment. D'après les données de la caméra de surveillance, c'était Lee Jeongwoo qui avait acheté le couteau. Sur la pointe cassée, on avait relevé son ADN et celui de la lycéenne morte.

Mais comment Kim Hyeon, avant d'aller chez Lee Jeongwoo, avait-il fait pour se procurer le couteau que ce dernier avait utilisé lors du meurtre de la lycéenne ?

Le plus étrange, c'est que Han n'avait pas cherché à élucider cette incohérence. On aurait dit qu'ils avaient sauté cette partie d'un commun accord. Kim Hyeon serait probablement demeuré silencieux mais l'absence de question était anormale.

Rien n'était suspect, a priori, dans la partie relative au quatrième meurtre. Même si le fait qu'il ait utilisé du papier toilette en rouleau pour déguiser l'affaire en incendie involontaire était invérifiable pour les enquêteurs. Autre point, il paraissait inconcevable que l'homme qui avait assisté à la scène de l'incendie parmi la foule soit retourné sur les lieux de son crime.

À en croire sa déclaration, c'était pour tuer Oh Jeongtae. Il voulait l'empêcher de s'enfuir avant que le feu ne se propage à tout l'appartement. Mais comment aurait-il su que ce dernier tenterait de s'enfuir à ce moment précis ?

Ce que disait Kim Hyeon collait trop aux faits relevés par la police pour être vrai. Sohn sentait là quelque chose de louche.

— Alors, rien de spécial ?

Sohn leva la tête. C'était son chef d'équipe.

— Pourquoi tu es encore là-dessus ? Ça ne nous apportera rien.

— On a réexaminé une affaire dont notre équipe était chargée et qui n'a pas été résolue. Il faut voir si le travail a été bien fait.

— Alors ?

— Pour l'affaire Kim Younghak, tout est identique à l'enquête que nous avons menée. Tout est raccord avec la déclaration de Kim Hyeon.

— Tu vois. Ils ont bien bossé. Tu viens boire un verre ?

— Une autre fois. Je dois y aller.

— Un endroit sympa ?

— Je vais continuer à fouiller, je vous dirai si je trouve de nouveaux éléments.

Le chef claqua la langue. Sohn sortit de son armoire des sous-vêtements. Des tenues pour chaque saison y étaient suspendues. Comme dans celle de la plupart des inspecteurs.

17

Le chef Oh était satisfait des aveux de Kim Hyeon obtenus par Han.

Les réponses de ce professeur qui avait été expert criminalistique montraient qu'il avait saisi l'intention des questions posées. Rien ne laisserait deviner qu'il avait perdu la mémoire. Oh se sentit soulagé que la longue traque soit presque terminée.

Il verrait une nouvelle voie s'ouvrir lorsque cette enquête sur Copycat qui entravait son chemin prendrait fin. Le préfet voulait le garder à ses côtés. S'il devenait chef de la Police nationale, Oh le suivrait.

Le Bureau national traite une foule d'enquêtes menées dans tout le pays. Oh serait chargé de diriger et de résoudre un grand nombre d'affaires. Cette idée l'excitait infiniment.

Il mit la déclaration de Kim Hyeon dans un tiroir qu'il ferma à clé. Neuf heures du soir. Il était un peu tôt pour rentrer chez lui. Il décida de faire un tour. Le procès-verbal d'un suspect de trafic de drogue, qui avait été arrêté le jour même, n'avait toujours pas été remis. Les enquêteurs avaient peut-être du mal à obtenir ses aveux ? Oh descendit d'un étage en empruntant l'escalier de secours et entra dans le bureau de la Criminelle. Le chef de la troisième équipe qui était de garde se leva et lui fit le salut militaire.

— La première équipe rédige encore le procès-verbal ?

— Apparemment, ils n'arrivent pas à s'en sortir avec ce toxicomane.

— Ils sont dans la salle d'interrogatoire ?

— Oui.

Oh s'y rendit.

Il y avait trois salles d'interrogatoire équipées de caméras. La première équipe était dans la deuxième salle. Le chef salua Oh de la main.

— Je suis désolé. Nous ne pouvons toujours pas vous remettre de rapport, il n'y a rien de certain.

À travers le miroir sans tain, Oh regarda Seo et le suspect dans la cabine, assis face à face à une table.

Seo se penchait légèrement en avant et le suspect rejetait la tête en arrière. Le premier avait un regard perçant, le second avait l'air rigolard. Oh comprit la situation en un coup d'œil. Le suspect savait que Seo ne disposait d'aucune preuve.

— Il proteste en disant qu'il a vendu la drogue parce qu'on lui avait demandé et qu'il n'est pas juste de lui imputer la mort de quelqu'un par surdose.

— Il y avait ses empreintes digitales sur la seringue qu'on a trouvée ?

— Non. Mais il n'y avait pas non plus celles de la victime. Vu les circonstances, nous pensons que c'est lui qui a injecté la drogue.

— Probablement. S'il n'y avait aucune empreinte, il a dû nettoyer la seringue.

— Mais nous n'avons aucune preuve.

— Quel serait le mobile du crime ?

— La victime, qui habitait sous le même toit que lui, aurait détourné de la drogue. Lors de l'enquête, il nous a été rapporté qu'elle avait des ennuis parce qu'elle revendait la drogue dans un autre quartier.

— C'est pour ça qu'il l'aurait tuée ?

— C'est notre hypothèse.

Seo se leva soudain et s'approcha du suspect, l'air agressif, comme s'il allait le frapper. Les yeux dans le vague, le suspect le regardait sans réaction. En réalité, même si les empreintes du suspect étaient relevées sur la seringue, il serait difficile de prouver l'intention criminelle. Au mieux, il ne serait accusé que d'homicide involontaire.

— Allez dîner. Je vais m'occuper de lui.

— Non.

— On ne sait jamais. Peut-être qu'il avouera devant un bon flic.

Le chef de la première équipe comprit tout de suite ce que voulait dire Oh. Lors de l'interrogatoire, la brigade criminelle utilisait la stratégie classique du bon flic/mauvais flic : le mauvais flic exerce une pression sur le suspect, et le bon flic lui permet de se défouler. La plupart des suspects avouent leurs actes au bon flic, qui manifeste de la compréhension.

Le chef rappela Seo qui quitta les lieux furieux. Les autres membres de l'équipe, déjà épuisés, partirent avec lui.

Après leur départ, la salle retrouva son silence.

Oh observait le suspect dans la cabine. Kang Joonseong, c'était son nom. Oh attendait qu'il réagisse, poussé par l'angoisse.

Une vingtaine de minutes s'écoulèrent. Kang Joonseong scruta le miroir sans tain. Puis il sourit. Il semblait sûr de pouvoir échapper à la police.

Oh fit arrêter la caméra puis il entra dans la cabine. Le suspect regardait ses mains sans prêter la moindre attention à son arrivée.

— Eh, Kang Joonseong.

Le suspect leva la tête. L'œil éteint, il fixa Oh.

Puis il rebaissa la tête.

— La probabilité, ça marche comme ça. On lance une pièce de monnaie quatre-vingt-dix-neuf fois de suite et chaque fois la pièce tombe sur face. Si on lance la pièce une dernière fois, tu paries sur quoi ? Pile ou face ? Tu seras sûr de ton choix ?

L'air interloqué, Kang Joonseong dévisagea Oh.

— Comme la pièce est toujours tombée sur face, tu penses que ça ne changera pas ?

— …

— Je sais bien que tu es suspect dans plusieurs affaires : agression sexuelle au club Rolling Soul en 2015, trafic de drogue au club Bunny et agression en 2016, disparition de ta compagne en 2017, meurtre en 2018.

Le regard de Kang Joonseong perdait son assurance.

— Je ne connais pas ces affaires.

— Tu ne me connais peut-être pas, mais moi je te connais. Je t'observe depuis longtemps. Chaque fois, c'est moi qui ai lancé la pièce de monnaie. Dis-moi, tu paries sur quoi cette fois-ci ? Pile ou face ?

— …

— Moi je parie sur face.

Kang Joonseong dévisagea de nouveau Oh. Il avait l'air déconcerté.

— Je vais te faire libérer.

Oh sourit. Kang Joonseong ne cachait pas sa surprise.

— Ça me plaît. Dans ce monde, il y a beaucoup de gens dans ton genre à trucider, espèce d'ordure.

— …

Évitant le regard de Oh, Kang Joonseong fixait ses mains.

— Peu de temps après ta libération, un homme mourra de surdose, tiens, de la même façon que ta victime.

Les yeux affûtés de Oh transpercèrent le suspect, ils brillaient.

— Vous avez le droit de menacer un citoyen innocent ?

— Dès le jour de ta libération, tu ne tiendras pas sans drogue. Tu seras complètement perturbé. Perturbé jusqu'à devenir fou. Quelqu'un viendra te voir.

Kang Joonseong pâlit.

— Qui ça ?

— Copycat.

— Moi aussi je suis les actualités. Tout le monde est au courant de son arrestation.

— Tu crois qu'il n'y a qu'un Copycat ? Tu es sûr que celui-là a tué les quatre victimes ? Je vais te libérer, sans faute. Un peu de patience.

Oh sortit de la cabine. Devant le miroir sans tain, Kang Joonseong s'était recroquevillé, un toxicomane amorphe, pétrifié.

Le chef tripotait une pièce de monnaie dans sa poche. Comme si de rien n'était.

Sohn Jiyun tourna la clé de contact pour démarrer sa vieille Sonata. Il répéta plusieurs fois le geste mais le moteur ne voulait rien entendre, se contentant de toussoter. Le problème venait de la batterie usée. Sohn tourna encore nerveusement la clé plusieurs fois et réussit enfin à mettre le véhicule en marche au moment où il allait y renoncer.

Il s'éloigna du commissariat de Yongsan en direction de la gare de Séoul. S'il ne se trompait pas, il pourrait découvrir l'identité du complice de Copycat.

Il avait trouvé des indices dans la déclaration de Kim Hyeon. Notamment dans la partie concernant le meurtre de Lee Jeongwoo.

Kim Hyeon disait avoir poignardé Lee Jeongwoo dès son entrée chez lui, avec le couteau qu'il destinait à l'agression. Au vu des taches de sang et des traces de pas, son explication était plausible. Mais le couteau qu'il avait utilisé et qu'il avait abandonné ensuite était celui que la victime avait acheté pour menacer la lycéenne.

Sur la pointe du couteau, on avait relevé l'ADN de Lee Jeongwoo et celui de la lycéenne. Tout cela était apparemment cohérent.

Mais Sohn se demandait toujours comment Kim Hyeon avait pu se procurer ce couteau. Et pourquoi Han ne lui avait rien demandé. Sohn pensait que, venant de Han, ça ne pouvait pas être une erreur.

Peut-être ne lui avait-elle pas posé de question à ce sujet, songea Sohn, pour protéger la personne qui avait aidé Kim Hyeon.

À l'approche de Seodaemun, il tourna brusquement à droite. Il arriverait bientôt au commissariat central.

Dans la déclaration, il y avait encore quelque chose d'étrange. C'était le passage où Kim Hyeon décrivait son intrusion chez Lee Jeongwoo. Han lui avait demandé comment la victime avait pu lui ouvrir la porte sans se méfier. Kim Hyeon avait répondu qu'il lui avait menti en lui disant qu'il était policier et qu'il était venu lui rendre les objets confisqués.

Sa réponse était concrète. Et s'il avait vraiment eu un objet à lui rendre ? Et si cet objet était le couteau ?

Et si Kim Hyeon avait identifié le couteau comme étant celui de la victime ?

Sohn se demandait si quelqu'un n'avait pas subtilisé le couteau confisqué de Lee Jeongwoo. Il pensa à Han. Il eut le pressentiment qu'il pouvait trouver la réponse au commissariat central.

Il gara sa voiture sur le parking et monta au troisième étage où se trouvait l'équipe scientifique.

Il y avait pas mal de places vides. Un accident avait dû se produire quelque part dans Séoul. Sohn ne vit pas Han. Une chance.

Il avait besoin de consulter les listes d'objets dans la salle de dépôt. Il pourrait peut-être trouver quelque chose en examinant celle des objets récupérés sur le lieu du meurtre de la lycéenne.

Il était venu jusqu'au service scientifique mais ne savait pas comment faire pour accéder aux listes. Son bureau n'était pas chargé du cas et il ne pouvait pas faire de demande de consultation sur un simple doute. Par ailleurs, il n'était probablement pas prudent de faire confiance à la personne qui s'occupait de l'entrepôt.

Sohn regarda les numéros enregistrés sur son téléphone. Il se disait qu'il pourrait peut-être demander un coup de main au lieutenant du SIP, Lee Wonbok. Il l'avait connu lors de ses interventions au commissariat de Yongsan. C'était un type pas très malin que les officiers supérieurs de police, y compris le commissaire, avaient renvoyé lors des inspections en lui disant qu'il les dérangeait. Une chiffe molle.

Le téléphone sonna, il y répondit.

— Inspecteur Sohn ? Qu'est-ce qu'il se passe ? Une autre affaire ?

— Non. Je suis au service scientifique.

Sohn vit le lieutenant Lee se lever et agiter la main derrière une cloison basse. Il s'avança vers lui en raccrochant.

— J'imagine que ce n'est pas moi que vous êtes venu voir.

— J'ai quelque chose à vous demander…

Sohn n'avait pas fini sa phrase. Lee, comprenant la situation, lui indiqua tout de suite la salle de réunion, une pièce entièrement vitrée.

— Dites-moi ce qui vous amène. Une affaire importante ?

— À propos de l'affaire Lee Jeongwoo, assassiné par Copycat, j'aimerais vérifier un point.

— Mais pourquoi ? On a déjà obtenu les aveux de Copycat, c'est probablement fini.

Sohn lui expliqua l'histoire du couteau de Lee Jeongwoo, utilisé par Copycat. Mais il ne parla pas de Han. Le lieutenant Lee hocha la tête. Comme il avait lui aussi lu la déclaration de Kim Hyeon, il comprit rapidement. Il avait l'air sérieux.

— On réfléchira après la vérification des listes. Attendez-moi.

Sohn regarda le lieutenant Lee sortir de la salle. Il lui avait demandé ce service tout en sachant qu'il pouvait être le complice de Copycat. Un risque calculé.

Le lieutenant Lee dit quelques mots au responsable de l'entrepôt et revint dans la salle avec une pile de documents. Il regarda Sohn.

— Ce serait plus simple si c'était une affaire sur laquelle j'ai travaillé, mais là j'ai dû expliquer un peu à l'assistant.

Il déposa les documents sur le bureau.

— Il n'y a pas de version numérique ?

— Les choses trouvées sur le lieu du crime et considérées comme preuves sont enregistrées au SCAS. Le reste étant jugé inutile n'est pas numérisé.

Sohn prit un feuillet. Les objets récupérés étaient classés par date, les noms des affaires et ceux des agents étaient mentionnés. La liste des objets et celle de leurs lieux de découverte étaient interminables.

On y trouvait deux cents marques de cigarettes, des pièces de monnaie, des reçus, des briquets, des bouteilles de soju, des fils de cuivre, des briques, etc.

— L'enquête scientifique, quelle corvée !

— C'est vous, les inspecteurs de la Criminelle, qui avez les vraies corvées.

Ils riaient tous deux, un peu gênés. Sohn parcourut rapidement d'autres listes. Dans ce genre d'affaire où il n'y avait pas de preuves irréfutables, on avait généralement tendance à récupérer tout ce qu'on pouvait, à toutes fins utiles.

— Ce sont les listes établies en octobre 2017. Commençons par l'affaire qui nous intéresse.

Sohn et le lieutenant Lee passèrent en revue les documents un à un. Les listes vérifiées s'empilaient sur un côté du bureau.

— Je crois que c'est ça.

Lee tendit un feuillet à Sohn, qui l'examina. Les dates et les lieux correspondaient à ceux de l'affaire de la lycéenne.

— C'est la deuxième équipe qui a travaillé là-dessus.

Sohn vérifiait attentivement la liste en suivant avec son doigt. Sur le toit-terrasse, souvent fréquenté par des adolescents en fugue, ils avaient retrouvé une grande quantité de mégots et de bouteilles d'alcool. La liste s'étalait sur plusieurs pages.

La victime étant morte en état d'ivresse, une grande quantité d'échantillons ADN avaient été prélevés sur les bouteilles d'alcool. Il était précisé qu'on avait également utilisé une partie des mégots ramassés pour des recherches d'ADN.

Sohn continuait à lire. Sur des dizaines de pages, il avait vu défiler d'autres objets comme des canettes, des sous-vêtements, des chaussettes, etc. Mais aucune trace de couteau.

— Je me suis peut-être trompé.

Sohn ne savait pas quoi faire. Les choses n'étaient pas claires mais il n'avait plus aucun moyen de le vérifier. Le lieutenant Lee lui tendit un autre document.

— C'est la liste des objets ramassés autour du bâtiment concerné.

Sohn parcourut la liste. Il y avait encore des mégots, des gobelets à café, des pailles, des vêtements… Anxieux, il tourna les pages et remarqua le mot « couteau » au milieu de la liste.

Le couteau avait été trouvé dans un parterre de fleurs longeant l'arrière du bâtiment, était-il écrit.

— Il est noté qu'un couteau a été récupéré. Mais il n'est pas précisé ce qu'on en a fait. D'ailleurs, aucun examen ADN n'a été demandé.

— Oui, c'est tout à fait possible. Comme la lycéenne avait été frappée à mort et qu'il n'y avait aucune trace de coups de couteau sur son corps, celui-ci n'a peut-être pas été considéré comme ayant un lien avec l'affaire et a donc été classé dans une autre catégorie.

— Est-ce que je peux le voir, maintenant ?

— Si on ne l'a pas détruit. Suivez-moi.

Sans un mot, Sohn et Lee sortirent de la salle de réunion et se dirigèrent vers le dépôt. Si le couteau ne s'y trouvait pas, ils comprendraient tous les deux ce que cela signifiait. Peu de personnes étaient autorisées à y entrer et chaque visite laissait une trace. Ça se passait comme ça, du moins en théorie.

Lee ouvrit la porte avec son badge et fit entrer Sohn.

Pour des raisons de conservation, la salle était maintenue à une température et une humidité constantes sous un faible éclairage. Des réfrigérateurs et des congélateurs destinés au stockage des substances putréfiables étaient alignés le long du mur. Lee prit sur l'étagère un carton où était inscrit le numéro C1005-218 et l'ouvrit. Il s'en dégagea une odeur de poubelle.

— Comme il s'agit d'une affaire non résolue qui a eu lieu il n'y a pas très longtemps, on n'a pas encore détruit tous les objets. Après un certain temps, ceux qui n'ont pas de lien direct avec les affaires sont jetés.

Sohn sortit un à un les objets emballés individuellement et les examina. Il vida presque le carton, sans trouver de couteau. Il regarda Lee, qui gardait le silence.

— Je vais en parler à l'assistant de l'équipe, dit Lee en tournant le dos.

— Avant d'aller le voir, il faut peut-être d'abord vérifier la liste des visiteurs.

Lee secoua la tête.

— Comme vous savez, les conditions d'admission dans la salle sont limitées mais le nombre de visiteurs n'est pas si faible. Même moi, je viens faire un dépôt au moins une fois après chaque inspection.

— Je vois…

Sohn jeta des regards de tous côtés et indiqua un point au-dessus de sa tête. Il y avait une caméra de surveillance.

— Oui, je comprends. Je suppose qu'ici la durée de la conservation est plus longue.

Le téléphone de Lee sonna.

— Une nouvelle affaire, probablement. Cette sonnerie…

Sohn hocha la tête. C'était inexplicable mais les inspecteurs expérimentés pouvaient avoir ce pressentiment rien qu'en entendant sonner leur téléphone.

— Vous devez y aller.

— Je ne sais pas comment vous aider.

— Je ferai une demande officielle pour consulter les données de la caméra de surveillance.

Lee hocha la tête. Il avait fait tout ce qu'il pouvait à titre privé. Ils sortirent de la salle. Sohn regarda Lee se précipiter vers son bureau.

Pour accéder aux données de la caméra de surveillance, Sohn avait besoin d'obtenir plusieurs autorisations. Il devait les vérifier personnellement, peu importait le nombre d'étapes à franchir et le temps passé à toutes les démarches, pensa-t-il. C'était l'occasion ou jamais. En un sens, tous les membres de l'équipe scientifique, y compris Han, qui pouvaient utiliser la salle de stockage, étaient des suspects potentiels. Il savait que personne, et encore moins l'assistant, le chef de l'équipe et leur supérieur, ne voudrait que cette hypothèse se révèle être la bonne.

Il était facile d'imaginer que cela leur compliquerait la vie. Ils avaient donc tous un motif de vouloir supprimer les images de la caméra de surveillance.

Sohn avait très envie de fumer mais il resta là sans bouger.

Après avoir informé ses supérieurs de la demande de Sohn, l'assistant de l'équipe scientifique l'autorisa à consulter les images. Il ne cachait pas son mécontentement.

— On vous laisse les regarder mais vous n'avez pas le droit de les copier. Et bien sûr, vous devez consulter sur place.

Il avait parlé poliment mais ses paroles signifiaient qu'il aurait préféré qu'il renonce à l'idée du visionnage. Pour vérifier les images de la caméra de surveillance, il était nécessaire de disposer d'un temps égal à celui de l'enregistrement. Il fallait une heure pour une vidéo d'une heure.

Quand on mène une enquête, il arrive très rarement qu'on visionne les images en accéléré. Si on veut saisir le moment crucial d'un crime, il n'est pas question de rater un dixième de seconde. C'est pourquoi plusieurs inspecteurs participent au visionnage en se partageant la tâche.

Vérifier tout seul ces images sans savoir à quel moment le couteau avait été subtilisé était presque mission impossible.

— D'accord.

En tant qu'inspecteur, Sohn ne voulait pas faire machine arrière. Le regard de l'assistant était de plus en plus froid.

Assis dans un coin, Sohn commença tout d'abord par vérifier l'état des images. Il voulait déjà s'assurer qu'il n'y avait pas de parties supprimées, qu'il s'agissait bien des images prises après le dépôt du couteau.

Les images des trois derniers mois avaient été bien conservées.

À partir de janvier 2018, date du meurtre de Lee Jeongwoo, Sohn fit revenir la vidéo en arrière. Il ne se passait rien dans la salle de stockage qu'il voyait, l'image était comme fixe. Il aurait sans doute besoin de plusieurs semaines pour voir l'intégralité de la vidéo.

Il la regarda à une vitesse dix fois plus rapide que l'originale. Il n'avait pas d'autre moyen pour saisir l'instant décisif où quelqu'un avait pris le couteau. Un moment d'inattention ferait disparaître sur-le-champ le complice de Kim Hyeon.

Une heure, une autre heure, encore une heure. Beaucoup de gens étaient entrés et sortis de la salle de stockage. Mais personne ne touchait au carton de l'affaire Lee Jeongwoo.

Certains membres de l'équipe scientifique s'étaient montrés vaguement méfiants en voyant Sohn en pleine séance de visionnage mais, appelés par d'autres urgences, ils l'avaient rapidement oublié.

Plusieurs heures s'écoulèrent encore. À part l'équipe de garde, tout le monde était parti. Ses yeux lui faisaient tellement mal que des larmes en coulaient, mais il ne bougeait pas. Il buvait du café comme si c'était de l'eau.

À trois heures du matin passées, il atteignait ses limites. Il arrêta la vidéo et ferma les yeux un instant.

— Le visionnage n'est pas encore terminé ?

Surpris par la voix, Sohn ouvrit les yeux. Il avait dû s'endormir un moment. Le chef Oh Daeyoung était devant lui. Sohn se leva immédiatement.

— Ça va, assieds-toi. Tu as trouvé quelque chose ?

— Non, pas encore.

— On m'en a parlé. C'est moi qui ai dit de t'autoriser à consulter les images, mais comme c'est l'équipe scientifique qui s'en charge, je ne pouvais pas t'aider ouvertement. Désolé.

Beaucoup d'inspecteurs respectaient Oh. C'était quelqu'un de singulier, qui ne s'intéressait ni à sa promotion ni à la politique, c'était aussi un inspecteur compétent.

— Non, pas de problème.

— Repose-toi un peu. Au lever du jour, je t'enverrai des aides, même si on me fait des reproches.

Oh tendit à Sohn une boisson énergisante.

— Bois ça et va dormir un peu dans ta voiture.

— Non, ça va…

Sohn saisit la boisson, mais suspendit son geste.

Ma voiture ? Mais comment sait-il que je suis venu avec ma voiture ? Il devint brusquement nerveux.

Oh s'en alla. Sohn consulta sa montre. Trois heures quarante. Il hésitait entre rentrer chez lui ou retourner à son bureau. Il déboucha la bouteille que Oh lui avait donnée. Il eut l'impression qu'elle s'était ouverte trop facilement. Impression due à sa nervosité sans doute, se dit-il.

Après un instant d'indécision, il referma la bouteille et la posa sur la table. Puis il but d'un trait son café refroidi.

Il se concentra de nouveau sur la vidéo. Il avait les paupières lourdes de fatigue.

Les yeux distraits, il la regarda longuement, puis soudain aperçut un homme. Celui-ci prit le carton numéro C1005-218 posé sur l'étagère et en vérifia le contenu.

Sohn ne pouvait pas voir son visage mais son corps était bien visible. Cet homme n'était ni en tenue d'enquêteur scientifique ni en uniforme de policier. Il portait un costume.

Sohn nota la date et l'heure. Les chiffres ne cessaient de bouger, il était difficile de les saisir et il lui fallut beaucoup de temps pour les écrire un à un en gros caractères, comme s'il les dessinait.

Il sortit son téléphone pour enregistrer l'image en vidéo. Ses mains tremblaient, il dut utiliser une chaise en guise de trépied. C'était une précaution au cas où l'image originale serait détruite.

Sohn se hâta de sortir du bureau. Il avait la sensation que quelqu'un allait l'attraper par la nuque. Il appela Han. Il savait désormais qu'elle n'était pas complice de Copycat, il devait lui raconter ce qu'il venait de voir. Il avait fixé l'écran de l'ordinateur dans un état de tension pendant plus de douze heures et le sommeil l'envahissait peu à peu.

Il entendit la sonnerie, puis Han décrocha. Sa voix était ensommeillée.

— Inspecteur Sohn, qu'est-ce qu'il se passe ?

— C'est très urgent. Je dois vous parler de ce que je viens de vérifier.

— De quoi s'agit-il ?

— De Kim Hyeon. Je vous expliquerai quand on se verra. J'ai quelque chose à vous demander. Où êtes-vous ?

— Chez moi, à Sangsoo.

— Je vous rappelle dès que j'arrive. Je suis au commissariat central, ça prendra environ vingt minutes.

Dès qu'il sortit du bâtiment, il mit une cigarette entre ses lèvres.

Sans avoir pris le temps de l'allumer, il monta dans sa voiture. Il tourna plusieurs fois la clé de contact mais la voiture ne démarrait pas.

En relevant la tête, il aperçut quelqu'un s'avancer dans le parking droit vers lui. Comme il faisait noir, il avait du mal à le distinguer nettement.

La silhouette s'approcha sans la moindre hésitation, une vingtaine de pas maintenant les séparait. Au moment où l'homme passa sous un réverbère, Sohn remarqua qu'il portait un costume. Il essaya encore de tourner la clé du démarreur, en vain.

La batterie était usée.

Sohn fut pris d'un vertige et se rejeta en arrière. Il était assis au volant de sa voiture et la tête lui tournait.

Ou alors, il avait sommeil. C'était comme si sa conscience était sous une emprise incontrôlable.

Sohn avait du mal à ouvrir les yeux. Appuyé contre le siège, il laissa tomber la cigarette de sa bouche. Il tenta de résister. Il comprit ce qu'il lui arrivait. Ce n'était pas la boisson qu'il n'avait pas bue, mais le café froid.

Parvenant à peine à ouvrir les yeux, il envoya à Han la vidéo qu'il avait enregistrée sur son téléphone. Dès que la notification « Message envoyé » apparut, il effaça son message dans l'historique.

L'homme en costume était devant lui. C'était le chef Oh. Sohn actionna la clé de contact une dernière fois, sans succès. Il ferma complètement les yeux qu'il avait encore tenté d'ouvrir. Il entendit son téléphone tomber.

Oh ouvrit la portière et s'assit derrière. Sohn pensa qu'il se réveillerait quelques heures plus tard. Peu après, de la fumée s'éleva du siège arrière.

18

Han Jisu respirait rapidement.

Elle avait la sensation que son lit, sa chaise et son armoire grandissaient tout à coup pour l'écraser. Elle avait reçu très tard dans la nuit un appel inattendu de l'inspecteur Sohn.

Il lui avait proposé un rendez-vous pour vérifier quelque chose. Sa voix anxieuse trahissait une urgence.

Elle tendit la main et prit un comprimé posé sur sa table de chevet. Elle le mit dans sa bouche puis le croqua. Le médicament, ou son goût amer, eut peu à peu un effet calmant.

Tiling, elle venait de recevoir une vidéo sur son téléphone. Sohn en était l'éxpéditeur.

La vidéo montrait une image de caméra de surveillance. Quelqu'un se déplaçait avec précaution dans un entrepôt sombre.

Le regard toujours fixé sur la vidéo, elle se leva lentement. Elle remarqua qu'elle avait été filmée dans le dépôt des pièces à conviction.

Un homme en costume vérifiait un à un des cartons rangés sur des étagères. Il cherchait quelque chose.

Puis il en prit un, le posa par terre et le fouilla. Il saisit un objet, le cacha contre sa poitrine et remit le carton en place.

Han Jisu avait reconnu l'homme au premier coup d'œil. C'était le chef Oh Daeyoung.

Il avait sorti un objet de la salle de stockage. Han ne comprenait pas pourquoi Sohn lui avait envoyé cette vidéo. Il fallait qu'elle le voie.

Elle vérifia l'heure, cinq heures passées. Il fallait encore attendre avant le lever du jour. Impatiente, elle regardait son réveil digital qui égrenait les chiffres. Puis elle téléphona à Sohn.

Elle avait la main moite. Cette main lui sembla de mauvais augure, elle serra plus fort son téléphone. Sohn ne répondait pas.

Elle entendait la sonnerie mais il ne décrochait pas. Elle était de plus en plus anxieuse.

Elle l'appela encore. Après la sonnerie, le répondeur se déclencha. Elle s'efforçait de trouver un lien entre le chef Oh et l'inspecteur Sohn. Elle n'en trouvait aucun.

Elle s'habilla rapidement et quitta son appartement. Des phares de voiture passaient à vive allure dans la rue déserte. Une telle vitesse n'était possible qu'à cette heure matinale. Cela aussi lui sembla de mauvais augure.

Les yeux fixés sur les lumières qui venaient dans sa direction, Han continuait à appeler Sohn. S'il avait eu un problème de batterie, il aurait eu le temps de le résoudre.

Elle hésitait entre prendre un taxi pour aller le retrouver ou attendre encore. Comme elle ne parvenait pas à le joindre par téléphone, elle craignait qu'ils se croisent.

Elle attendit impatiemment jusqu'à cinq heures et demie et finit par monter dans un taxi. Si Sohn était parti, il serait déjà arrivé dans son quartier. Le cœur de Han battait très fort.

Elle le rappela. Son téléphone était maintenant éteint.

Il y avait de plus en plus de voitures dans les rues. Le taxi devait s'arrêter parfois aux feux mais le trajet jusqu'au commissariat central prenait à peine vingt minutes.

Han ne lâchait pas son téléphone. Elle le consultait sans arrêt, croyant l'entendre sonner.

Dès qu'elle descendit du taxi, elle se précipita vers l'entrée principale du bâtiment. Puis, machinalement, elle tourna à droite vers le parking.

Elle perçut un brouhaha. Elle vit une foule et une ambulance. Instinctivement, elle se mit à courir.

La police avait déjà installé le ruban jaune autour d'une vieille Sonata. Han Jisu entendit le mot « suicide ». Quand elle arriva sur le lieu, l'ambulance repartait.

— Que s'est-il passé ? demanda Han à l'inspecteur Park, de l'équipe d'inspection.

— Vous êtes là tôt, ce matin. Un policier du bureau de Yongsan s'est suicidé. Il a allumé une briquette de charbon dans sa voiture.

Le bureau de Yongsan ? À ces mots, Han se mit à trembler. Tout au long du trajet qui l'avait menée au commissariat central, elle avait été en proie à un pressentiment funeste. Elle avait essayé de s'en débarrasser mais à aucun moment elle n'avait pensé à un suicide. Elle fut prise de vertige et chancela.

— La personne qui s'est suicidée ne serait pas l'inspecteur Sohn Jiyun, par hasard ?

— Comment vous le savez ?

Han finit par s'effondrer. Devant elle, il n'y avait que du noir. Elle avait l'impression de basculer dans une fosse profonde et obscure. Il y avait seulement une heure, Sohn voulait la voir. Entre-temps, il s'était passé quelque chose de totalement inexplicable. Mais quoi ?

— Ça va ? Vous le connaissiez bien ?

Park l'aida à se relever.

— Est-ce qu'il a laissé un mot ?

— On n'a encore rien trouvé. Mais apparemment, il était submergé par un tas de choses, des enquêtes en cours, etc. Comme nous tous.

— Et son téléphone portable ?

— C'est bizarre mais apparemment il n'y en avait pas. C'est curieux qu'il ne l'ait pas eu sur lui.

Sohn avait dit à Han qu'il partait immédiatement, il n'était donc pas possible qu'il soit monté dans sa voiture sans son téléphone. Il voulait voir Han, l'idée qu'un conflit intérieur ait pu soudainement l'assaillir était absurde. Il ne s'était sûrement pas suicidé. Il avait été tué.

La vidéo sur le chef Oh.

Ce qui était sûr pour l'instant, c'est que sa mort avait été causée par cette vidéo. Il était probable que Oh avait emporté son téléphone. Elle avait besoin de savoir ce qu'il avait pris dans la salle de dépôt. Si l'identification par Sohn de l'objet subtilisé avait suffi à motiver son meurtre, quelqu'un d'autre pouvait aussi se trouver en danger mortel.

En fait, Han Jisu était certaine que ce serait bientôt son tour.

Sohn était pressé de s'assurer de quelque chose à propos de Kim Hyeon. Mais la vidéo qu'il lui avait envoyée montrait le chef Oh.

Han comprenait que Copycat était le lien entre ces trois personnes, Kim Hyeon, le chef Oh, l'inspecteur Sohn. Celui-ci voulait sans doute lui parler de Copycat.

La mort de Sohn la troublait.

Elle laissa Park s'occuper du lieu de l'accident et se dirigea vers le bâtiment principal. Elle pensait que pour identifier l'objet pris par le chef Oh, elle devrait elle aussi ouvrir le carton.

Au troisième étage, une ambiance fébrile régnait sur l'équipe d'enquête scientifique suite au suicide de Sohn. Personne n'en parlait mais chacun croyait, semblait-il, qu'il pourrait finir comme lui.

Han ouvrit la porte du dépôt avec son badge. Elle vérifia la position de la caméra et appuya sur le bouton de lecture pour voir la vidéo envoyée par Sohn.

Grâce à la vidéo, il n'était pas difficile de localiser le carton pris par Oh.

C1005-218.

Elle regarda plusieurs fois l'image pour vérifier si le numéro était correct. Oh avait pris le carton sur l'étagère C1005-218. Han lut l'étiquette :

18 octobre 2017, affaire de la lycéenne frappée à mort sur le toit-terrasse du Samil Building, objets récupérés autour du lieu du crime.

Han Jisu eut l'impression de recevoir un coup sur la tête. C'était un carton de preuves concernant l'affaire de la lycéenne dans laquelle Lee Jeongwoo était le principal suspect.

Tout devenait clair. Elle se sentit soudain abattue. La chose que le chef Oh avait subtilisée, la chose dont l'inspecteur Sohn voulait s'assurer, maintenant elle savait. C'était le couteau de Lee Jeongwoo. Sohn avait découvert la pièce manquante qui permettait de résoudre l'affaire, et que Han n'avait pas trouvée.

La mort de Sohn avait rendu visible ce qui était caché. Han Jisu était incapable de penser. Son cœur lui faisait mal, comme si on l'avait piqué avec des aiguilles. Elle ne savait plus quoi faire.

Elle sortit du dépôt et rejoignit son bureau.

Assise devant son ordinateur éteint, elle vit un visage de femme totalement perdue.

Il se déformait peu à peu. C'était un visage dévasté, qui tentait de retenir des émotions prêtes à exploser. Ses lèvres tremblaient, au bord du rire ou des larmes, elle ne savait pas.

Elle chercha dans sa poche mais elle était vide. En sortant précipitamment de chez elle, elle avait oublié son sac. Elle fouilla les tiroirs et trouva un vieux bâton de rouge à lèvres.

Elle se maquilla en regardant son reflet sur l'écran et se composa différents visages. Puis elle s'efforça de maintenir une expression neutre. Sans succès.

Elle alluma l'ordinateur. Elle ne saisissait pas encore l'essentiel mais essayait de le deviner. Il existait en fait deux possibilités.

Soit Oh avait aidé Kim Hyeon, soit Oh était Copycat.

Han Jisu se demanda ce qui était le plus probable. Elle réfléchit aussi sur leur possible complicité. Dans ce cas, Kim Hyeon pourrait revenir sur ses aveux pour retourner de nouveau la situation, en disant qu'il avait perdu la mémoire.

Invalidation des aveux en raison de l'état mental du coupable.

Ce n'était plus son cœur qui faisait lui mal, mais sa tête. L'idée inacceptable qu'elle avait pu être utilisée par un tueur en série l'oppressait.

Et si Oh essayait d'imputer la responsabilité de ses crimes à Kim Hyeon ?

Oh n'avait pas pu prévoir sa perte de mémoire, ce qui avait ajouté plusieurs inconnues à l'équation des crimes. Il n'avait sans doute pas choisi ce qu'il ne pouvait pas prévoir.

Mais s'il avait modifié son plan après avoir appris l'état de Kim Hyeon ?

C'était possible. C'était presque au même moment qu'il lui avait confié l'affaire, à elle. D'ailleurs, c'était lui qui avait déguisé la mort de l'inspecteur Sohn en suicide.

Elle eut des frissons en pensant à cet homme capable de tuer un collègue avec lequel il n'avait jamais eu de conflit, dans l'unique but d'arriver à ses fins. Elle prenait conscience qu'elle n'avait jamais fait attention à ses façons d'agir. Comment avait-elle pu être négligente à ce point ?

Si Oh avait le téléphone de Sohn, sa prochaine cible devait figurer dans la liste des appels.

Il fallait qu'elle voie Kim Hyeon.

La lumière s'alluma. Oh traversa la pièce et jeta sur son bureau le téléphone éteint de Sohn.

— Arrête, Han Jisu.

Oh parlait tout seul en regardant le téléphone.

— Han Jisu…

Même si les membres de l'équipe scientifique ne le montraient pas, ils se sentaient mal à l'aise avec elle. Elle ne savait pas s'arrêter, elle ne savait pas quand il fallait laisser filer ou ne pas lâcher. Personne n'aimait sa façon d'être.

C'était à cause d'elle que Oh avait dû éteindre tout de suite le téléphone de Sohn avant même de le consulter.

Son plan n'avait pas fonctionné comme prévu. Il aurait dû laisser sur place le téléphone après avoir supprimé ses données et son dernier message, ces choses qu'on trouve généralement sur le lieu de l'accident.

À cause d'elle, Oh avait commis une erreur.

Si elle ne s'était pas mêlée de cette affaire, on aurait conclu sans difficulté à un suicide.

Oh sentit monter la fièvre.

Il s'approcha de sa bibliothèque. Sur la plus haute étagère, il y avait différents trophées et des souvenirs d'une formation au FBI. Oh se pencha vers l'aquarium. Son poisson y nageait tranquillement en agitant ses nageoires plus grandes que son corps. Les petits points sur sa peau blanche étaient beaux comme des traces de sang.

Il tournait dans le bocal de façon lente et régulière. Oh prit les flocons rangés derrière ses trophées et en donna un peu au poisson.

Il nageait toujours doucement. Affranchi de tout rival, il devait jouir de la vie paisible menée dans son bocal.

À côté de l'aquarium, il y avait un petit cactus, qu'on trouve communément dans le désert du Mexique.

Oh palpa la terre et vérifia avec attention que la couleur de la plante n'avait pas changé. Un excès d'humidité pouvait entraîner sa décomposition. Comme un cadavre.

À côté du cactus était posée une figurine aux sourcils droits, qui ressemblait à un ours. En la regardant, Oh pensait toujours à quelqu'un. C'était un bon choix.

Il étendit le bras pour sortir un coupe-papier muni d'un manche en thuya, dont il essuya la lame pour la faire briller. C'était un produit de qualité, fabriqué à Laguiole, en France.

Il sortit de sa poche un collier avec une petite croix. Il ouvrit et referma le poing à plusieurs reprises. Dès sa première rencontre avec Sohn, il avait remarqué ce collier, peut-être à cause de sa tête rasée. Il réfléchit puis détacha la croix du collier. Il la garda un moment dans sa main. Après une hésitation, il la déposa dans le pot de cactus.

Il y avait encore beaucoup de place dans la bibliothèque. Oh se sentait mieux.

Après en avoir retiré la carte SIM, il alluma le téléphone de Sohn.

S'il l'avait allumé avec la carte, la localisation du téléphone aurait été possible. La mise en marche de l'appareil, qui aurait dû être retrouvé sur le lieu du suicide, aurait transformé l'affaire en meurtre.

Le logo du fabricant du téléphone et celui de son opérateur téléphonique apparurent sur l'écran. Heureusement, Sohn n'avait pas activé le verrouillage.

Oh regarda d'abord la liste des appels. Il y en avait vingt-sept de Han. Oh examina aussi les détails. Sohn et Han avaient eu une communication téléphonique d'une durée de vingt et une secondes, à quatre heures quarante.

Oh continua à chercher le nom de Han.

Il parcourut toute la liste sans le trouver. Sohn avait contacté beaucoup de gens en relativement peu de temps. Il était digne d'être inspecteur à la Criminelle.

Oh vérifia également les photos et les vidéos. Dans la liste des vidéos récentes, il y en avait une courte.

Lorsqu'il appuya sur le bouton de lecture, il put voir, comme il l'avait prévu, l'image de la caméra de surveillance sur laquelle il prenait le couteau. Il examina la liste des messages envoyés pour savoir si la vidéo avait été transmise à quelqu'un. Dans le cas où le message avait été envoyé sur un réseau social, Oh ne pouvait pas le vérifier sans la carte SIM.

Il afficha encore le détail des appels. Sohn avait parlé avec Han Jisu pendant vingt et une secondes, cette durée était trop courte pour lui expliquer la vidéo.

Qu'avait-il dit à Han Jisu ?

En moins d'une heure, elle l'avait appelé vingt-sept fois. Oh réfléchit encore, puis conclut qu'elle avait vu la vidéo.

Les sourcils froncés, il poussa un soupir. Han Jisu, Han Jisu…

Dès le début, il n'avait pas hésité à la faire intervenir dans son projet. À la différence de son instabilité, sa capacité de concentration, qu'il avait souvent admirée, convenait à ce travail. Aucun membre de la police de Séoul n'aurait pu obtenir un tel résultat.

Oh savait aussi qu'elle n'était pas à l'aise dans les relations humaines. Il avait coupé ses liens sociaux pour l'isoler tout comme il aurait monté une maquette. De cette façon, il était sûr de pouvoir la manipuler.

Il avait utilisé l'enquête du SIP comme des ciseaux pour couper les liens. Elle avait des points faibles, son exclusion n'avait pas été difficile. Si tout s'était bien déroulé, Oh l'aurait fait venir au Bureau national. Malheureusement, tout était gâché.

Han n'aurait sans doute pas diffusé la vidéo aux quelques personnes qu'elle connaissait sans avoir compris la situation, se dit-il. Il avait encore du temps. Il pourrait reprendre Han en main avant que la vidéo ne se répande.

Il utiliserait Kim Hyeon comme appât pour attraper Han Jisu.

Oh éteignit la lumière. La lueur du matin entrait par la fenêtre, éclairant la bibliothèque.

19

Kim Hyeon fut réveillé par un bruit inattendu.

Des pas, puis la porte qui s'ouvre.

En retrouvant la vue, il devenait de moins en moins sensible aux sons. Il ne comptait plus les pas.

Le bruit ne s'approcha pas du lit mais de la table. Il ne lui rappelait rien.

Les yeux entrouverts, il distingua un homme en costume.

Kim Hyeon tendit par réflexe sa main vers le dessous du lit.

Il y avait caché une seringue. Elle y était toujours. Depuis qu'il avait compris qui était Copycat, il n'avait plus eu besoin de vérifier si elle était bien là.

Les yeux fermés, il se concentra sur les sons. Il entendit de légers bruissements.

Il entrouvrit à nouveau les yeux et vit l'homme qui était entré seul dans la chambre.

Il faisait du bruit en fouillant ses poches. Il sortit deux petites bouteilles de sa poche gauche et une seringue de celle de droite. Il les posa sur la table, avec un objet qu'il ne put identifier. *Toc*, la bouteille en verre toucha la surface lisse de la table. Il ne prêtait aucune attention au bruit qu'il faisait, comme s'il voulait réveiller Kim Hyeon. Si c'était bien son intention, Kim Hyeon devait réagir.

Kim se redressa lentement comme s'il venait de se réveiller. L'homme lui adressa la parole sans le regarder.

— Tu es réveillé. C'est bien. Mets-toi à l'aise.

C'était la voix du chef Oh Daeyoung. C'était un homme robuste, dans les quarante-cinq ans.

Kim Hyeon restait silencieux, Oh se retourna pour lui faire face et lui sourit. Son sourire était étrangement déséquilibré.

— Inspecteur Lee ou Kim Hyeon ? Qu'est-ce que tu préfères ?

Oh avait parlé de son ton habituel. Tout était sorti au grand jour, la situation avait complètement changé, mais il continuait à lui parler comme avant. C'était mieux comme ça, pensa Kim Hyeon.

— Tu te sens bien ?

— …

Oh prit la chaise à côté de la table et s'assit confortablement. Sans un mot, il regarda Kim Hyeon dans les yeux. Comme ce dernier ne disait toujours rien, le silence dura.

Oh inclina la tête et prit quelque chose sur la table.

— Je vais bien.

Oh n'avait pas pris garde, semblait-il, à sa réponse tardive.

Il ouvrit une petite enveloppe qui contenait des comprimés. Concentré sur son geste, il n'observait plus Kim Hyeon.

Ce dernier maintenait son regard dans le vague comme s'il ne voyait pas.

Trois ou quatre comprimés tombèrent sur la table. Oh les ramassa rapidement.

— Tant mieux. Je m'inquiétais.

Tout en lui parlant, Oh avait sorti son téléphone.

L'air de rien, Kim Hyeon remarqua qu'il réglait l'angle pour le prendre en photo.

Le portable en main, Oh toussa. Sa toux recouvrit la prise de son.

— En ce moment, le problème des particules fines est sérieux. J'ai toujours la gorge sèche.

Il toucha l'écran du téléphone. Était-il en train d'envoyer un message ?

— Et l'inspectrice Han ? Elle ne va pas venir ?

Oh avait peut-être déjà envoyé le message. Il posa le téléphone sur la table et regarda de nouveau Kim Hyeon.

— Elle arrivera bientôt. Moi aussi, je l'attends, ne t'inquiète pas.

Ne t'inquiète pas…

Il semblait dire « ce sera la dernière occasion que tu auras de la voir ». Kim Hyeon tourna légèrement la tête.

La main de Oh pressa doucement le portable posé sur la table. Kim Hyeon entendit le bruit que faisaient les comprimés qu'il écrasait.

— C'est pour aujourd'hui ?

Oh sortit une carte bancaire de son portefeuille avec laquelle il racla délicatement la poudre blanche.

— Oui. Aujourd'hui, on t'emmène dans nos locaux. Dès que ton dossier sera prêt. Ce soir même, il sera transféré au parquet.

Oh pressa encore une fois le téléphone sur la table. Le bruit de l'écrasement était plus fort que le précédent. Oh observait Kim Hyeon. Il attendait une réaction.

Les yeux dans le vide, Kim Hyeon avait la tête délibérément tournée vers la fenêtre.

— … D'accord.

— On doit ajouter encore quelques pages à ton dossier. Mais j'ai demandé qu'on termine rapidement pour ne pas te fatiguer.

Oh racla une nouvelle fois la poudre avec sa carte bancaire et la laissa en petit tas.

— Merci.

Oh releva la tête et fixa son regard sur Kim Hyeon. Il sourit de ses dents blanches et bien alignées.

— Ça m'inquiète. Chez nous ça va, mais les gens du parquet sont différents.

Oh broya la poudre plusieurs fois de suite.

— Ne vous inquiétez pas.

— D'accord. Ça va aller ?

Kim Hyeon trouvait ses paroles bien étranges. De quoi ne devrait-on pas s'inquiéter ?

Oh examinait autour de lui. Il cherchait quelque chose.

— Repose-toi jusqu'à l'arrivée de Han. Même si on essaie de finir vite, cela risque d'être épuisant pour toi.

Oh se leva et se dirigea vers l'armoire. Accroupi, il ouvrit la porte du réfrigérateur puis la referma. Kim Hyeon déplaça son regard vide vers lui, comme s'il réagissait au bruit.

— Je cherche de l'eau…

— Il y en a.

Kim tendit le bras à la recherche d'une bouteille d'eau.

— Je vais la trouver.

Oh versa de l'eau dans un verre. Il alla s'assoir à côté de la table sans en boire.

— Autrefois, notre relation était plutôt bonne. Ah, c'est vrai, tu ne te souviens pas.

— …

Oh but une gorgée d'eau et regarda ce qui restait dans le verre.

— C'est moi qui t'avais recommandé en tant qu'expert à la Criminelle.

Il poussa la poudre vers le bout de la table et la versa dans le verre.

— Ton travail nous a permis de réviser plusieurs affaires où les suspects avaient été libérés. À la lecture de tes analyses on était tous furieux contre les suspects… Je t'en suis reconnaissant.

Oh agita le verre pour faire fondre la poudre.

Il assembla la seringue et l'aiguille, puis tira sur le piston afin d'aspirer l'eau du verre. Ses gestes étaient naturels, dénués de toute précipitation. Il semblait observer un ordre préétabli.

— Je suis désolé.

— Non. C'était ton choix. Je connais bien les affaires sur lesquelles nous avons travaillé ensemble, je suis à même de te comprendre.

Oh inséra habilement l'aiguille dans le bouchon de l'une des deux bouteilles. Puis il poussa le piston.

— Je m'inquiète vraiment. Tu dois tenir bon.

Répétant les mêmes gestes que pour la première bouteille, il injecta le mélange dans la seconde.

— Il fait beau aujourd'hui.

Kim Hyeon ne réagit pas. Il ne tourna pas la tête pour regarder par la fenêtre. Son regard fixait toujours un point dans le vide. Le ciel par la fenêtre se trouvait dans son angle de vue. Il était grisâtre, peut-être à cause de la pollution due aux particules fines.

Oh rangea la table puis s'approcha du lit avec son mélange.

— Tiens, on m'a dit que c'était bon pour la santé. Ça va être une rude journée, aujourd'hui.

Il mit la bouteille dans la main de Kim Hyeon. Il le regardait toujours en souriant. Kim Hyeon ne pouvait pas refuser.

— Merci.

Il ne voyait pas d'autre solution. Il ouvrit le bouchon d'un geste déterminé. Cela fit un bruit léger. Il en prit une gorgée en penchant la tête en arrière. Oh avait les yeux fixés sur lui. Il était obligé d'avaler ce qu'il avait dans la bouche. Ce qu'il fit, sans aucune sensation d'irritation à la gorge.

— C'est bon.

Oh eut un grand sourire. Les rides autour de ses yeux étaient bien visibles.

Kim Hyeon comprit qu'il avait mis un anesthésiant dans la bouteille.

— Tant mieux.

Kim Hyeon réfléchit à ce qu'il devait faire, mais tant que Oh ne le quittait pas des yeux, il n'avait pas le choix. Oh regardait fixement sa main hésitante.

Kim Hyeon mit d'un coup dans sa bouche le reste du liquide.

Ses paupières s'alourdirent aussitôt. Il sentait l'effet de la boisson se répandre rapidement dans son corps.

Les yeux fermés, inconscient, il s'affaissa dans le lit.

Sa tête tomba sur une extrémité de l'oreiller.

— Tu te sens faible, pas vrai ?

Oh tourna le dos et se dirigea vers la porte.

Vrrr…, le téléphone de Han Jisu vibra. Oh lui avait envoyé une photo.

Elle montrait Kim Hyeon assis dans son lit, le visage inexpressif. Un autre message de Oh arriva aussitôt : « 40 minutes. » Rien d'autre.

Les yeux perdus dans le vide, Kim Hyeon faisait face à l'objectif. Sa situation semblait d'autant plus inquiétante qu'il avait l'air de ne pas savoir ce qu'il se passait. Kim Hyeon et quarante minutes.

De toute évidence il s'agissait d'une menace. Tu as quarante minutes pour arriver, sinon je ne réponds plus de rien. Le message était clair. Ce qui devenait encore plus clair, c'est que Oh était Copycat.

Han Jisu se sentit molle, comme si elle se vidait de son sang.

Elle avait toujours cru que Oh était de son côté. Qu'il voyait les choses comme elle. Mais si elle y réfléchissait à présent, peut-être n'avait-il jamais été avec elle. Il était sorti du jeu, avait inventé ses propres règles comme s'il était le maître absolu et il l'avait manipulée comme il avait manipulé Kim Hyeon. Du début à la fin, il avait tout planifié.

Elle se demandait à quel moment tout cela avait commencé. Si elle avait pu, elle serait revenue au point du départ.

Elle secoua la tête. Elle n'était pas sûre qu'elle pourrait agir autrement, même si elle avait pu revenir au début.

Certes, c'était elle qui chaque fois avait décidé, mais ses choix avaient toujours été limités par le cadre qu'il lui avait imposé.

Était-il encore possible de changer quelque chose en faisant un autre choix ? Était-elle capable de sauver Kim Hyeon, elle qui n'avait rien fait pour empêcher la mort de Sohn ?

Elle éteignit l'ordinateur. Elle avait pris sa décision.

Une fois montée dans le taxi, elle chercha à qui elle pourrait demander de l'aide.

Elle ne voyait personne. S'opposer au chef Oh en la croyant sur parole signifiait renoncer à toute promotion et à son avenir en tant qu'inspecteur. Elle secoua la tête.

Elle serrait dans sa main un petit magnétophone comme s'il s'agissait d'un talisman. Cela la fit sourire. Avant de quitter son bureau, elle avait cherché quelque chose qui pourrait lui servir d'arme. Inspectrice de l'équipe scientifique, elle ne possédait ni révolver ni menottes. Elle n'avait trouvé que le magnétophone. C'était une sorte de pièce de musée qui datait d'avant l'apparition du smartphone.

Elle descendit du taxi et leva les yeux sur le bâtiment de l'hôpital. Elle eut le tournis et chancela.

Elle éprouvait une sensation d'écrasement qu'elle n'avait jamais connue. Un monstre se trouvait dans ce bâtiment. Et la personne qu'elle devait sauver était avec lui, ignorant du danger.

Elle entra lentement dans ce labyrinthe dont peut-être elle ne trouverait pas l'issue.

Le couloir était silencieux et le gardien Choi n'était pas devant la chambre de Kim Hyeon. Oh avait dû prendre sans difficulté le contrôle de la situation.

Après une profonde respiration, elle ouvrit la porte de la chambre.

Oh était assis à côté de la table.

Il consulta sa montre et lui fit un signe de la main pour l'inviter à s'asseoir en face de lui. Le geste était celui d'un metteur en scène.

Han Jisu tourna intentionnellement la tête vers le lit.

Allongé, Kim Hyeon était immobile. Oh lui aussi le regarda.

— Pose ton téléphone sur la table. Après l'avoir déverrouillé, bien sûr.

Elle s'exécuta.

— Il n'est pas verrouillé. Il va bien ?

Oh hocha légèrement la tête. Il avait tout, expressions de visage, gestes, d'un acteur en scène, pensa-t-elle.

— Oui, jusqu'à présent. Mais il est possible qu'il ne se réveille pas, tout dépend de toi.

Oh prit le téléphone de Han, puis lui demanda d'une voix neutre :

— Tu l'as vue, la vidéo ?

Han répondit sans hésiter.

— Vous avez pris le couteau que Lee Jeongwoo avait utilisé pour menacer la lycéenne. Et vous vous en êtes servi pour le tuer.

Oh hocha la tête en guise de confirmation. Il vérifia le téléphone. L'enregistrement n'était pas activé. Oh supprima aussitôt la vidéo envoyée par Sohn.

— C'est inutile de la supprimer. Je l'ai déjà diffusée partout où j'ai pu.

Elle avait joué sa dernière carte.

— Si c'est le cas, tant pis. Je dois vous supprimer tous les deux, dit-il avec une parfaite aisance. Félicitations, Han Jisu. Tu seras célèbre. On se souviendra de toi comme une autre copycat qui a condamné Copycat.

— Tous ceux qui auront vu la vidéo comprendront que Copycat, c'est vous.

— Ne t'inquiète pas, l'équipe d'enquête scientifique trouvera tes empreintes digitales et des preuves irréfutables dans cette chambre. Et puis on sait qu'il t'est arrivé de pousser au suicide des suspects que tu interrogeais.

Oh éteignit le téléphone.

— Je me demande qui pourrait s'intéresser à la vidéo envoyée par une inspectrice qui a assassiné Copycat avant de se suicider. Elle sera rapidement supprimée.

— Quelqu'un s'y intéressera.

— Écoute bien, je suis le chef Oh, de la police de Séoul. La vidéo ne montre pas le couteau que j'ai pris, il n'y a rien là de décisif. Pour les besoins d'une enquête, j'ai ouvert un carton concernant une affaire dont je m'étais chargé dans le passé, voilà tout.

— Le suicide de l'inspecteur Sohn et ce qu'il a vu dans les images de la caméra de surveillance sont la preuve que vous êtes Copycat.

— Ça ne marche pas comme ça.

Oh secoua la tête, marmonnant avec nervosité. Comme un metteur en scène perdant patience devant une actrice qui n'arrivait pas à jouer son rôle correctement.

— Qui a discuté avec Sohn au téléphone avant sa mort ? C'est toi, pas moi. Vous avez échangé pendant vingt et une secondes, ensuite quelqu'un lui a téléphoné vingt-sept fois. Qui ? Encore toi. On appelle ça violence psychologique, tu l'as peut-être poussé à se suicider. Une habitude chez toi. Ton passé sera utile.

Han l'écoutait en silence. Elle pouvait bien le laisser bavarder indéfiniment s'il le souhaitait. Elle devait le faire parler le plus longtemps possible pour l'empêcher de voir ce qui se passait derrière lui.

Au début, elle avait cru avoir mal vu. La couverture de Kim Hyeon avait légèrement bougé, elle avait pensé que c'était dû à une agitation de son corps anesthésié. Mais sa main s'était déplacée lentement, avec une intention, semblait-il. Elle supposa que Kim Hyeon était conscient.

Oh remarqua les regards dispersés de Han.

— Inspectrice Han ?

Elle se sentit suffoquer. Les yeux de Oh étaient fixés sur elle.

— Dans la première affaire…

Pour attirer son attention, elle commença à parler. Oh tourna doucement la tête vers le lit et regarda un moment. Il voulait sans doute vérifier que Kim Hyeon ne s'était pas réveillé.

Anxieuse, elle observait elle aussi la couverture immobile. Si Oh soulevait la couverture, il verrait ce que cachait la main gauche de Kim Hyeon. Oh se pencha légèrement, Han Jisu, impatiente, lui adressa de nouveau la parole.

— Comment avez-vous tué le mari, pour la mariée dans la baignoire ? Kim Hyeon et moi, on ne comprend pas…

Les yeux toujours fixés sur le lit, Oh leva le bras et ouvrit sa main pour empêcher Han de parler.

Le silence était total, on n'entendait aucun bruit de respiration. Non, par pitié, se disait Han en son for intérieur.

Lorsqu'elle toucha la table pour faire du bruit, Oh se retourna vers elle. Il avait le visage souriant de quelqu'un qui contrôlait parfaitement la situation.

— J'ai eu le code de la porte lors de ma première inspection sur place. Un homme qui vit tout seul ne change pas souvent le code. Mais tu veux rester debout ?

Oh fit un signe de tête, elle prit une chaise et s'assit.

— Dans sa déclaration, Han Kibum a dit qu'il aimait prendre son bain après le travail. J'ai donc choisi un jour de pluie. On aime se laver quand le temps est humide.

Oh croisa les jambes en s'appuyant avec nonchalance contre le dossier de la chaise. Il bougeait les pieds en rythme comme s'il écoutait de la musique.

À partir de maintenant, elle ne devait plus vérifier le lit. Si son regard se dirigeait encore une fois dans cette direction, Oh finirait par soulever la couverture. Il allait surveiller le moindre mouvement de Han Jisu. Il fallait le faire parler. Une faille ne pourrait se produire que s'il parlait tout le temps.

— Cette sensation, quand j'ai tiré Han Kibum par les chevilles dans sa baignoire, c'était excitant. *Flap, flap*. J'ai compris pourquoi certains s'adonnent à la pêche.

Les yeux fixés sur elle, Oh leva les bras en l'air et fit le geste qu'il venait de décrire. C'était effrayant.

— Et Lee Jeongwoo, votre deuxième victime ? Vous l'avez tué comment ?

Oh inclina la tête, puis la tourna vers la fenêtre comme s'il mettait de l'ordre dans ses pensées. À cet instant, Han détecta un mouvement sous la couverture. C'était le signe que Kim Hyeon était réveillé. Elle entrevit un faible espoir de contrecarrer le plan de Oh.

— Concernant le couteau, tu sais maintenant comment je l'ai eu. Et puis, c'était un peu compliqué. J'ai dû le poignarder sans toucher les points vitaux. Cet homme qui avait frappé à mort et abandonné la lycéenne, je l'ai puni de la même façon qu'il avait tué sa victime. J'ai jeté le couteau par terre pour chercher mon butin et c'est là que la pointe s'est cassée. Le reste, Kim Hyeon l'a parfaitement analysé.

— Un butin ?

— Oui, une sorte de trophée, si tu veux. Chaque fois que je regarde mes trophées pris sur les scènes de crime, je ressens une délicieuse excitation.

— Qu'est-ce que vous avez pris ?

Oh consulta rapidement l'horloge au mur. Il le savait aussi. S'il parlait longtemps, une fissure pouvait se produire. Mais il avait envie de se vanter.

— D'abord, un poisson d'aquarium, *flap, flap*. Ensuite, une figurine qui ressemblait à la victime. Puis, un coupe-papier classique. Enfin, un cactus.

Les phrases étaient brèves. Il ne prononçait que les mots nécessaires.

— Ah, j'ai pris aussi le collier de Sohn, avec la croix. Sa tête rasée comme un moine bouddhiste et la croix. Une dissonance dans l'harmonie.

En terminant sa phrase, il regarda Han avec douceur. Comme s'il cherchait un trophée sur elle. Elle trembla brusquement.

— Et Kim Younghak, votre troisième victime ? Vous l'avez tué comment ?

Oh décroisa les jambes puis regarda de nouveau l'horloge. Il pouvait se lever à tout instant.

— J'ai eu envie de le tuer dès le procès-verbal. Il m'avait mis en colère. J'espérais même qu'on ne retrouverait pas le corps de sa femme. Pour qu'il soit libéré. Je l'ai tué avec beaucoup d'application. Découper son corps avec un couteau mal aiguisé, ç'a été très dur, je suis sensible aux mauvaises odeurs et je n'aime pas la viande crue. À ce sujet, j'ai été presque étonné que tu aies tout compris. Disparition et découverte étaient les mots-clés, mais les autres n'arrivaient pas à trouver. Toi, tu as fait du bon travail. J'avais peur que personne ne découvre le doigt de Kim Younghak. Ce n'était pas à moi de le faire.

La couverture se mit à bouger faiblement. Han était sûre que Kim Hyeon était réveillé.

— Et dans le cas de Oh Jeongtae, votre quatrième victime ? Comment Kim Hyeon a-t-il été impliqué dans l'affaire ?

— Tuer Oh Jeongtae n'était pas le problème. Toute la question, c'était comment. Pour donner un sens au meurtre de Copycat, il fallait reproduire le même meurtre que lui. En partant de l'analyse de Kim Hyeon, j'ai sélectionné certaines victimes de Oh Jeongtae susceptibles de m'aider. Ce n'était pas difficile. Comment ces gens auraient-ils pu se sentir coupables pour avoir pris un verre avec lui, ou juste pour avoir signalé un incendie. Il n'y avait aucun problème du point de vue juridique et, au pire, ils pouvaient dire qu'ils ne savaient pas qu'on allait le tuer.

— Et Kim Hyeon ?

Oh croisa les bras. Il hésitait. Après un temps, il reprit la parole.

— J'ai fait des erreurs dans ce quatrième meurtre. J'en ai fait deux. À force de commettre des crimes parfaits, je m'étais sans doute relâché un peu. J'ai mis le feu en utilisant le papier toilette de la même manière que lui, mais Oh Jeongtae s'est réveillé avant d'être totalement la proie des flammes. En l'attrapant, je me suis brûlé la paume de la main.

— Et Kim Hyeon ? Je ne vois pas quel lien il avait avec cette affaire.

Oh regarda de nouveau l'horloge.

— L'autre erreur, c'était précisément le professeur Kim Hyeon. Il est le seul à avoir compris ma méthode. Il a remarqué que les suspects dans les affaires classées non résolues sur lesquelles il avait travaillé avaient été assassinés. Il m'a même demandé de protéger Oh Jeongtae. Je n'ai évidemment pas tenu compte de sa demande. Pourquoi ? Parce que c'est moi qui devais le tuer. Mais comme par hasard, le même jour où j'ai tué Oh Jeongtae, il était allé le voir.

— Comment a-t-il perdu la mémoire ?

— Un accident. Il a eu une crise cardiaque. Je ne pensais pas qu'il pouvait survivre, sinon je ne l'aurais pas laissé comme ça. S'il était mort, il serait devenu Copycat, c'est dommage. Tout était cohérent dans la mesure où tous les suspects assassinés étaient ceux des affaires qu'il avait analysées. Mais il a survécu. Je me suis demandé comment j'allais le tuer. Puis, à l'hôpital, j'ai appris qu'il avait perdu la vue et la mémoire. Je me suis dit que le ciel m'aidait. J'ai fait un long détour, mais j'ai fini par le transformer en Copycat.

— Et moi ?

— Toi… Objectivement, ton profil était bon. Une dépression, une crise de panique… En plus, certains suspects s'étaient suicidés après des interrogatoires que tu avais menés. Tu es perfectionniste et compétente, mais marginale au sein de l'équipe. Tu ne peux donc partager tes informations avec personne. J'ai été très impressionné par l'histoire de la fille de Kim Hyeon. C'était une belle trouvaille. Ce n'était pas prévu dans mon plan. En tout cas, grâce à toi, il a avoué les crimes et a accepté la sanction.

Oh leva les pouces d'un air satisfait. Han Jisu en éprouva de l'écœurement.

Elle jugeait sa vie médiocre. Elle avait toujours détesté être obligée de mentir pour révéler les mensonges des suspects. Elle mentait plus qu'eux. Elle ne s'aimait pas, ni en tant qu'inspectrice ni en tant qu'être humain.

Après avoir laissé s'échapper le vrai coupable dans l'affaire de la mariée dans la baignoire, elle s'était enfermée délibérément dans sa crise de panique. C'était un choix. Elle s'était sentie complètement vide.

Oh avait remarqué son état. Il l'avait manipulée.

Elle regretta. Elle en était arrivée là parce qu'elle n'avait pas analysé son propre comportement, elle ne s'était pas remise en question.

— Bon, tu t'es bien amusée ? Dès que l'affaire sera conclue, je serai muté à la Police nationale. Séoul est trop petit pour moi.

— Mais pourquoi ? Pourquoi vous avez fait tout ça ?

C'était un cri de colère. Oh qui allait se lever s'arrêta. Elle ignorait ce qu'il avait lu sur son visage. Il tendit la main vers elle et caressa doucement sa nuque.

Sa main semblait prête à lui serrer le cou, mais il lui tapota seulement l'épaule. Comme s'il voulait lui dire « ne t'inquiète pas ». Comme si tout était déjà prêt. Il dit avec calme, à la façon dont il aurait prononcé un éloge funèbre :

— L'espèce humaine continue à reproduire le meurtre originel. Cette continuité est toujours dans nos ADN. Mais moi j'ai évolué différemment.

Oh se leva, puis indiqua du regard la bouteille posée sur la table.

— Bois ça.

— Kim Hyeon ne sait rien. Il n'y a aucune raison de le tuer.

— Quelqu'un pourrait s'intéresser à la vidéo. Il est préférable de supprimer le danger avant.

Oh ouvrit la bouteille et la tendit à Han Jisu.

Elle tourna la tête vers le lit. Son regard se fixa dans cette direction mais Oh n'y prêtait plus attention.

Han Jisu vit la main de Kim Hyeon sortir de la couverture. Elle tenait une seringue.

— La vidéo n'a été envoyée à personne.

— Je le savais. Mais ça ne change rien.

— Je vous supplie d'épargner sa vie.

— Et si on faisait un jeu, je viens d'avoir une idée. Tu veux ?

Oh avait l'air excité comme un enfant à qui on vient d'offrir un nouveau jouet.

— Tu bois d'abord ça, et puis je te dirai le jeu auquel je pense.

Han Jisu savait qu'elle n'avait pas le choix. Quelle que soit l'arme qu'elle cachait sur elle, Oh ne s'en soucierait pas. De toute façon, il avait le pouvoir de l'anéantir.

Elle but la boisson d'un trait. C'était sucré.

Elle comptait désormais sur Kim Hyeon. Le magnétophone dans sa poche, c'était tout ce qu'elle pouvait lui donner. Elle n'avait pas d'autre choix que de lui faire confiance.

— Demain matin, l'un de vous deux sera retrouvé mort. L'un dans cette chambre d'hôpital, l'autre chez lui. Ça dépend de qui mourra. C'est un peu embêtant pour moi, mais aucun de vous n'a de voiture. Si on vous retrouve ensemble ici, ça fera trop artificiel. Ne t'inquiète pas, j'élaborerai encore un scénario.

Han Jisu perdait peu à peu conscience. Elle entendait sa voix de loin.

— Celui qui se réveillera aura survécu. En tout cas, l'un de vous deviendra un tueur en série. Soit Kim Hyeon en tant que Copycat qui a récidivé, cinq meurtres au total. Soit toi, qui as autrefois poussé à se suicider des suspects, en tant que nouvelle copycat qui a tué Copycat. Qu'en penses-tu ?

Comment faire passer le magnétophone à Kim Hyeon en échappant au regard de cet homme ? pensa-t-elle dans sa conscience brouillée. Elle espérait que l'appareil, qui contenait la seule preuve que Oh était Copycat, fonctionnait toujours.

— C'est dommage que je sois le seul à m'amuser. Qui vais-je tuer ?

Han Jisu laissa retomber ses mains.

— Ah, il est aussi possible qu'aucun de vous deux ne se réveille.

Kim Hyeon comptait fébrilement pour s'empêcher de dormir. Une sorte de magie protectrice. L'oreiller sous lequel il avait recraché la boisson que Oh lui avait donnée était humide.

Heureusement, Kim Hyeon avait tenu bon après en avoir avalé une gorgée, peut-être parce qu'il s'était habitué aux calmants forts.

Il serrait dans sa main la seringue qu'il avait cachée sous le matelas. Il l'avait montrée tout à l'heure à Han.

Il repoussa légèrement la couverture et ouvrit les yeux. Han était affalée sur la chaise. Oh se leva. Kim Hyeon referma les yeux. Il lui restait une chance. Il compta en silence en attendant le moment opportun. Un, deux, trois… Le bruit de pas s'arrêta à trois.

— Allez, va dormir chez toi.

Kim Hyeon entendit le quatrième pas, puis la porte s'ouvrir. Il comprit que Oh avait décidé de le tuer. Ou bien de les tuer tous les deux.

Il rouvrit les yeux en entendant les pas de Oh s'éloigner de la chambre.

Il devait être allé chercher un fauteuil roulant pour ramener Han chez elle.

Han bougea légèrement et sortit quelque chose de sa poche. C'était un petit magnétophone. Elle le lança vers Kim Hyeon de toutes ses faibles forces. Mais au lieu de tomber sur le lit il atterrit près la porte. Han s'écroula, inerte, sur sa chaise.

Kim Hyeon se redressa subitement. Il avait du mal à se tenir debout. Le fauteuil roulant était au poste des infirmières. Il fallait soixante pas aux infirmières, qui marchaient d'un pas rapide. Cent vingt pas pour un aller-retour. Mais Oh irait peut-être plus vite. Kim Hyeon compta. Un, deux, trois, quatre.

L'effet du médicament l'empêchait de se déplacer normalement. Les chiffres défilaient alors qu'il ne faisait qu'un pas. Il fallait cinq pas jusqu'au magnétophone. La distance lui paraissait énorme, infinie.

Au deuxième pas, il chancela et s'agrippa à la barrière du lit pour garder son équilibre. Les chiffres continuaient de défiler. Trente et un, trente-deux, trente-trois…

S'il chancelait encore une fois, c'est Oh qui ramasserait le magnétophone.

Concentré sur ses pieds, Kim Hyeon avançait. Au moment où il saisit le magnétophone, il en était à soixante. Il entendit les pas de Oh, de loin. Il se rendit compte alors qu'il avait laissé la seringue sur le lit. Sa dernière chance allait peut-être lui échapper.

Il devait marcher avec précaution, un pas après l'autre. Il entendit le bruit des pas retentir dans le couloir. Quatre-vingt-dix passés. Quatre-vingt-quinze, quatre-vingt-seize, quatre-vingt-dix-sept…

Lorsqu'il se remit au lit, la seringue à nouveau dans sa main, il en était à plus de cent. Il entendit les pas se rapprocher. Oh pouvait ouvrir la porte à tout moment.

Quand Kim Hyeon, allongé dans le lit, tira sur lui la couverture, la porte s'ouvrit. Sa position avait changé, il ne bougea plus, ne respira plus.

Un, deux, trois, quatre. À quatre, Oh s'arrêta. Il n'avait rien remarqué.

Kim Hyeon percevait le bruit que faisait Oh en mettant Han dans le fauteuil roulant, puis celui des roues. Cette fois encore, le bruit des pas s'arrêta à quatre.

Oh se dirigea vers le lit. Un, deux, trois, quatre, cinq… Comme d'habitude, il marchait d'un pas rapide. Six, c'était le moment ou jamais.

Kim Hyeon entendit sa respiration.

— Dès demain, tu seras Copycat pour toujours. Le tueur en série dont on se souviendra le plus longtemps dans le pays.

Kim Hyeon rouvrit les yeux. Oh le regardait d'en haut avec un bistouri.

Kim sortit sa main et enfonça d'un coup la seringue dans l'intérieur de la cuisse de Oh. Puis il poussa le piston. Il avait mis dans la seringue le calmant qu'il avait souvent pris. Oh, le visage déformé, tenait toujours le bistouri.

Kim Hyeon se roula sur le côté et tomba du lit. Le bistouri s'enfonça dans l'oreiller.

La violence du choc l'immobilisa un moment.

Oh agrippa le bord du lit puis s'effondra. Kim Hyeon entendit le bistouri tomber par terre.

Il empoigna le pied du lit et se releva. Il s'approcha de Oh. Le bistouri était loin.

D'un air absent, Kim Hyeon regarda l'homme écroulé sur le sol. Il agitait ses mains comme pour ne pas perdre conscience. Il voulait dire quelque chose mais n'arrivait pas à articuler.

Un, deux, trois…

À dix, ses mouvements cessèrent.

20

Huit heures et demie du matin.

Comme toujours, un rayon de soleil dessinait par la fenêtre un carré lumineux sur le sol. Han Jisu regarda la pièce bien rangée. Tout était propre, tout était à sa place.

Elle sortit de l'armoire une veste de couleur claire qu'elle n'avait encore jamais portée. Puis elle choisit un pantalon dont la couleur s'accordait avec la veste.

Elle se maquilla légèrement et sortit d'un carton une paire de chaussures : d'élégants escarpins à bride, en cuir noir bordé d'un liseré blanc. C'était un cadeau que l'inspecteur Lee Suyin lui avait récemment envoyé. Elle préférait encore l'appeler Lee Suyin plutôt que Kim Hyeon.

Il avait laissé dans le carton un bref message disant qu'il aimerait entendre ses pas, qui pour lui avaient toujours été silencieux.

Elle enfila les escarpins avec soin, comme pour une cérémonie. Ils lui allaient parfaitement. Dans le miroir, elle se vit soudain plus grande de quelques centimètres.

Elle fit quelques pas. *Clac, clac.* Le bruit des talons la suivit. Elle tourna la tête. Dans le miroir, elle était radieuse, comme une nouvelle saison.

Elle vérifia l'heure sur son téléphone portable.

Neuf heures.

C'était un matin paisible.

Elle quitta son domicile pour se rendre à son deuxième rendez-vous avec l'inspection de la police. Avant de sortir, elle avait gardé longtemps dans sa main le comprimé pour ses crises de panique mais ne l'avait pas emporté.

Le taxi qu'elle prit dans le quartier Sangsoo traversa le tunnel Geumhwa, puis il roula au ralenti. Han Jisu n'était pas inquiète. Même si elle arrivait en retard, cela ne poserait aucun problème. Ce n'était qu'une inspection.

À neuf heures cinquante, le taxi la déposa devant le commissariat central. Quand elle passait près du parking pour entrer dans le bâtiment principal, elle avait toujours le cœur serré. La seule chose qu'elle avait pu faire pour Sohn, c'était lui rendre son collier avec la croix.

Désormais elle n'était plus nerveuse devant l'ascenseur. Elle pouvait aussi sourire en croisant ses collègues. Leur regard s'attardait sur elle plus que d'habitude. Elle les entendait chuchoter dans son dos et ne s'en souciait guère.

Au treizième étage, elle prit un moment pour regarder la porte Gwanghwa par la fenêtre. Le monde semblait paisible, comme s'il ne s'était rien passé.

Elle ouvrit sans hésiter la porte du bureau de l'inspection.

Le lieutenant Kim Jeongmin se leva et la salua d'un léger signe de tête. Elle le suivit dans la salle d'enquête. Il n'y avait qu'une table basse et des chaises. Ni caméra de surveillance ni enregistreur. Elle apprécia ce confort.

Tout en la regardant, le lieutenant Kim ouvrit son ordinateur portable.

— Avec ce second entretien, nous allons clore l'enquête qui vous concerne. En revanche, en tant que témoin dans l'affaire du chef Oh Daeyoung, nous vous demanderons de revenir.

— D'accord.

Il posa les questions habituelles sur son identité, elle lui répondit. Il n'y avait entre eux aucune tension.

— L'enquête a révélé que Kim Younghak avait été tué par Copycat. Est-ce exact ?

— Oui.

— Par conséquent, il est apparu que le contenu de la lettre selon laquelle Kim Younghak s'était suicidé à cause de la pression psychologique que vous aviez exercée sur lui lors des interrogatoires était faux. Est-ce exact ?

— Oui.

— C'est le chef Oh, Copycat ?

— L'enquête est en cours. Je suis convoquée en tant que témoin ?

— Ah, c'était une question personnelle. Excusez-moi.

Le lieutenant Kim évita le regard de Han. Il referma son ordinateur.

Comme la fois précédente, Han Jisu se leva avant lui. Mais cette fois elle se tourna vers lui avant qu'il ne la rappelle.

— Le chef Oh est Copycat. Bien sûr, c'est une réponse personnelle.

— Brigadière Han Jisu ? interpella Kim au moment où elle tournait le dos.

Elle le regarda et attendit.

— Je suis désolé. Je n'avais rien contre vous… Merci.

Le bruit de ses talons retentit distinctement dans le couloir, *clac, clac*. Han Jisu ne se souciait plus du regard des autres.

Il ouvrit les yeux. Il ne voyait rien. La chambre était fermée comme un carton.

Kim Hyeon se leva lentement et écarta les épais rideaux. La lumière se déversa d'un coup dans la pièce.

Il n'y avait personne. Il ne se souvenait toujours de rien.

Au lieu de les ranger, il s'était débarrassé de tous les cartons entassés dans l'appartement. Il était inutile de conserver les traces d'un passé dont il ne pouvait se souvenir. L'appartement était vide, il avait décidé d'y installer le moi du présent.

Il vérifia l'heure sur son portable. Sept heures. Dans son nouveau téléphone, peu de numéros étaient enregistrés. Personne ne l'appelait, il n'appelait personne.

Il prit une longue douche. Ses brûlures s'étaient cicatrisées, elles ne lui faisaient plus mal, même si elles n'étaient pas très belles à voir.

Il mit le costume que Han lui avait apporté à l'hôpital et noua sa cravate. Il n'avait pas jeté le costume. Car c'était la première chose personnelle qui était entrée dans sa mémoire, ce n'était pas un objet du passé.

Huit heures. C'était un peu tôt mais il décida de sortir.

Il portait des lunettes et un masque. Tout le monde connaissait son visage. Il était connu à cause de la vidéo appelée « Interview d'un psychopathe », et le fait qu'il avait été totalement manipulé par Copycat avait suscité la compassion de l'opinion publique.

Depuis quelques semaines on l'interrogeait en qualité de témoin au Service des crimes majeurs de l'Agence nationale de la police. L'enquête était intensive, mais pour lui ce n'était pas difficile. Il se souvenait de tout sur le chef Oh.

Celui-ci avait été retrouvé mort. Cinq jours après sa disparition. Il s'était suicidé dans sa voiture en allumant une briquette de charbon, dans une rue pas très loin de l'hôpital. Peut-être par peur de la mort, il s'était injecté un calmant puissant à l'intérieur de la cuisse. On avait relevé ses empreintes digitales sur la seringue retrouvée dans la voiture.

Il n'y avait pas de caméra de surveillance aux environs de la voiture et on avait constaté qu'il avait lui-même éteint la boîte noire du véhicule. Son téléphone sur lequel il avait laissé ses dernières paroles avait été retrouvé à l'intérieur. Il avouait qu'il était Copycat, l'auteur des quatre meurtres. Il avouait également qu'il avait déguisé le meurtre de l'inspecteur Sohn en suicide.

Le coffre contenait trois ou quatre briquettes de charbon non utilisées. Une enquête supplémentaire avait confirmé que c'était bien lui qui les avait achetées.

Han Jisu avait trouvé les images de la caméra de surveillance où était filmé Oh. Ce dernier avait subtilisé le couteau de Lee Jeongwoo dans la salle de dépôt. Les objets des victimes qu'il avait collectionnés dans son bureau avaient aussi été découverts. L'équipe d'enquête avait pu les identifier avec l'aide des familles des victimes. On avait donc pu prouver que Oh était Copycat.

Mais le motif de son suicide restait problématique. La plupart pensaient qu'un tueur aussi dangereux que lui, capable de tuer un inspecteur de la brigade criminelle qui le traquait et de déguiser son meurtre en suicide, ne se serait pas supprimé. Ceux qui croyaient qu'il était peut-être lui aussi une victime du pouvoir se demandaient s'il n'avait pas été sacrifié.

Pour certains, il avait en quelque sorte parachevé son sixième meurtre en mettant fin à ses jours. Mais tout n'était qu'hypothèse, rien n'était sûr.

Lorsque Kim Hyeon s'était présenté au bureau de la Criminelle, lors du premier interrogatoire, on l'avait questionné à ce propos.

— Selon vous, pourquoi s'est-il suicidé ?

Sa réponse avait été cohérente.

— Parce que j'ai retrouvé partiellement la mémoire. Je me suis souvenu qu'il était Copycat.

L'Agence nationale de police avait conclu que Oh s'était suicidé, sans communiquer les détails à la presse.

Kim Hyeon descendit les escaliers. Il avait maintenant les jambes solides et n'avait plus besoin de s'accrocher à la rampe.

Il avait décidé de continuer à travailler comme expert criminalistique auprès de la police de Séoul. Il voulait examiner les cas de suspects libérés dans des affaires classées non résolues.

En descendant les escaliers, il compta en silence le nombre de marches.

Une, deux, trois, quatre, cinq…

L'affaire de Kang Joonseong lui revint à l'esprit. Un, agression sexuelle au club Rolling Soul en 2015. Deux, trafic de drogue au club Bunny en 2016. Trois, agression en 2016. Quatre, disparition de sa compagne en 2017. Et cinq, meurtre en 2018.

Pour toutes ces affaires, un seul suspect : Kang Joonseong.

En descendant les escaliers, il pensa au dernier crime qu'il avait commis. Un, il avait tué sa compagne par surdose. Deux, il n'y avait aucune empreinte digitale sur la seringue, ni les siennes ni celles de sa compagne. Trois, la première équipe de la brigade criminelle n'avait pas pu prouver qu'il avait commis le meurtre. Quatre, on avait identifié le motif de son crime : sa compagne avait détourné la drogue et l'avait vendue ailleurs. Cinq, lors de l'autopsie, on avait relevé une grande quantité d'amphétamines qui n'avait pas pu être injectée avec une seule seringue dans le corps de sa compagne. Six, combien de fois pouvait-on s'injecter à soi-même une quantité mortelle de drogue sous l'influence d'amphétamines ?

Kim Hyeon s'arrêta un moment sur le palier. Puis il continua à descendre, en comptant.

Un, même les toxicomanes ont peur de la surdose. Le but de l'injection n'est jamais uniquement la recherche du plaisir. Deux, Kang Joonseong aurait pu être condamné pour possession de drogue, et pourtant il avait été libéré. Trois, c'était Oh qui avait ordonné sa libération.

Il s'arrêta à trois. Oh avait libéré intentionnellement Kang Joonseong. C'était probablement sa prochaine cible.

Kim Hyeon reprit sa descente. Quatre, c'est moi qui révélerai les preuves des crimes de Kang Joonseong.

Il passa un autre palier et descendit encore. Il vit l'entrée de l'immeuble.

Un, je ne me souviens toujours de rien. Deux, Oh a manipulé ma mémoire à sa guise à partir du moment où je me suis réveillé à l'hôpital. Trois, j'ai perdu la mémoire mais ce n'est pas pour autant que je n'existe pas. Quatre, je suis quelqu'un de pondéré et d'intègre, et je le resterai. Cinq, j'ai collé la photo de la fille coiffée au carré devant mon bureau. Chaque fois que je la regarde, ça me fait mal. Six, je ne serai pas un salaud comme Oh.

Kim Hyeon se dirigea vers la porte d'entrée. Plus il avançait, plus il approchait de la lumière. Il ne savait pas trop s'il était dans l'ombre ou dans la lumière. Il marchait seulement vers la lumière.

Dehors, les fleurs de cerisier tombaient. Des pétales comme des taches de sang dispersées.

Kim Hyeon poussa la porte pour sortir.

GLOSSAIRE

Police

Lee Suyin : policier blessé, professeur en psychologie criminelle.

Oh Daeyoung : chef de la Criminelle.

Han Jisu : brigadière, profileuse au service de l'analyse criminelle et comportementale dans la police de Séoul.

Sohn Jiyun : inspecteur responsable de l'affaire du « meurtre sans cadavre » au commissariat de police de Yongsan.

Choi Jeongho : gardien à l'hôpital.

Brigadier Kim : gardien à l'hôpital.

Kim Jeongmin : lieutenant au sein du Service d'inspection de la police (SIP).

Kim Seonju : brigadière du système d'identification par empreinte digitale.

Ko Kyeongsik : major de l'équipe scientifique.

Choi Jeongpil : benjamin de l'équipe scientifique.

Lim Soogeun : docteur à l'institut médico-légal.

Jeong Jooseop : capitaine de la police métropolitaine de Séoul.

Lee Jun : brigade criminelle, au commissariat de police de Jongno.
Seo : inspecteur de la Criminelle.
Lee Wonbok : membre de l'équipe d'inspection.

Jin Jungil : journaliste au quotidien *Sudo*.
Lee Sehyeong : journaliste sur la chaîne JTBC.

Kim Hyeon : quarante ans, professeur en psychologie criminelle. Il a perdu sa fille lors de l'incendie du karaoké de Oh Jeongtae.
Copycat : surnom du tueur en série.

Victimes/criminels suspects
Han Kibum : mari de la victime dans l'affaire de « la mariée dans la baignoire ».
Lee Jeongwoo : trente ans, employé, condamné pour trafic sexuel et viol, principal suspect du meurtre récent d'une lycéenne en fugue.
Kim Younghak : professeur d'université soupçonné d'avoir tué sa femme, affaire du « meurtre sans cadavre ».
Oh Jeongtae : principal suspect dans l'affaire de l'incendie de son karaoké.
Kang Joonseong : suspect d'un crime par surdose.

Hôpital
Docteur Han Jeongguk : médecin.
Kim Hyeonji : infirmière.
Lee Jin : infirmière.

Cet ouvrage a été composé et mis en page
par PCA, 44400 Rezé

Imprimé en France par CPI
en décembre 2021
N° d'impression : 3046841

Pocket – 92 avenue de France, 75013 PARIS

S32020/01